Sigfrid Gauch

Vaterspuren
Eine Lebensgeschichte

Sigfrid Gauch, am 9. März 1945 in Offenbach am Glan geboren, lebt in Mainz; Studium der Germanistik, Philosophie und Pädagogik, Promotion über die Revolutionsliteratur im Freundeskreis Hölderlins; Leiter des Literaturreferates im Kulturministerium Rheinland-Pfalz; langjähriges Vorstandsmitglied im P. E. N. Zentrum Deutschland; mehrere Gedichtbände, zuletzt *Gegenlichter* (2005 bei Brandes & Apsel); Romane *Zweiter Hand* (1987, Neuauflage 1997) und *Winterhafen* (1999); Erzählung *Vaterspuren* (1979, 6. erweiterte und überarbeitete Aufl. 2005 bei Brandes & Apsel); Übersetzung ins Hebräische *Ikwot Av*, Jerusalem 2001, ins Englische *Traces of my father*, Evanston, Illinois U.S.A. 2002; *Goethes Foto und andere Erzählungen* (1992); Monographie *Friedrich Joseph Emerich – Ein deutscher Jakobiner* (1986); Mitherausgeber der *Jahrbücher für Literatur*, 11 Bde., 1994-2005 bei Brandes & Apsel. www.sigfrid-gauch.de

Sigfrid Gauch

Vaterspuren

Eine Lebensgeschichte

Brandes & Apsel

Auf Wunsch informieren wir regelmäßig
über das Verlagsprogramm:
Brandes & Apsel Verlag, Scheidswaldstr. 33,
D-60385 Frankfurt am Main
E-Mail: brandes-apsel@doodees.de
Internet: www.brandes-apsel-verlag.de

literarisches programm 117

6. erweiterte und überarbeitete Auflage 2005

Lektorat: Volkhard Brandes, Frankfurt am Main
DTP: Antje Tauchmann, Frankfurt am Main
Umschlag: Clas DS Steinmann, Trier
Umschlagfoto: Privatbesitz Sigfrid Gauch
Druck und Verarbeitung: Tiskarna Ljubljana d. d.,
Printed in Slovenia
Gedruckt auf säurefreiem, alterungsbeständigem und
chlorfrei gebleichtem Papier.

Bibliografische Information Der Deutschen Bibliothek:
Die Deutsche Bibliothek verzeichnet diese Publikation in der
Deutschen Nationalbibliografie; detaillierte bibliografische Daten sind
im Internet über http://dnb.ddb.de abrufbar

ISBN 3-86099-517-0

Schon früh erwachte in mir eine Neigung für das Einsame und daraus für das Altertümliche und Seltsame. Im Haus und in den Wäldern suchte ich mir verborgene Plätze, wo ich ungestört für mich allein sein konnte. Meine Liebe, die von allen Menschen nicht, außer meinen Eltern und Geschwistern, verstanden wurde, trug ich der Natur zu. Ihr fühlte ich mich vereint, kein Tierchen, kein Pflänzchen zertrat ich, sie waren mir alle Brüder und Schwestern. Dort saß ich so manche Stunde, abgeschieden von den anderen Menschen, ganz ergeben und versunken in das Walten des ewigen Weltenwillens, das ich im leisen Rauschen der Blätter vernahm, das ich im zarten Hauche der Lüfte verspürte, das mir der liebliche Klang des Vögeleins verkündete, von dessen Geheimnissen mir das Murmeln des Baches raunte. Da nahm mich die Natur sanft beglückend an ihre Brust und ihr erschloss sich mein Herz, fühlend, schauend, begreifend und wirkend im Hochgefühl des germanischen Blutes.

H. G.: Erinnerungen, unveröffentlicht,
2036 germanischer Zeitrechnung
(1923 kristlicher Zeitrechnung)

Der nichtnordische Mensch nimmt also eine Zwischenstellung zwischen Nordischem Menschen und den Tieren, zunächst den Menschenaffen, ein. Er ist darum kein vollkommener Mensch, er ist so überhaupt kein Mensch im eigentlichen Gegensatz zu dem Tiere, sondern eben nur ein Übergang dazu, eine Zwischenstufe. Da einer der kennzeichnendsten Verteter dieser Übergangsstellung zwischen Nordischem Menschen und Menschenaffen, letzterem sogar näherstehend als ersterem, der Neandertaler ist, so könnten wir die nichtnordischen Menschen auch Neandertaler nennen; besser und treffender aber ist die von Stoddard geprägte Bezeichnung »Untermensch«. [...] Somit können wir das rassenkundliche Grundgesetz aufstellen: Es gibt kein körperliches und seelisches Merkmal, das einen Begriff Menschheit im Unterschiede zu den Tieren rechtfertigen würde, sondern nur Unterschiede zwischen dem Nordischen Menschen einerseits und dem Tiere überhaupt einschließlich des nichtnordischen Menschen oder Untermenschen als der Übergangsform andererseits.

Dr. med. H. G.: Neue Grundlagen der Rassenforschung,
Leipzig 1933, S. 77-79

1

Das Abstellen des ersten Weckers noch vom Bett aus möglich. Dann, Minuten danach, der rituelle Morgenbeginn: Bewegungen, die den Lattenrost des Nachbarbettes hörbar werden lassen; das eigensinnige Geräusch nackter Füße auf dem Teppichboden (dem nachzujagen das Findelkätzchen nicht müde wird); der unterbrochene, nie zur vollen Lautstärke gelangende Weckversuch aus dem Wohnzimmer; schon weiter entfernt die Kaffeemaschine.

Das Klingeln des Telefons jetzt kurz vor sieben Uhr ungewohnt.

Es ist nicht die Schwiegermutter aus dem Nachbarhaus, die sich nach dem Stundenplan der Enkelkinder erkundigt. Das zweifach abgestufte »Jaa?« meiner Frau lässt darauf schließen, dass etwas vorgefallen ist.

Ihr lang gedehntes leises »Waas!« überträgt sich in die Magengegend.

»Was ist denn«, sage ich, schon am Telefon. Mit den Lippen formt sie das Wort »Vater«.

»Tot?«, frage ich, aber ich weiß es schon. Ich nehme ihr den Hörer weg.

»Ich glaube, der Vati ist eben gestorben«, sagt Mutter, »er ist noch ganz warm, aber er atmet nicht mehr.«

Ich werde schon ungeduldig, während sie noch einige Sätze formuliert. Dass er gestern noch spazieren war; dass er beim Heimkommen sagte, er glaube, er habe sich erkältet; dass sie sich gewundert habe, dass er heute so lange schlafe, während er doch sonst schon auf die Uhr schaue, wenn sie aus dem Nachbarzimmer hereinkomme; dass er bestimmt nichts vom Sterben gemerkt habe, da er noch schlafend liege, die Hand nicht ausgestreckt habe zum Klopfen oder Lichtanmachen; dass er auch nicht gerufen habe, da sie das durch die offene Zwischentür doch sofort gehört hätte.

»Ich komme sofort«, sage ich, und: »Lasst ihn bitte so liegen, ich will ihn sehen.«

Die in Gedanken oft durchgespielte Situation ist eingetreten. Wie ich reagieren werde. Jahr um Jahr im Herbst die erwartungsvolle Angst, dass chronische Emphysembronchitis, Cor pulmonale, allgemeine Gefäßsklerose und Diabetes mellitus zusammenwirken. Dass die Euphyllin-Spritzen, die Mutter Tag und Nacht macht, nicht mehr helfen. Dass das Auf und Ab zwischen ersticken müssen und leben können, Abend für Abend vom Wetterbericht der Tagesschau vorhergesagt, entschieden wird.

Gefühle, die aus dem Leib kommen, sich über den ganzen Körper ausdehnen.

Die eingespielten Handgriffe: Anziehen, Rasieren, Kaffee, Zigarette.

Susanne, die Älteste, sitzt schon am Tisch. »Du Papi«, sagt sie, »ich muss dir mal eine Frage stellen.«

»Nicht jetzt, Susanne«, antworte ich.

»Nur ganz kurz, Papi«, sagt sie.

»Der Opa Hermann ist eben gestorben, ich will jetzt nichts hören«, unterbreche ich sie.

Betroffenes Schweigen. Susanne senkt den Kopf, sitzt regungslos da. So sitzt sie noch, als ich gehe.

Ich sollte ihn doch anrufen, denke ich. Er ließ es mir vor Tagen ausrichten. Jetzt ist es zu spät. Vor vier Wochen sahen wir uns zum letzten Mal, als ich ihn in das Dorf fuhr, in dem er geboren wurde.

Die neunzig Kilometer zum Elternhaus werden lang. »Ach Vater«, sage ich einmal halblaut vor mich hin.

Ich versuche langsam zu fahren, alle Geschwindigkeitsbeschränkungen einzuhalten. Ich stelle mir vor, jetzt von einer Polizeistreife wegen zu schnellen Fahrens angehalten zu werden. Ich würde das Fenster öffnen, sagen, »bitte lassen Sie mich durch, mein Vater ist eben gestorben«. Ich stelle mir die

Reaktion der Beamten vor, die meinem Gesicht ansehen würden, dass ich die Wahrheit sage. Ich stelle mir ihren Blick vor, der verständnisvoll wäre.

Da kommt der Verkehr wirklich ins Stocken, Blaulicht von mehreren Fahrzeugen. Ein Frontalzusammenstoß am frühen Morgen. Der eine Wagen auf dem Dach liegend, total zerdrückt, im Inneren große Blutlachen. Ich registriere im Vorbeifahren alle Einzelheiten. Die Verunglückten offenbar schon abtransportiert: Es hätte mich interessiert, sie zu sehen.

»Nur jetzt nach Vorschrift fahren«, sage ich mir, und: »Vater, jetzt bist du tot.«

Ich erinnere mich an lange Fahrten, bei denen ich allein im Auto saß, über meinen Vater nachdachte: Über den Oberfeldarzt außer Diensten, den Reichsamtsleiter in der Reichsführung SS, den Adjutanten Heinrich Himmlers, den Verfasser von »Neue Grundlagen der Rassenforschung«, den im Eichmann-Prozess vom Hauptankläger als Schreibtischmörder Bezeichneten, den, als den ich ihn kannte: meinen Vater.

Damals stellte ich mir vor, wie ich einmal auf seinen Tod reagieren werde, damals, als bei wirklichen Begegnungen kaum ein flüchtiger Händedruck ausgetauscht wurde.

Ich drehe das Autoradio laut auf, vergesse für Minuten, warum ich heute keine Schule halte. Ein Kochrezept, das der Moderator durchgibt, bekommt unerwartete Bedeutung: Die Marinade solle man aufkochen, höre ich, das aufgeschnittene Kalbsherz hineintun, »so bleibt das Herz zwei bis drei Tage stehen«.

Vielleicht werde ich einen Roman über ihn schreiben, denke ich. Es würde ihn keineswegs erstaunen. Er würde es auch nicht als einen Affront, als eine gegen ihn gerichtete Geste betrachten. Einige Monate vor seinem Tod, als er aus seiner eigenen Wohnung in das frei gewordene Erdgeschoss in der Villa meiner Schwester zog und seine Unterlagen aufräumte, hat er mir viele Mappen mit Briefen, Dokumenten und Erinnerungen übergeben. »Falls du mal etwas über mich schreibst«, hat er gesagt.

Ein Satz, der durchaus begründet war. Er kannte meine kritische Erzählung »Teutsche heute«, die ich als Siebzehnjähriger in der Zeitschrift »Twen« über ihn und die Neonazis meiner Jugend veröffentlicht hatte, er hat sich in meinen Gedichtbänden wiedergefunden und war bei Lesungen dabei, die manchmal auch von ihm handelten. »Ich bin der, von dem eben die Rede war«, sagte er einmal nach einer solchen Veranstaltung zu Besuchern. Nicht verärgert, eher amüsiert, trotz der keineswegs leisen Kritik, die nicht zu überhören war. Aber er hat darüber nicht diskutieren wollen. Ja, ich wusste, wer mein Vater war, er hatte nie einen Hehl aus seiner Vergangenheit gemacht.

Es traf mich nicht mit einer Wucht sondergleichen wie meinen Freund Peter R., der nach dem Tod seines Vaters einen liebevollen Roman über diesen netten und allseits verehrten Landarzt schrieb, der in dörflicher Idylle in großer Bescheidenheit und ohne jede politische Betätigung nur seinem Arztberuf gelebt hatte.

Bis ein NS-Forscher meinen Freund anrief und fragte, da sein Familienname ja sehr selten sei, ob er mit dem Arzt R. etwas zu tun habe, der seinerzeit ein Krankenhaus in P. geleitet habe.

»Ja, das war mein Vater«, sagte Peter stolz, »dort bin ich 1943 geboren.«

Und erfährt, dass dieses Krankenhaus eine psychiatrische Anstalt war und dass sein Vater die Verantwortung hatte für die massenhafte Vergasung psychisch Kranker als »lebensunwertes Leben«. Und was der Sohn für Bescheidenheit hielt, wie seinen Verzicht auf das Führen eines Doktortitels, lag in Wirklichkeit am Thema der Doktorarbeit. Peter fing an zu recherchieren, versuchte sich an einer Erzählung über seinen Vater und wurde eines Tages mit einer Hirnblutung unrettbar aufgefunden, starb qualvoll. Er wurde nur achtundvierzig Jahre alt. Sein Vater aber, der Täter, starb hochbetagt, friedlich und von allen betrauert...

Nein, einen solchen Schock hatte es bei mir nie gegeben. Im Gegenteil. Ich wuchs in der Abgeschiedenheit des Dorfes mit einem Weltbild auf, das er mir vermittelt hat und dem niemand im Dorf zu widersprechen schien. Als Vierundzwanzigjähriger,

1923, mitten in den Freikorpskämpfen gegen die Besatzer nach dem verlorenen Ersten Weltkrieg, hat er einmal notiert: »Und ein heiliges Feuer flammte in mir, meinen germanischen Brüdern die Augen zu öffnen, die germanische Zukunft zu bahnen zum Gedeihen und Segen der Menschheits- und Weltentwicklung. Wo ich nur konnte, begünstigte ich das germanische Wesen. Durch öffentliche Vorträge, durch Belehrungen bei jeder Gelegenheit, durch Verteilung von Büchern und Flugblättern, durch Einführung von Waffen und Schießbedarf in das besetzte Gebiet, überall und zu jeder Zeit verbreitete ich die Kenntnis von der germanischen Kulturhöhe und der germanischen Weltsendung, das Pflichtbewusstsein der Reinerhaltung, die Kenntnis von den Feinden des Germanentums und den Wegen zu ihrer Bekämpfung. Und meine Losung für das Leben war mir deutlich zum Bewusstsein geworden: Für die germanische Art zu wirken und zu kämpfen.« Er hat diese geschraubt formulierten Ziele seine Lebenslosung genannt und nie davon abgelassen.

Angekommen, parke ich das Auto vor dem Haus, in dem meine Eltern, meine Schwester wohnen. Auf mein Läuten wird gleich geöffnet, man hat mich anfahren sehen.

Im Hof beugt sich meine Schwester über den Kinderwagen. Sie geht heute auch nicht zur Schule, denke ich. Im Flur sehe ich meine Mutter.

»Ist er noch da?«, frage ich.

Kopfnicken gegen die Angst, er wäre schon abtransportiert worden.

Ich trete an sein Bett. Er liegt wie immer, wenn er krank war: Der Kopf zur Seite gewandt, die rechte Hand unter die Wange geschoben; die Augen geschlossen, der Mund leicht geöffnet.

Ich setze mich auf den Rand des Bettes, streiche über seinen Kopf, küsse ihn auf die Stirn, die Wange, streiche über Schulter, Arme, Hand.

Neben dem Bett sehe ich meine Schwester, ihr Kind auf dem Arm, wie sie uns betrachtet.

Beim Händewaschen entdecke ich im Spiegel mein kalkweißes Gesicht.

Ich hörte, dass du gestern hier warst, hieß es in seinem letzten Brief an mich, um die Kinder zu holen, aber ich hatte es nicht im Gedächtnis, obwohl deine Mutter sagte, sie hätte es mir eigens noch gesagt. Das mag sein, jedenfalls dachte ich nicht daran. In letzter Zeit leide ich an Sinnestäuschungen und blieb gestern Nacht halb angezogen im Bett, nachdem ich erfuhr, dass ich gar nicht anzutreten bräuchte. Herzlich dein Vati.

Sinnestäuschungen, ähnlich den Träumen, aus denen ich ihn früher als Junge weckte mitten in der Nacht, wenn ich durch sein Stöhnen, Rufen und Wimmern wach wurde: Da war er wieder Soldat im Schützengraben, der Siebzehnjährige, der sich nach dem Notabitur freiwillig zu den letzten Kriegswochen des Ersten Weltkrieges gemeldet hatte, schwer verwundet wurde.

Er habe geträumt, die Franzosen seien wieder hinter ihm her und wollten ihn erschießen, antwortete er dann auf meine Frage; zögernd, dann immer deutlicher, hatte ich so lange »Vati, Vati!« gerufen, bis er aufwachte; legte mich danach traurig wieder im Nebenzimmer hin, schlief ein, während er noch lange wach lag.

Sie seien Kameraden gewesen im ersten Krieg, berichtete später bei der Beerdigung ein alter Mann aus dem Nachbardorf. Mein Vater sei ja noch ein Bub gewesen, als er sich freiwillig zu den Soldaten gemeldet habe. Im Schützengraben habe Vater immer schutzsuchend seine Nähe gebraucht. »Er war ja noch fast ein Kind«, wiederholte der alte Mann.

2

»Soldaten sind immer Soldaten, die kennt man am Schritt und am Tritt.«

Den Satz habe ich oft von Vater gehört. Immer schon wollte er Soldat werden. Bereits für die Kinder standen die Soldatenspiele im Vordergrund. Mit Freude habe er daran teilgenommen, erinnere sich noch, wie er mit seinem Bruder Otto auf dem nahen Ausbacherhof ein »Gefecht« mitgemacht habe, wobei sein Bruder ein eisernes Schrotgewehr benützte. Er selbst habe immer einen großen Säbel getragen, den er sich aus einer Latte geschnitzt und verziert habe, in einem Koppel aus seines Onkels Militärdienstzeit. Auch eine Infanteriemütze habe er damals als Geschenk bekommen.

Ich bildete mir dann ein selbstständiges Heer, erzählte Vater, das ich als Generalfeldmarschall leitete, und ritt auf den Schultern eines Spielkameraden als wäre er mein Pferd. Im Herbst 1908 fand ein Manöver in unserer Gegend statt, bei dem wir Schulkinder eines Morgens alle aus der Schule blieben und mit den Soldaten liefen, bis hin in die weit entlegene Stadt Kusel. Von da sind wir erst spät abends wieder nach Hause gekommen, mit einer großen Anzahl Patronenhülsen als Trophäen, die wir dann eifrig verwerteten.

Dann kam der August 1914, der Kriegsausbruch. Vater erhielt mit der Mittleren Reife auch das »Einjährigen-Freiwilligen-Zeugnis«. Was Kinderspiele waren, wurde Ernst. Die älteren Brüder meldeten sich sofort zum Heer. Auch Vater wollte jetzt ins Feld.

Das Militärleben übte von neuem eine große Anziehung auf mich aus, erinnerte er sich. Ich betrachtete es nun von höherem Standpunkt aus. Es ist eine Notwendigkeit im Kampfe ums Dasein, mit der sich das Gute eben dem Bösen gegenüber behaupten muss, und der hohe Zweck und der mitreißende Edelmut und die alle umfassende und verbindende Einmütigkeit verleihen ihm den Zug des Heiligen und Erhabenen, und zur Verbreitung und zur Stärkung des völkischen Bewusstseins trägt es gerade für den Germanen sehr viel bei, es erinnert und bindet den einzelnen an seine heilige Pflicht der völkisch-germanischen Allgemeinheit gegenüber.

Die vorherige ängstliche und gedrückte Stimmung schlug dann auch bei Kriegsausbruch sofort in hohe erhebende Begeisterung um. Ich hegte von Kriegsanfang an unaufhörlich die sehnlichste Absicht zum Heere einzutreten, aber meine Mutter wollte es nicht, da ich noch viel zu jung und schwach sei. Um aber schon von Anfang an dem Vaterland dienen zu können, trat ich bei Kriegsbeginn dem Wehrkraftverein Kaiserslautern bei. Ich fuhr, stolz in meiner Uniform, mit dem Rad immer dahin und blieb dort, so lange mein Dienst dauerte. Ich half die Verwundeten zu transportieren, tat in den Lazaretten Dienst und hielt Wache.

In dieser Freude über meine Kriegshilfe war ich ganz unglücklich zu erfahren, dass ich in Augsburg auf dem Sankt-Anna-Kollegium aufgenommen wäre. Dort hatte Herr Pfarrer Werle für mich eine Dreifünftel-Freistelle erhalten. Aber auch dort gehörte ich umgehend zum Jugendwehrregiment und nahm regelmäßig an dessen Übungen teil. Mit Klang und Gesang zogen wir nach den Übungen in die Stadt ein und ich fühlte mich nicht wenig stolz mit dem Gewehr auf der Schulter, in den Reihen oder an der Seite als Gruppenführer.

Nach wie vor wollte Vater unbedingt Soldat werden. Beide älteren Brüder machten die Schlachten an der Somme und bei Ypern mit, wurden verwundet, meldeten sich sofort wieder an die Front. Endlich erhielt er, noch keine achtzehn Jahre alt, die Zusage seiner Mutter, in Kaiserslautern in die Armee einzutreten. Er ließ von Verwandten ein fingiertes Gesuch um »Aussaat-Urlaub« an das Gymnasium schreiben und fuhr im Februar 1917 in die Pfalz, besser gesagt: Er flüchtete heimlich aus dem Internat.

Der Siebzehnjährige ließ sich mustern. Da er aber noch lange keinen Zentner wog und dieses Mindestgewicht vorweisen musste, aß und trank er vor der Musterung in solchen Übermaßen, dass er 102 Pfund auf die Waage brachte. Dann, endlich, erhielt er seinen ersehnten Gestellungsbefehl.

Mit Bedacht hatte er sich zur Infanterie gemeldet, weil diese Waffengattung, wie er sagte, als vorderste dem Feind gegenüberstehe. Viele Schulkameraden, so Vater, meldeten sich zu weniger gefährlichen Truppenteilen, um ja nicht bei der Pflichtmusterung zur Infanterie zu kommen.

Ich stellte es mir als etwas Erhebendes vor, sagte er, wenn ich im Trommelfeuer liegen würde oder in dunkler Nacht vor den Kugeln der Feinde. Die Liebe zum Vaterland und zum Germanentum und der Drang etwas zu leisten trieben mich zum Heere.

Dieses »Erhebende« sollte er zur Genüge erleben. Nach Krieg, Verwundung und Flucht aus langer Gefangenschaft schrieb er im Januar 1920 im Auffanglager »die selbst erlebten völkerrechtswidrigen Verbrechen und Misshandlungen durch unsere Feinde aus meiner Gefangenschaft« zur Veröffentlichung nieder und gab zu deren Richtigkeit eine eidesstattliche Erklärung ab.

Aus seinen Notizen dazu weiß ich mehr über Vaters Zeit im Ersten Weltkrieg. Vater notierte aus frischer Erinnerung heraus sehr vieles ungeschminkt. Sein Militärleben begann mit einer recht gemütlichen Grundausbildung in der Heimatkaserne. Aber er war ungeduldig, »ins Feuer kommen zu können«. Mit klingendem Spiel wurde das Ersatz-Bataillon unter großer Beteiligung der Bevölkerung endlich nach Metz verabschiedet. Auch seine Mutter war gekommen und begleitete ihn zum Bahnhof. Dort erlebt er anstrengende aber eher langweilige Wachdienste in der Festung, die für den Kriegsverlauf sicher notwendig waren, bei denen man jedoch keine Heldentaten begehen konnte. Dann endlich wurde er nach vielen Eingaben abkommandiert nach Soissons, an die Front.

Ich versah die Stelle eines Beobachters, notierte er, und meldete die Vorgänge in den feindlichen Gräben, die ich durch ein Scherenfernrohr beobachten konnte. Zu berichten waren die Beschießungen, das feindliche Flugverhalten und die Fesselballontätigkeit. Ich versah meinen Dienst, solange ich es nur aushalten konnte, um den Feinden möglichst viel Schaden bereiten zu können. Bei der Unschädlichmachung eines feindlichen Beobachtungspostens auf dem Kirchturm von Lutry leitete ich das Artilleriefeuer, und nach ganz wenigen Schüssen war der Zweck schon erreicht.

Als ich das lese, stutze ich, denn später einmal, aus größerem Abstand heraus, hat Vater diese Szene etwas weniger heldenhaft beschrieben: Nie habe er in diesem Krieg einen Menschen umgebracht, erzählte er wenige Monate vor seinem Tod. In Soissons sei er im Graben als Artilleriebeobachter am Scherenfernrohr seines Vorgesetzten eingeteilt gewesen. Auf dessen Meldung, auf dem Kirchturm des gegenüberliegenden Dorfes säße ein französischer Beobachtungsposten, habe er den Befehl zur Beschießung des Turms erhalten. Der erste Schuss der Artillerie habe zwanzig Meter zu weit links gesessen. Vater habe dem Franzosen eine Chance geben wollen, seinen Posten lebend zu verlassen und deshalb gemeldet, der Schuss säße zwanzig Meter zu weit rechts. Entsprechend habe auch der zweite Schuss falsch gesessen. In der Annahme, jetzt müsse der Posten wohl in Sicherheit sein – wenn nicht, dann sei er selbst daran schuld – habe er jetzt die richtige Entfernung angegeben: Der dritte Schuss habe den Kirchturm zerstört.

Das eine muss das andere nicht ausschließen. Nur: Ob »Helden« Mitleid haben? Damals schrieb Vater: Unsere Kompanie war überhaupt nur ungefähr zwanzig Mann stark und hatte zwei Gräben besetzt. Zur Nachbarkompanie blieben weite Strecken unbesetzt. Während früher die Kompanien 250 Mann stark waren, mussten jetzt diese wenigen Leute einen gleich großen Abschnitt besetzt halten und wenn nötig verteidigen oder gar noch zum Angriff übergehen.

Es regnete sehr viel in dieser Zeit und der Lehmboden war ständig aufgeweicht, wodurch man sich nur schwer bewegen konnte. Wasser zum Waschen gab es keines, sodass ich meine Hände zur Not mit Kaffee vom Lehm reinigen musste, wenn ich

Karten oder Briefe schrieb. Das Essen war sehr schlecht. Tag für Tag gab es abwechselnd Graupenbrühe, genannt Blauer Heinrich, und Dürrgemüse, genannt Drahtverhau. Wenn die Granaten rings um mein Erdloch einschlugen und die Lehmbrocken mir auf den Kopf fielen, lag ich ruhig darin und betrachtete die Bilder meiner Angehörigen. Ich hatte immer das Gefühl, ich könnte nicht fallen, aber immer bangte mir vor einer schweren Verwundung, der ich gerne den Tod vorgezogen hätte. Besonders fürchtete ich einen Kopfschuss, durch den mein Studium beeinträchtigt oder gar unmöglich gemacht würde.

Diese Befürchtung sollte sich erfüllen. Und sie war nicht unbegründet, denn in diesem Stellungskrieg lagen sich die deutschen und die französischen wie auch alliierten Truppen in ausgehobenen Schützengräben gegenüber und schossen, sobald ein Soldat den Kopf über den Grabenrand streckte.

Während sich am Tage kaum jemand zeigen konnte, hielt Vater fest, begann mit Einbruch der Nacht ein reges Leben. Die Essensträger holten die Verpflegung und die Post. Ordonnanzen brachten Befehle, Meldehunde liefen hin und her, Stellungen wurden ausgebessert und getarnt. Dennoch gab es andauernd Unterbrechungen durch Gewehr- und Maschinengewehrkugeln, durch Granaten und Leuchtschirme der Feinde und die eigenen Leuchtkugeln wie auch eigene zu kurz einschlagende Granaten.

Es war ein schaurig-schönes Schauspiel für die Augen, das Aufblitzen der Geschütze, das feurige Explodieren der Granaten, das Aufleuchten der verschiedenfarbigen Leuchtkugeln, und für die Ohren ein schaurig-schönes Tonspiel durch das Heulen und Summen der Granaten und Minen.

In einer Julinacht beteiligte ich mich am Bau eines Unterstandes neben meinem Schützenloch. Gerade hatten wir die Arbeiten beendet und ich wollte mich zum Ausruhen niederlegen, denn es begann schon hell zu werden, als plötzlich heftiges Trommelfeuer einsetzte. Ich eilte in mein Schützenloch und blieb dort mit meinem Nebenmann liegen.

Das Trommelfeuer wollte kein Ende nehmen und wurde immer toller. Die Splitter landeten krachend auf der Decke meines Erdloches, drangen aber nicht hindurch. Die Erde erdröhnte und die Lehmbrocken fielen unter dem Druck der einschlagenden Geschosse von den Wänden. Nach einiger Zeit, die uns durch die gewaltige Nervenanspannung unendlich lange vorkam, ließ das Feuer etwas nach. Schon hatte das Abwehrfeuer unserer Artillerie eingesetzt. Allerdings, wie ich später erfuhr, auf unsere eigenen Schützengräben.

Die feindlichen Flieger feuerten aus den Lüften herab und die Tanks knatterten.

Wir wollten gerade aus unserem Loch herauskrabbeln, als wir aus unserem Graben, der vor meinem Schützenloch eine Biegung machte, ein Schreien hörten. Noch trugen wir die Gasmasken, denn kurz vorher hatten wir Gas eingeatmet, da sich der Feind unseren Abschnitt für den Gasbeschuss ausgesucht hatte.

In dem Moment hörte ich Stimmen, die dem Tonfall nach nicht zu Franzosen gehörten. Daher glaubte ich, es müssten meine Kameraden sein. Aber es waren englische oder amerikanische Sätze. Und schon kamen acht bis zehn Mann um die Biegung des Schützengrabens. Immer noch konnte ich sie unter der Gasmaske nicht erkennen. Dann erst sah ich an ihren sich im Gegenlicht abzeichnenden Helmen, dass es Feinde waren. Wir dachten gar nicht daran, uns zu ergeben. Dies hatten sie wohl erwartet. Ich hob mein Gewehr und wollte anlegen, doch zum Schuss hatte ich keine Zeit mehr, denn schon krachten ihre Gewehre, sie schossen ohne anzulegen auf uns, und im selben Augenblick spürte ich auch schon einen Ruck im Stahlhelm und wurde in mein Schützenloch zurückgeschleudert.

Das alles dauerte nicht länger als einen Augenblick. Ich war wie betäubt, vernahm aber noch das fortdauernd auf uns gerichtete Schießen. Endlich hörten sie damit auf, wechselten einige Worte und gingen weiter.

Mir wollten alle meine Sinne entschwinden, aber mit stärkster Willenskraft hielt ich mich wach. Ich setzte die Gasmaske ab. Schon nahm ich den uns allen so bekannten eigentümlichen Blutgeruch wahr und sah, dass meine Kleider blutüberströmt waren, das Blut vom Kopf herabschoss. Ich schnallte meine Rüstung ab und öffnete meinen Rock, weil ich glaubte, auch auf der Brust verwundet zu sein. Das vom Kopf herabfließende Blut hatte ich zunächst gar nicht beachtet. Im Brustbereich fand ich keine Wunde.

Nun erst nahm ich den Stahlhelm ab und sagte meinem Kameraden, der sich gleich niedergeworfen hatte und unverwundet geblieben war, er möge mich verbinden. Er legte mir rasch meine und seine beiden Verbandspäckchen an. Da es aber in dem Schützenloch noch ziemlich finster war, von oben herab die Zeltbahn das Licht abhielt und meine langen Haare ganz mit Lehm beschmiert waren, hatte mein Kamerad die Verwundungen nicht vollständig verbinden können. Das Blut strömte immer noch herab. Mir wurde ganz schwindlig. Ich legte mich hin und wollte nun sterben.

Meinem Nebenmann teilte ich meine Heimatanschrift mit und trug ihm auf, an meine Mutter zu schreiben.

Ich war nun regelrecht neugierig darauf, was kommen würde, wenn der Tod einträte, und glaubte mich schon gar nicht mehr am Leben. Doch mein Kamerad drängte mich, mit ihm zur Truppe zurückzugehen. Ich erwiderte, ich wolle den deutschen Gegenstoß abwarten oder hier sterben. Doch da drohte er, dann werde er eben allein zurückgehen.

Jetzt versuchte ich doch mein Möglichstes, von hier wegzukommen. Sonst würde ich vermutlich als vermisst liegen bleiben, und diesen Kummer wollte ich den Meinen nicht bereiten. Mit aller Kräfteanspannung raffte ich mich zusammen, um mit meinem Kameraden den Weg zu unserem Sanitätsunterstand einzuschlagen. Beim Verlassen unseres Schützenlochs sah ich dann, wie die davor hängende Zeltbahn ganz von Kugeln durchsiebt war und vielfach zerrissen; denn die Feinde hatten unter anderem mit Explosivmunition geschossen.

Das Artilleriefeuer ließ nach. Wir gingen durch unseren Graben, an den Toten vorbei. Da stand unser Maschinengewehr, eben erst aufgestellt und noch unbenutzt. Daneben lagen zwei Tote. Der eine war erstochen, der andere erschlagen worden, woher auch das Schreien rührte, das ich zu Anfang vernommen hatte.

Einige von meiner Kompanie waren beim Einsetzen des Feuers bereits geflüchtet und durchgekommen. Andere rissen später aus, wurden aber weiter rückwärts eingefangen, da unser Abschnitt auch hinten umzingelt war. Wieder andere hatten sich gleich ergeben. Der feindliche Angriff war überraschend und von allen unerkannt über unsere Stellung hereingebrochen.

Das war am 18. Juli 1918. Sechzig Jahre, drei Monate und zwanzig Tage später sehe ich Vater zum letzten Mal, sehe im Spiegel mein kalkweißes Gesicht.

3

In Wahrheit seiest du ja ein Drückeberger gewesen, hat es geheißen. Angst hättest du im Schützengraben gehabt, pure Angst.

An deine älteren Kameraden hättest du dich geklammert, wärest ihnen nicht von den Fersen gewichen, wenn die Einschläge der Granaten hörbar, wenn die Druckwellen der Explosionen spürbar waren.

Einen Vaterersatz hättest du in den älteren Soldaten gesucht und um dein Leben gewimmert. Unerbittlich wärest du nur gegenüber anderen gewesen.

Und deine Heldentaten seien eher Zufall gewesen. Ob du die Entfernung im Scherenfernrohr nicht wirklich falsch abgelesen oder schlecht eingeschätzt hast und dich dann vor dir selbst schämtest, als Abiturient?

1918 hast du in einem Gedicht geschrieben: Stille – und aus aller Richtung dringt der Feind, Aus Grabengrüften, hinter Panzern, aus den Lüften, Und mit allen Mitteln der Vernichtung sendet er Weh und Todeskrampf: Grabenkampf.

Du musst den Feind doch gehasst haben. Hass, und Angst vor ihm. Trauend schläft der Krieger sacht, Da des Freundes Auge wacht, heißt es in einem anderen deiner Gedichte aus diesem Jahr.

Auch über deine Gefangenschaft hast du dir 1923 ausführliche Notizen gemacht. Sie dauerte siebzehn Monate, bis zu deiner geglückten Flucht. Im Januar 1920 hast du dich im Durchgangslager Rastatt gemeldet, damals als »Dulag« abgekürzt. Die Erinnerungen waren also sehr frisch.

Mein Kamerad und ich, hast du festgehalten, waren, um zu unserem Sanitätsunterstand zu gelangen, eine weite Strecke durch unsern Graben gegangen und glaubten schon durchzukommen, als plötzlich zwei Franzosen vor uns standen und uns die Gewehre vorhielten. Da ich verwundet war und mein Kamerad mich führte, ließen sie uns ziehen, wiesen uns aber dem rückwärtigen Frontabschnitt zu.

Wir weinten beide laut, als wir nun das Los der Gefangenschaft vor uns sahen. Schon kamen Reihen der Unsrigen als Gefangene daher, viele davon verwundet. Ich ließ mir von einem Bekannten ein weiteres Verbandspäckchen geben und legte dies auf die Wunden, die aber immer noch unaufhörlich bluteten. Erst einige Zeit später verband mich ein deutscher Sanitätssergant richtig, woraufhin das Bluten endlich nachließ.

Ich war so schwach geworden, dass ich kaum mehr gehen konnte. Schwarz flimmerte es mir vor den Augen. Zwei Kameraden stützten mich und führten mich weiter. Doch bald bat ich sie, mich wieder allein gehen zu lassen und spannte meine Nerven aufs äußerste an, um ja nicht ohnmächtig zu werden. Sonst hätte man mich sicher liegen gelassen. Die feindlichen Begleitmannschaften drängten uns zur Eile, da sie immer noch von unserer eigenen schweren Artillerie beschossen wurden und rasch aus dem Feuerbereich zu entkommen versuchten.

Der Weg führte durch einen Wald, in dem die Bäume zum großen Teil durch das Granatfeuer umgerissen waren und so den Weg versperrten. Viele Verwundete hatten Beinschüsse und konnten nicht laufen. Andere wurden auf Tragbahren getragen. Die Gruppe kam also nicht schnell genug vorwärts. Daher schossen die feindlichen Begleitmannschaften in unsere Reihen und töteten und verwundeten noch manche. Ein Schwarzer riss mir von der offenen Brust meinen Brustbeutel herunter, in dem ich noch 31 Mark hatte.

Auf einmal erschien ein deutscher Flieger über unseren Reihen, von der feindlichen Artillerie heftig beschossen, flog ganz niedrig und kehrte wieder um. Nach kurzer Zeit wurde das eigene Artilleriefeuer, das auch uns Gefangene traf, eingestellt.

Scharenweise rückten die Feinde vor. Wie aus dem Boden gestampft kamen sie aus dem großen Wald von Compiegne hervor, in dem sie sich, von uns unbemerkt, vor dem Angriff gesammelt hatten. Von diesem Wald war der Angriff auf unsere

Stellungen ausgegangen. Den ganzen Tag über dauerte das Nachrücken von Truppen, Geschützen und Geräten an. Da sah ich Menschen fast aller Rassen der Erde. Bei dem nie enden wollenden Heranfluten der feindlichen Reserven überlief mich ein banges, banges Gefühl, dass es nun mit unserer deutschen Kriegsmacht zu Ende gehen müsse.

Ich litt furchtbar Hunger und Durst, hast du wissen lassen, bekam aber nichts zu trinken, bis am Nachmittag ein Kamerad etwas Wasser aufgetrieben hatte. Er wurde gebeten, mir davon wegen meines großen Blutverlustes abzugeben.

Von den französischen Bewachungsmannschaften wurden wir nun ausgeplündert. Selbst die Fotos, die ich bei mir trug, nahmen sie mir zum größten Teil weg. Ganz weniger Bilder konnte ich retten. Und diese geretteten Bilder blieben auch mein einziges Heiligtum und mein Trost in der Gefangenschaft.

Einen Neger forderten die französischen Posten auf, uns zu erstechen oder zu erschießen, was er jedoch nicht tat.

Die Nacht über lag ich ohne Bedeckung auf einem harten ehemaligen Kartoffelacker, nur eine Gasmaskenbüchse diente als Unterlage für meinen Kopf, der mich sehr schmerzte. Ich fror schrecklich, vor allem infolge des großen Blutverlustes. Um Mitternacht erhielt ich endlich von einem deutschen Arzt eine Serumspritze gegen Wundstarrkrampf.

Am nächsten Morgen wurden wir Schwerverwundete in Sanitätskraftwagen verladen. Die anderen mussten, wie ich später erfuhr, noch drei Wochen bei sehr schlechter Verpflegung auf dieser feuchten Wiese liegen bleiben, was noch viele das Leben kostete.

Die Fahrt im Sanitätskraftwagen ging, mit etlichen Unterbrechungen, auf das Feldlazarett Chantilly zu, unter Beschimpfungen und Misshandlungen durch die französischen Bürger, besonders durch die Frauen. Sogar kleine Kinder sprangen auf den Wagen und schlugen mit Stöcken oder warfen mit Steinen auf uns Verwundete.

In diesem Lazarett erhielten wir zum ersten Mal etwas zu essen, allerdings nur sehr wenig, und davon bekamen auch nur die in den vorderen Reihen etwas, die anderen mussten bis zur nächsten Mahlzeit warten.

Ein französischer Unteroffizier schnitt mir Knöpfe von meinem Waffenrock ab, um sie als »Souvenir« zu behalten.

In der Sonnenhitze bei Tag, wie in der Kälte bei Nacht und selbst im Regen lagen wir unbedeckt auf dem harten Erdboden, auch die Schwerverwundeten, die sich auf ihrer Bahre nicht bewegen konnten. So starben sie denn auch in Massen, heißt es in deinen Erinnerungen weiter. Zwei deutsche Ärzte verbanden und operierten Tag und Nacht, die französischen Ärzte kümmerten sich kaum um uns.

So weit ich konnte, half ich bei der Behandlung der auf den Tragbahren liegenden Verwundeten, wurde selbst aber erst am dritten Tag von einem deutschen Unterarzt versorgt. Unter großen Schmerzen für mich riss er den Verband herunter und entfernte Eiter, Schmutz und Knochensplitter aus den Wunden. Er teilte mich auch zu einer Röntgenuntersuchung ein, aber dazu kam es weder jetzt noch später.

Neben der Glut, die aus einer Dampfmaschine gescharrt wurde, lagerte ich mich bei Einbruch der Nacht. Doch bald war sie erloschen und ich musste entsetzlich frieren.

Mein Gesicht war kreideweiß und eingefallen, so weit es unter dem Blut und dem Verband zu sehen war. Schwärme von Blut saugenden Mücken sammelten sich darauf, ebenso auf meinen Händen und auf meinen blutverschmierten Kleidern. Es gelang mir nicht, sie zu vertreiben.

Zwei Nächte lagen wir da. Am dritten Nachmittag wurden wir mit Sanitätskraftwagen an einen Bahnhof gefahren, um dort um Mitternacht in einen Lazarettzug verladen zu werden. Ein französischer Eisenbahner, das zu erwähnen will ich nicht versäumen, sah mich, kam auf mich zu und gab mir ein Stück Schokolade, das ich mit meinen gleichfalls hungrigen Kameraden teilte. Das war aber auch das einzige Mal, dass mir etwas Angenehmes von einem Franzosen widerfuhr.

Dann berichtest du über die schlechte Behandlung im Gefangenen-Lazarett in Rochefort am Meer, wo ihr schließlich angekommen seid. Nach einiger Zeit durftest du Karten und Briefe an die Angehörigen schreiben, und ab und zu kam auch Post zurück.

Nur alle paar Tage wurde die Wunde verbunden, hast du vermerkt, sie war schon völlig vereitert. Die französischen Ärzte und vor allem der Arzt, dem meine Abteilung unterstand, kümmerten sich überhaupt nicht um die Verwundeten und bestraften ohne Rücksicht auf Krankheit und Verwundung mit äußerster Strenge. Es gab Arrest und Essensverbot für Vergehen, die nur in ihren Augen Vergehen waren, so, wenn jemand beim Erscheinen des Arztes nach dessen Ansicht zu leise oder zu laut »Achtung!« rief oder daraufhin ein Verwundeter nicht schnell genug aufsprang und stillstand. Oder wenn sich jemand aufs Bett setzte. In dem mit zwanzig Mann belegten Zimmer waren nur drei Stühle vorhanden und alle Verwundeten, die nicht ganz hohes Fieber hatten, durften nur nachts und mittags eine Stunde im Bett liegen. Einmal waren wir drei Tage lang ohne Nahrung, weil jemand beim Ausfegen ein Fenster auf der Stadtseite geöffnet hatte.

Drastisch sind deine weiteren Schilderungen von der allgemeinen Situation. Die ärztliche Behandlung hatten Kameraden übernommen, so zum Beispiel ein Medizinstudent. Du bist bei vollem Bewusstsein und unter schrecklichen Schmerzen operiert worden. Deine Hauptwunde, das Ausschussloch, schreibst du, befand sich im linken Scheitelbein, etwas hinter dem Scheitelbeinhöcker, wo die Kugel den Schädelknochen weit durchschlagen hatte. Durch den dicken Stahlhelm, den du nach deiner Verwundung untersucht hattest, sei diese Kugel nicht mehr hindurch gedrungen, sondern habe sich in der im Helm befindlichen Polsterung verfangen.

Die Einschussstelle befand sich etwas vor und oberhalb der Ohrmuschelecke an der linken Schläfe, wo die Kugel in den Knochen einen deutlich fühlbaren Kanal wölbte und zum Glück keinen Knochensplitter ins Gehirn mitgerissen hatte. Diese

Schusswunden sind zum Zeitpunkt dieser Niederschrift noch deutlich zu sehen und zu fühlen. Auch ein von dieser Verwundung herrührender Knochensplitter oder ein Kugelsplitter steckt noch über dem Jochbeinbogen unter der Haut.

Auch ich kenne diese Narben noch an dir. Man sah sie, so lange du die Haare auch im Alter noch militärisch kurz getragen hattest.

Als ich einmal den Verband etwas verrückt hatte und auf diese Einschusswunde zu drücken kam, schreibst du, floss ein dicker Strom Eiter heraus. Daraufhin aber heilte sie gut zu. Sie befindet sich direkt neben der Schlagader, die vielleicht auch verletzt war. Die linke Hand und der linke Unterarm waren dicht mit Splittern der Explosivgeschosse übersät, die erst nach einigen Tagen und Wochen, manchmal nach vielen Monaten wieder herausgetrieben wurden. Eine Kugel oder ein größerer Kugelsplitter war zwischen dem kleinen und dem Goldfinger durchgegangen, verursachte aber nur eine Hautwunde, deren Narbe noch sichtbar ist.

Wohl infolge der Gasvergiftung, aber auch wegen der Gehirnverletzung und der Einblutung konnte ich über zwei Wochen lang nur ganz leise sprechen, hieltest du fest, auch meine Augen schmerzten mich sehr. Die deutschen Pläne zur Herstellung dieses Kampfgases sind übrigens damals an die Feinde verraten worden. In jenem Sommer hatten sie das Gas zum ersten Mal gegen uns Deutsche eingesetzt. Ich hatte auch später noch große Schmerzen auf der Brust. Nach Aussage von Kameraden ist seit meiner Verwundung meine Stimme im Gegensatz zu der Zeit vor meiner Verwundung eine viel rauere geworden. Ich hörte lange Zeit nur schlecht, erst allmählich trat das Gehör wieder ein.

Auch das Sprechen war in der ersten Zeit nach meiner Verwundung sehr mangelhaft, die Wortbildung überstürzte sich. Vom Arzt war mir das Kauen verboten worden, ich konnte auch zunächst gar nichts essen, weil es mich anwiderte; denn ich erkrankte, kaum im Lazarett angekommen, an Ruhr, die noch Wochen andauerte und sich infolge der schlechten Ernährung wiederholte. Außerdem konnte ich auch später nur mit Mühe essen, weil ich infolge der Einschussverletzungen der Kaumuskeln und Kaugelenke den Unterkiefer trotz Anstrengung nur sehr wenig bewegen konnte.

Die linke Gesichtshälfte und zum Teil auch die rechte waren ebenfalls gelähmt. Die ersten beiden Wochen im Lazarett hatte ich über vierzig Grad Fieber. Ich war wohl die meiste Zeit bewusstlos; denn an Vorgänge aus dieser Zeit, besonders an die Nachmittage, konnte ich mich später nur wenig erinnern.

Ständig litt ich unter großem Durst und träumte in meinen Wahnvorstellungen immer von Wasser und vom Trinken. Nach einigen Tagen brachte mir ein Kamerad zwei Trinkbecher voll schmutzigen Wassers, das er aufgetrieben hatte. Das Wasser des Lazaretts war sehr schlecht und konnte nur zum Waschen benutzt werden. Nur wenige Minuten am Morgen stand es überhaupt zur Verfügung, und dann gelang es nur einem geringen Teil der Verwundeten, davon etwas zu erhalten.

Ich hatte noch lange Schmerzen, merktest du an, hatte Gesichtszuckungen und konnte wochenlang nur auf der unverwundeten Seite schlafen. Dein rechter Arm und dein rechtes Bein hätten noch etliche Zeit Lähmungserscheinungen gezeigt. Gedächtnisausfälle und Wortfindungsschwierigkeiten seien hinzugekommen, bei Witterungswechsel auch starke Kopfschmerzen.

Bei den katastrophalen Zuständen im Lager seien die Verwundeten in Massen gestorben. Grippekranke und Soldaten, die sich durch die Gasangriffe eine Lungenentzündung zugezogen hatten, seien so lange mit Blutschröpfen behandelt worden, »bis sie sich verblutet hatten«.

Du hättest vor der Gefangennahme achtundfünfzig Kilogramm gewogen, nach deiner Entlassung aus dem Lazarett nur noch dreiundvierzig Kilogramm.

4

Vater wollte ein Held werden, er wollte Führer sein und Achtung genießen. Die Realität aber sah oft ganz anders aus: Immer wieder wurde er gehänselt, sein Anderssein fiel in der Schule ebenso auf wie im Heer. Und auch in der Gefangenschaft. Ein französischer Corporal sei des Morgens in aller Frühe gekommen und habe »Debout!« geschrien und dann die Verwundeten aus den Betten geworfen. Besonders Vater habe er ständig beschimpft und ihn gezwungen, obwohl er nicht aufrecht stehen konnte, das Zimmer zu fegen und Wasser zu holen. Er habe Vater lächerlich zu machen versucht, indem er erklärte, dieser habe ein Mädchengesicht. Daher habe er ihn immer mit »Mademoiselle« angesprochen.

Dann kam Vater ins Gefangenenlager auf die Zitadelle zu Blaye an der Gironde, die er eine altgermanische Stätte nannte. Schon vor anderthalb Jahrtausenden hätten hier Wandalen und Goten geherrscht.

Die Unterkunft in diesem Gefangenenlager, berichtete er, bestand aus Holzbaracken. Dicht nebeneinander gedrängt, auf Pritschen übereinander, lagen oft bis zu zweihundert Mann in einer Baracke. Die wenigen Fenster hatten vielfach nur Ölpapier als Schutz. Die Beleuchtung bildeten für jede Baracke zwei Stalllaternen. Den ungefähr anderthalb Quadratmeter großen Platz, der für jeden zur Verfügung stand, füllte der Strohsack aus, in dem aber meist kein Stroh, sondern nur etwas staubiger Schmutz war. Man lag darauf wie auf bloßen Brettern. Zum Zudecken gab es zwei kleine Decken. Die eine meiner beiden Decken hatte ein so großes Loch, dass nur noch der Rand davon vorhanden war, und die andere war so fadenscheinig, dass man leicht durchsehen konnte. Sie reichten von den Füßen kaum bis zur Brust, sodass man darin ganz zusammengerollt liegen musste und immer noch entsetzlich fror.

Zum Heizen wurde nichts geliefert, es gab nur das, was die als Hafenarbeiter tätigen Gefangenen in den Taschen an Kohlen mitbrachten. Wurden sie dabei erwischt, so wurden sie schwer bestraft. Den Boden der Baracke, die stets von dichtem Staubqualm erfüllt war, bildete der bloße Erdboden.

Und da saß ich an den langen Winterabenden im Halbdunkel zusammengekauert und gedachte der fernen Heimat und ob und wann ich sie wieder sehen werde. Die Läuse plagten mich, denn die Waschgelegenheit war bei den hunderten und tausenden von Gefangenen sehr schlecht. Ich hatte die ersten Wochen nur ein Hemd und sonst nichts, und wenn ich dieses wusch, hatte ich nichts zum Anziehen.

Ich musste zusehen, wie andere, die mit schwerer Arbeit etwas Geld verdienten und damit Lebensmittel kaufen konnten, sich satt essen konnten, und wie die Aufsicht führenden Juden als deutsche Soldaten in Üppigkeit schwelgten, und ich hatte nichts und musste Hunger leiden.

Denn die Verpflegung war sehr einförmig, schlecht und knapp. Monatelang gab es zu den zwei Mahlzeiten des Tages abwechslungslos immer dasselbe, eine Zeitlang Monate hindurch schwarze Bohnen, voll von kleinen Käfern, dann monatelang täglich Reis, dann faule Kartoffeln und in letzter Zeit Saubohnen. Zur Zubereitung dieses Essens gab es nur ganz wenig schmutziges, nasses Holz, keine Zutaten, fast gar kein Salz. Dazu gab es Pferde- oder Eselsfleisch, meist verdorben und ungenießbar, das nur Krankheiten verursachte. Und der Rest der täglichen Verpflegung bestand aus angeblich dreihundert, zu mancher Zeit aus vierhundert Gramm Maisbrot, in dem haufenweise Mehlwürmer mit eingebacken waren.

Und da hatten die Leiter der Gefangenenversorgung, meist jüdische »Gelehrte«, bestimmt, dass die Ernährung der Gefangenen nur nach Kalorien zu bemessen sei, und nicht bedacht oder vielmehr die Verfügung unterlassen, dass infolge des Mangels an notwendigen Salzen, Vitaminen und Eiweißstoffen der Körper furchtbar leiden muss. So war denn auch der größte Teil der Gefangenen magendarmleidend.

Selbst dieses festgesetzte Mindestmaß an Kaloriennahrung

erhielten wir bei weitem nicht und die liefernden und vermittelnden Franzosen und Juden bereicherten sich gewaltig durch deren Unterschlagung.

Trotz dieser unzureichenden Kost musste der Körper bei diesen ungesunden Verhältnissen durchhalten. Ich konnte mich oft vor Schwäche kaum bewegen, war abgemagert bis auf die Knochen und wurde vielerorts nur »das Knochengerüst« genannt. Manche Kameraden hatten Erbarmen mit mir und gaben mir manchmal etwas zu essen. Die meisten Kameraden, besonders die im »Inapten«-Lager, dem Krankenlager der Arbeitsuntauglichen, hatten aber selbst kaum etwas zu essen.

Die ersten Monate war ich im Arbeiterlager, denn der französische Arzt hatte mich arbeitstauglich geschrieben. Aber so weit diese Arbeiten für die Franzosen waren, führte ich sie nicht aus, sondern stellte mich unwissend und ungeschickt an, um ihnen zu schaden. Während meiner ganzen Gefangenschaft setzte ich meinen Vorsatz durch, für die Franzosen nicht das Geringste zu arbeiten, sondern sie nach Möglichkeit zu schädigen, um so dem Vaterland auch in Gefangenschaft noch zu nützen.

Leider gab es viele Gefangene, die aus Arbeitswut oder um Geld zu verdienen für die Franzosen tüchtig arbeiteten und nicht bedachten, dass sie dadurch dem eigenen Vaterland schadeten. Andere aber verweigerten die Arbeit und ertrugen lieber schwere Strafen.

Ich meldete mich immer wieder zum Arzt und erhielt auch stets einige Tage Schonung. Eines Tages sollte ich in einem Arbeitskommando am Bahnhof Kohlen verladen und die Lokomotiven füllen helfen, mit denen die französischen Truppen und deren Kriegsgerät an die Front gebracht wurden. Ich verweigerte die Arbeit, und da mir zwei Monate strenger Arrest drohten, schützte ich Schwindelanfälle und Kopf- und Brustschmerzen vor. Dennoch wurde ich in einer windigen, kalten Baracke eingesperrt. Wie gerne hätte ich die Gelegenheit genutzt, auf einem Eisenbahnzug mein Glück zu versuchen und die Flucht anzutreten, aber ich hatte nicht die Kraft dazu.

Später gelang es Vater, als »Inapter«, nämlich Arbeitsuntauglicher, ins »Inaptenlager« zu kommen. Dort wurde er von zwei Kameraden mit Essen unterstützt. Ab und zu kamen Pakete aus der Heimat an, so konnte er sich wieder einigermaßen erholen. Zwölf Stunden am Tag musste er nun in der Handwerkerstube arbeiten, schreibt er, habe dort aber nur für die Kameraden Kleidung ausgebessert. Auch hier seien ihre Aufseher Juden gewesen, die sich bei den Franzosen eingeschmeichelt, aber an der Front nichts geleistet hätten.

Weitschweifig beschreibt Vater das Entstehen antisemitischer Gefühle. Er sagt: Die Aufsicht auf deutscher Seite führte ein Jude namens Levy, der täglich in seinem Talmud las und in allem auf Seiten der Franzosen war, um bei ihnen einen guten Stand zu haben und den Deutschen auch hier noch zu schaden. Diese Eigenschaft legten alle Juden in der Gefangenschaft an den Tag. Ihre Aufsichtsstellen über die deutschen Mitgefangenen erhielten sie durch einen französischen Sergant, der ein Jude namens Abraham war. An der Front hatten sie nichts geleistet und die wenigen, die an der Front waren, nahmen jede Gelegenheit wahr, sich dem Feind zu ergeben.

Ein Jude E. Eckstein, der vor dem Krieg in München Rechtsanwalt war und an der Front zum Feind überlief, schrieb gehässige Artikel gegen Deutschland in jüdischen »neutralen« Zeitungen, wie in der »Schweizer Freien Presse«, und in der Kriegsgefangenenzeitung unter der Überschrift »E. E., deutscher Kriegsgefangener in Frankreich«. Aber solche Überläufer, die übrigens auch französische Uniformen trugen, bekamen besondere Unterkunftsräume zugewiesen, auch deswegen, weil sie sich nicht unter den anderen deutschen Gefangenen sehen lassen konnten, um nicht jämmerlich verhauen zu werden.

Als der jüdische Vizefeldwebel Adler, der tyrannisch zur Freude der Franzosen unter seinen deutschen Mitsoldaten im Lager Rochefort hauste, hierher in unser Lager kam, wäre er gelyncht worden, wenn ihn die Franzosen nicht besonders beschützt hätten. Nachdem ich von einem französischen Sergant wegen Achtungsverletzung einmal eingesperrt wurde, ließ

Levy meine Strafe verschärfen, indem er den Franzosen hinterbrachte, ich würde auf der Handwerkerstube Material beschädigen.

Diese Anschuldigungen gegen Vater waren richtig, denn er sabotierte ja die Arbeiten für die Franzosen. Daher musste er nach der Entlassung aus dem Arrest zu den Korbflechtern. War die Arbeit in der Handwerkerstube recht erträglich, so saß er jetzt in einem ungesunden feuchten Keller.

Das antijüdische Thema ließ ihn nicht los. Er schreibt: In der Schulzeit wurde das Judentum als das auserwählte Volk Gottes dargestellt, das der Menschheit das Heil bringe. Doch meine persönlichen Erfahrungen mit den Juden in der Garnison, im Feldrekrutendepot, an der Front und in Gefangenschaft machten mir deutlich, dass es sich hier nicht um eine Frage eines irrtümlichen Glaubensbekenntnisses, sondern um eine Rassenfrage handele. Schon als Kind dachte ich darüber nach. Auch hier im Lager sah ich ihre internationale Kooperation. Ein französischer Jude wagte sich, die deutschen Verwundeten zu beschimpfen, zu schlagen, sie mit dicken Steinen durch die Barackenfenster zu bewerfen und in die mit Gefangenen voll belegten Baracken hineinzuschießen.

Als man mich zu den Korbmachern schicken wollte, meldete ich mich zum Arzt und kam vier Wochen ins Lazarett. Danach hatten diese ihre Arbeit fast beendet und ich beeilte mich, noch möglichst viele Weiden zu zerschneiden und schlug die Fenster des Gebäudes ein.

Wegen dieser Sabotage kam Vater abermals in Arrest. Man ließ ihn ohne Essen, er schlief auf kalten Brettern in der nackten Zementzelle, der Boden war hart gefroren. Vater hatte nur eine fadenscheinige Uniform ohne Unterzeug an und durfte die dicht verschlossene und fast lichtlose Zelle nicht verlassen. Er konnte sich nicht waschen, der Abortkübel in der Einzelzelle war seit Monaten nicht geleert worden. Kameraden steckten ihm heimlich Essen zu, baten schließlich um seine Begnadigung.

Danach musste er ein halbes Jahr lang die Aborte leeren und die Abortkübel in die Meeresbucht zum Ausleeren schleppen. Es machte ihm nichts aus, erinnerte er sich, da er damit ja seinen Kameraden helfe.

Viel mehr Kummer habe ihm das Vaterland gemacht. Er konnte es nicht fassen, dass es zum Waffenstillstand kam. Die französischen Bewacher zogen am Tag der Kapitulation unter Absingen der Marseillaise durch das Lager. Fassungslos nahm er die Friedensbedingungen zur Kenntnis, glaubte, an allem seien Juden beteiligt gewesen. Alle Staaten hätten nach dem Friedensschluss ihre Gefangenen heimgeschickt, nur nicht die Franzosen. Monat um Monat hätten sie vergeblich auf ihre Entlassung gehofft. Das Volk von Frankreich, schreibt er, sei »durch und durch körperlich und sittlich verseucht« und habe »keinen Anspruch als Kulturvolk zu gelten«, vom »flämisch- und elsässischgermanischen Landstrich« einmal abgesehen.

Frankreich habe trotz aller Friedensverträge weiterhin die noch kranken deutschen Gefangenen an die frühere Front geschickt, um da in Regen und Kälte und schrecklichster Unterkunft, ohne Verpflegung und Behandlung, die Aufräumungsarbeiten zu verrichten.

Glücklicherweise war ich, sagt Vater, bei einem solchen Transport nie dabei und wurde bei den zahlreichen Untersuchungen, um Arbeitsuntaugliche an die frühere Front zu senden, und bei den Auslosungen immer wieder zurückgelassen. Wäre seinerzeit nicht ein anderer Arzt gekommen, hätte ich sogar mit dem Schwerverwundetentransport, der Anfang April in die deutsche Heimat abging, bereits mitkommen können.

5

Aber der Traum vom Heldentum war immer noch nicht ausgeträumt. Bei dem ehrenvollen Versuch, sich nicht zu ergeben, wurde er an vorderster Front schwer verwundet. In der Gefangenschaft sabotierte er trotz schwerer Bestrafungen alle den Bewachern nützlichen Arbeiten. Jetzt will er, nach dem in seinen Augen schmählichen Friedensschluss, nach Deutschland zurück. Er will seine gefallenen Kameraden rächen, schwört in Gedichten, für ihren Tod an den Franzosen Rache zu nehmen, will weiterhin für die Freiheit kämpfen.

Mit Macht bereitet er nun, immer noch geschwächt von der schweren Verwundung, seine Flucht vor, »um diesem Zwange des Nichtstuns zu entrinnen und dem Germanentum wieder nützen zu können«.

Er erinnert sich: Aber zum Ausreißen war vieles nötig, und das war in diesem abgesperrten Lager, wenn überhaupt, nur mit äußersten Schwierigkeiten zu erreichen. Ich gewann einen guten Kameraden, der mich in meinen Plänen unterstützte. Mitte August waren wir zum Ausrücken gerüstet.

Doch einige Tage zuvor entflohen fünf Gefangene. So trafen die Franzosen alle Maßnahmen, weitere Fluchtversuche zu verhindern. Die einzelnen Baracken wurden isoliert, der Austausch untereinander verhindert. Dadurch wurde es auch uns unmöglich, einen Fluchtausgang zu benützen. Es gab nämlich einen unterirdischen Gang, der am Ende durchbrochen war und die Möglichkeit zum Hinausklettern bot. Ich hatte schon zahlreichen Kameraden bei eigener Lebensgefahr geholfen, ihn zur Flucht zu benutzen und musste mich nach deren geglücktem Entfliehen selbst wieder ins Lager zurückarbeiten. Die Franzosen hatten nämlich Befehl, jeden, den sie ertappten, niederzuschießen.

Wenn diese Ausreißer dann wieder erwischt und eingeliefert

wurden, brachte ich ihre Fluchtausrüstung mit List in Sicherheit, versorgte sie mit Nahrung und Nachrichten und vermittelte ihre Fluchterfahrungen an andere.

Vater und sein Freund wollten auf jeden Fall fliehen und planten, auf nächtlichen Wanderungen in dieser warmen Jahreszeit, in der die Felder genügend Nahrung boten, nach Spanien zu entkommen. Sie hatten sich Arbeiterkleidung und Werkzeug verschafft, um einen Kahn am Ufer loszumachen und nach Medoc zu gelangen. Vater hatte schon etwas Spanisch gelernt und Landkarten Spaniens abgezeichnet. Die beiden hatten sich aus einer Rasierklinge, einem Messingnagel, einem Holzbrettchen und einem rundgeschliffenen Glasstück einen Kompass gebastelt.

Allerdings wurden auch sie von einem Posten bei der Flucht überrascht, konnten gerade noch unerkannt in die Baracke zurückfliehen.

Immer noch war Vater nicht genesen, erkrankte wieder schwer durch diese Anstrengungen. Dennoch wurden weiterhin Fluchtpläne geschmiedet. So dachten sie sich aus, in Mädchenkleidern zu fliehen, konnten aber in dieser Männergemeinschaft keine organisieren.

Mit der Heimatpost hatte Vater hundert Franken zugeschickt bekommen, unter diesen Verhältnissen ein Vermögen. Damit bestach er eine Kantinenfrau, die seine Briefe unter Umgehung der Zensur abschickte und ihm die eingehende Post heimlich zusteckte. Auf diese Weise habe er die zur Flucht nötigen Informationen von daheim erhalten.

Weil er ja ein Held sein wollte, gelang es ihm sogar, auf diesem Weg Texte für deutschvölkische Zeitungen über seinen Bruder Karl zur Veröffentlichung zu bringen.

Frustrierend war, dass bis auf einen, der ins Elsass entkam, alle anderen Flüchtlinge, die nach Spanien oder in die Schweiz entkommen wollten, wieder eingefangen wurden. Inzwischen war es bereits Dezember.

Doch er gibt nicht auf und nutzt die Informationen aus der Heimat zu einem ganz neuen Plan. Er vermerkt: Ich hatte mir daher einen anderen Plan erdacht und die Antwort meines Bruders Otto gab mir die Aussicht für sein Gelingen.

In heimlicher Arbeit hatten drei meiner Kameraden und ich mir einen bürgerlichen Anzug gefertigt. Er bestand aus einer Mütze, einem Mantel, einem darunter eingenähten Rockkragen und einer Hose. Den Stoff dazu lieferten Decken sowie eine preußische Friedensuniform. Außerdem hatte ich mir noch ein Paar Zivilschuhe, einen Kragen und eine Krawatte verschafft.

Mit einem Kameraden, der wegen eines anderen Fluchtversuchs in Arrest saß, besprach ich den Fluchtplan. Er war einverstanden, bei der Flucht mitzumachen. Ich vervollständigte auch seine Kleidung für die Flucht. Als Ausbruchstermin legten wir den Tag nach Weihnachten fest, an dem seine Strafzeit endete.

Am Tage vorher verriet uns ein weiterer Kamerad, dass auch er beabsichtige auszureißen. So beschlossen wir drei die gemeinsame Flucht. Am 27. Dezember 1919, mit Einbruch der Dunkelheit und vor dem Aufziehen der französischen Patrouillen und der Verstärkungsposten, verließen wir das Lager.

An einem Seil, das Kameraden auf dem Wall festhielten, kletterten wir die hohe Festungsmauer hinab auf die Mauer eines Schießstands. Diese war immer noch viele Meter hoch und nur so breit, dass man mit Glück und Geschick gerade darüber hinweg gelangen konnte. Auf dieser Mauer gingen wir entlang, krochen über ein Wellblech, das eine Lücke überbrückte und sprangen auf den äußeren Wall herunter.

Von da liefen wir bis nach Mitternacht auf schlechter, vom Regenwetter schmutziger Straße nach Montendre, ungefähr dreißig Kilometer entfernt. Wir hatten unsere Militärschuhe und unsere feldgrauen Hosen angezogen und die Fluchthosen und Zivilschuhe verpackt.

Wir unterhielten uns wie überhaupt während der ganzen Flucht bis nach Deutschland nur auf Französisch. Beim Durchschreiten der Ortschaften und bei Begegnungen sprachen wir von harmlosen Dingen oder sangen französische Lieder. Ein

Landjäger überraschte uns auf seinem unbeleuchteten Fahrrad, doch wir sprachen zum Glück von ganz Unauffälligem.

Endlich kamen wir todmüde vor der Stadt an. Nach langem Suchen fanden wir einen Platz, wo wir uns bis zum Morgen aufhalten konnten. Es war ein Nadelholzgebüsch. In Strömen fiel der Regen vom Himmel herunter. Als es Zeit zum Kleiderwechseln war, konnte ich mich kaum mehr bewegen.

Dann gingen wir auf die Stadt zu. Ich konnte beim Gehen nur mehr das linke Bein vorsetzen und das rechte mühsam nachziehen. Endlich fanden wir mit Hilfe des Kompasses den Bahnhof. Weder in der Stadt noch auf dem Bahnhof trafen wir jemanden an. Die reguläre Abfahrtszeit des Zuges war bereits vorbei, als auf dem Bahnhof endlich Licht gemacht wurde. Eine halbe Stunde später lief der Zug ein.

Wir fuhren in einem deutschen Personenwagen bis Saintes. Dort gingen wir, wie auch fernerhin bei jedem Aufenthalt auf den Bahnhöfen, sofort frech durch die Sperre und an den Polizisten vorbei in die Stadt und in ein Gasthaus. Wir mussten doppelt vorsichtig sein wegen unseres germanischen Aussehens, denn die Franzosen waren dort klein und schwarz. Diesen Mangel, den uns die Natur aufgedrückt hatte, konnten wir nicht verwischen.

Die beiden Kameraden kamen oft in peinliche Lagen dadurch, dass sie in ein Gespräch verwickelt wurden, aber mit Geistesgegenwart oder durch die Flucht konnten wir uns immer wieder retten. Auch ich wurde verschiedene Male angesprochen, lenkte aber das Gespräch immer geschickt ab, so von Soldaten auf den Bahnhöfen beim Warten am Fahrkartenschalter, von einer älteren Frau im Schnellzug, der ich meinen Platz angeboten hatte, da das Abteil überfüllt war.

Wir hielten uns darum meist unter Soldaten auf, besonders unter Farbigen, die vorwiegend nur miteinander redeten.

In Saintes kaufte ich mir einen neuen Kragen, da der andere ganz durchweicht war. Der Schnellzug nach Paris fiel aus, so benutzten wir jeweils die nächstmöglichen Anschlusszüge von Stadt zu Stadt, bis wir in Paris landeten. Vom Bahnhof Orleans fuhren wir mit der Untergrundbahn und der Hochbahn zum

Ostbahnhof, wo wir uns bis zur Abfahrt unseres Zuges in einem Kaffeehaus aufhielten. Von dort fuhren wir die Marne entlang bis nach Nanzig.

Während der Fahrt stellte ich mich meist schlafend, um Gesprächen und Beobachtungen zu entgehen. Zudem trug ich ein Trauerband am Arm, um so möglichst in Ruhe gelassen zu werden. Der eine Kamerad hatte sich kurz vor Nanzig durch die deutsche Aussprache von »Metz« fast verraten, doch gelang es ihm, sich wieder herauszureden, und in Nanzig verschwanden wir schnell.

Die Marne hatte Hochwasser. Von manchen Häusern waren nur noch die Dachfirste zu sehen und von den Bäumen die Kronen. Wir hatten Glück, dass diese Bahnstrecke noch in Betrieb war, da die anderen nach Osten führenden wegen des Hochwassers bereits ausgeschaltet waren.

Unterwegs kamen wir an arbeitenden deutschen Kriegsgefangenen vorbei. Die Franzosen eilten an die Fenster, um die Deutschen zu verhöhnen und riefen ihnen ihr übliches »sales Boches, sale race« zu. Und wir saßen mitten unter ihnen.

In Nanzig wurden wir in einer Wirtschaft von der Wirtin in gebrochenem Deutsch angeredet, da sie uns nach unserem germanischen Aussehen für Deutsche hielt, wir taten aber, als verstünden wir kein Deutsch. Am Abend passierten wir die mir bekannte frühere Front von Pont-à-Mousson. In Metz antworteten uns alle Leute, die wir auf Französisch anredeten, auf Deutsch, verstanden oft überhaupt kein Französisch. Metz sah durch die vielen Ausweisungen der deutschen Einwohner wie ausgestorben aus. Aber wir hörten die Kinder und die Älteren nur Deutsch sprechen. Ein beglückendes Gefühl, zum ersten Mal wieder in Freiheit deutsche Laute zu hören.

Dann gelangten die Flüchtlinge, nachdem sie die berüchtigte Sperre in Forbach durch die Polizisten und Geheimpolizisten hindurch dreist überquert hatten, nach Marienau, erreichten die Wohnung eines Schwagers von Bruder Otto, der sie aufnahm. Mit ihm gelangten sie am dunklen Morgen in der elektrischen Bahn bis an die Grenze, wo es keine Nachtposten gab, weil manche schon nachts erschossen und in den Bach geworfen wurden. So gelangten sie über die Brücke als neuer Staatsgrenze nach Saarbrücken zu Ottos anderem Schwager.

Ein Zufall: Dort wollte Bruder Otto am kommenden Tag Hochzeit feiern. Und so war auch Vaters Mutter da.

Kamen die beiden anderen Flüchtlinge als Eisenbahner verkleidet und von Eisenbahnern unterstützt über Koblenz glücklich ins unbesetzte Deutschland, so blieb Vater noch über Neujahr bei seiner Familie. Mit dem Lied »Deutschland, Deutschland über alles« feierten sie das neue Jahr 1920.

Hier erfuhr Vater nach seinen eigenen Worten, wie schändlich sich die Franzosen im besetzten Deutschland benehmen würden. Sein Hass bekam neue Nahrung. Er schreibt: Ausdrücklich noch aufgehetzt von ihren jüdischen und anderen schwarzrassigen Führern, wüten die sadistischen Wilden aus Frankreich mit ihren dunkelfarbigen Hilfsvölkern zu Hunderttausenden, ja Millionen hier in den germanischen Landen. Die schwarze Schmach schändet die germanische Art in himmelschreiender Weise. Frauen, Mädchen, Männer und Kinder wurden von den Franzosen und ihren farbigen Truppen täglich und stündlich in ungeheuren, in die Millionen gehenden Fällen vergewaltigt, geschändet, mit der Franzosenkrankheit, der Syphilis, und anderen Krankheiten meist unheilbar verseucht, gequält, zu Tode geschändet und in den Tod getrieben, bei der Verteidigung oder aus der Luft einfach ermordet.

Unermesslich ist der Schaden, den Franzosen, Juden, Neger, Araber, Mongolen, Italiener, Tschechen und Polen in den von den Feinden besetzten und abgetrennten deutschen Landen der germanischen Art zufügen.

In vorher ungekannter Üppigkeit schwelgen die feindlichen Besatzungstruppen mit ihren Familien und Anhängern auf Kosten der verarmten und »abgehungerten« Deutschen in deren Häusern, aus denen die Besitzer einfach vertrieben und ausgewiesen wurden, wodurch diese armen germanischen Familien in Hunger, Elend und Obdachlosigkeit verkommen müssen.

Sadistische Franzosen, Juden und Neger sitzen über Germanen zu Gericht, um die nordische Art auszurotten. Und hinzu kommt die planmäßige Verderbnis der Sittlichkeit und die Ausrottung alles völkisch-rassigen Bewusstseins samt alles dessen, was nur daran erinnern könnte.

Zu Tausenden und Abertausenden wurden deutsche Jünglinge und Männer in die französische Fremdenlegion nach Afrika geschleppt und deutsche Mädchen zu vielen Tausenden geraubt, um von den jüdischen Sklavenhändlern als Sklaven und Prostituierte verkauft und verwendet zu werden.

In jedem Dorf, in dem Franzosen sitzen, müssen die Deutschen Bordelle einrichten und sie mit deutschen Mädchen versehen, um der sadistischen Wut wilder Juden, Franzosen und Neger Gesundheit und Leben zu opfern. Recht geschieht das dem Mädchen, das sich zum Verkehr mit Juden und Franzosen hergibt, wobei es in allen Fällen, die ich kenne, eben dunkelrassige Mädchen sind. Allerdings werden so auch leider seine germanischen Mitmenschen durch Übertragung der bösen ansteckenden Krankheiten verseucht. Aber finden sich diese dunkelrassigen Mädchen nicht in genügender Zahl, so zwingen die Franzosen einfach die deutschen Mädchen und Frauen zur Prostitution, zur niedrigsten Sklaverei in ihren Bordellen und Wohnungen. »Auf Blonde sind sie besonders scharf«, das betonen sie immer wieder.

6

Beim Lesen stockt mir der Atem. Wer schreibt das? Ist das mein Vater? Damals warst du vierundzwanzig Jahre alt. Die dunkel aussehenden Mädchen sind selbst daran schuld, dass sie im Bordell sind? Die blonde Frau hingegen wird bedauert. Sind das merkwürdige sexuelle Phantasien eines pubertierenden Jünglings, der selbst noch ein paar Jahre warten muss, bis er erstmals die Liebe einer Frau erlebt? Ist das derselbe Mann, der einer alten Frau in der Bahn, als er auf der Flucht ist und jederzeit standrechtlich erschossen werden kann, seinen Platz anbietet? Ist das derselbe Mann, der laut weint, als er in Gefangenschaft gerät? Und dort als »Mademoiselle« von den Aufsehern verspottet wird?

Dein Hass findet keine Grenzen: Und dass all dieses Elend über Deutschland hereinbrechen konnte, so wütest du, das haben wir den elenden Juden und den übrigen Novemberverbrechern zu verdanken, die daraus ihren Gewinn zogen. Anfang 1920 hättest du auf der Universität Köln die »deutsche Regierung« mit eigenen Augen gesehen: Es seien fast lauter Juden gewesen, kein einziges germanisches Gesicht darunter.

Doch sei es der die größte Schändung und Erniedrigung aushaltenden Hoheit der germanischen Art zu verdanken, dass die Missstände in Deutschland nicht noch größer seien, dass die nordische Art immer noch fähig sei, am Vergeltungstage wieder die Herrschaft über die Erde zu übernehmen. Und die Wahrheit marschiere, die Erkenntnis sei im Wachsen.

Dann folgt in deinen Erinnerungen ein merkwürdiges Eingeständnis: Noch wenig bewusst der Tatsachen, dass alle geistige und seelische Fähigkeit und Leistung an die Rasse gebunden ist, war ich in edler Absicht und Meinung in der Gefangenschaft ganz den sozialistischen und kommunistischen Ideen zugetan und hatte nicht bedacht, dass diese nur zwischen guten gleichartigen Menschen, also nur nordischen, durchzuführen sind, und nicht gewusst, dass das alles nur schlau von den Juden angelegte Fallstricke gegenüber der besseren Art waren. Allmählich aber erlangte ich durch Erfahrungen und Überlegungen immer mehr Kenntnisse von der immer schon geahnten, nun aber ausnahmslos in allen Sachen erkannten göttlichen Berufung der nordischen Art.

Am 2. Januar 1920 fährst du mit deinem ein Jahr jüngeren Bruder Fritz in dessen Kleidern von Saarbrücken nach Köln. Fritz trug deine abenteuerliche selbst genähte Fluchtkleidung, wurde prompt angehalten, konnte sich aber ausweisen. Dann kamt ihr in der Nacht über die Besatzungsgrenze, seid in Blankenburg auf einen einfahrenden Zug gesprungen, »und ich war nun endlich in Freiheit«.

Du berichtest, dass ihr am folgenden Mittag weitergefahren seid zum Bruder Karl nach Baden-Baden in überfüllten Zügen, in die man durch die Fenster aus- und einstieg. Karl habe hier bei seinem ehemaligen Kompanieführer, einem Zahnarzt, die Zahnheilkunde erlernt und sei zu Beginn des Jahres 1921 Zahntechniker geworden. Dort habe Karl als Schriftführer des deutschvölkischen Schutz- und Trutzbundes fungiert, auch du habest nun für deutschvölkische Zeitungen von deinen Erlebnissen über die Juden in der Gefangenschaft geschrieben. Mit rückwirkender Soldatenlöhnung, einer Beförderung zum Unteroffizier und der Verleihung des Eisernen Kreuzes Zweiter Klasse sowie des Verwundeten-Abzeichens wurdest du aus der Armee entlassen.

Endlich konntest du wieder in das besetzte Gebiet einreisen, in die Heimat, zur Familie.

»Soldaten sind immer Soldaten, die kennt man am Schritt und am Tritt.« Deine Lebensauffassung. Daran hat sich nie etwas geändert. Selbst dann nicht, als es wieder einmal zu einem Krieg kam.

Vater zu Beginn des Zweiten Weltkrieges: Wieder hast du dich freiwillig in einen Krieg gemeldet, um für das Vaterland zu kämpfen.

Oder doch nur, um befördert zu werden?

Um einen Anlass zu haben, dir eine neue Uniform beim besten Schneider von Berlin machen zu lassen?

Den ganzen Schrank hattest du voller Uniformen hängen: Als Marine-Stabsarzt; als SA-Führer; als Adjutant des Reichsführers SS; als Arbeitsgauarzt. Und jetzt noch als Luftwaffenoffizier ...

Die Wehrübungen, die du alle Jahre abgeleistet hast, sollten dir doch nur den nächst höheren Rang einbringen, oder?

Während der Kämpfe in Jugoslawien wurdest du im Wehrmachtsbericht erwähnt.

Du hattest dich verfahren, unterwegs einen versprengten Trupp einer Heeres-Kompanie aufgelesen, ihn unter dein Kommando gestellt. Ihr seid in die falsche Richtung weitermarschiert. Am Horizont tauchte eine Stadt auf, die du schon in deutscher Hand glaubtest, da du ja vermeintlich noch hinter der Front warst. Erst als du direkt vor der Stadt anhieltest, hast du bemerkt, dass sie noch gar nicht besetzt ist, dass du dich vor der eigenen Front befindest.

Und da hast du keine Angst bekommen? Die Einwohner, die dachten, du seiest die Vorhut der deutschen Armee, haben weiße Fahnen gehisst und dir die Stadt kampflos übergeben. Du hast dich zum Ortskommandanten erklärt, einen Teil deiner Leute zurückgelassen und bist weiter. Damit hast du, am 6. April 1941, die zweite Hauptwiderstandslinie vor Marburg an der Drau eingenommen.

Für das Einbringen der Gefangenen hat dich der Fliegergeneral Löhr gelobt, für die Einnahme der feindlichen Bunker der Generaloberst Freiherr von Weichs.

Von dort ging es im Kübelwagen weiter nach Samobar, dieses Mal nur mit deinem Fahrer und einem Sanitätssoldaten. Warum? Vermutlich aus Übermut. Was einmal gelang, aus reinem Zufall, ohne viel Zutun, würde noch einmal gelingen, oder?

Und es gelang tatsächlich noch einmal! Du hast Samobar, in dem eine feindliche Regimentsbesatzung lag, eingenommen. Kampflos. Das Regiment hat sich dir und deinen beiden Soldaten ergeben.

Und es sollte ein drittes Mal gelingen! Wolltest du allein den Krieg gewinnen, mit deinem Fahrer und einem Sanitäter als Streitmacht, deinem Kübelwagen als Geschütz?

Du hast die Stadt Agram erreicht.

Als Erster warst du südlich der Save. Am 10. April 1941. In einem Standardwerk über den Zweiten Weltkrieg finde ich in der Chronik unter dem zehnten April: »Besetzung Agrams in Jugoslawien« als Stichwort des Kriegstagebuchs.

Du hast Agram eingenommen, der Bürgermeister trat mit einer weißen Fahne auf dich zu, überreichte dir den Schlüssel der Stadt, überreichte dir Brot und Salz.

Du hast dich unheimlich stark fühlen müssen, damals, und es war auch schon ein starkes Stück. Andere hätten erst weitere Truppen angefordert und vorsorglich die Stadt in Schutt und Asche gelegt. Du nicht. In deinem Fotoalbum kleben noch Bilder. Du bist darauf zu sehen, in der Uniform eines Luftwaffen-Majors. Im Hintergrund dein Kübelwagen, neben dir dein Fahrer, einige Bewohner der Stadt.

Der Begleitsoldat hat es mit deiner Leica aufgenommen. Auf der Rückseite des Fotos steht in deiner Handschrift: Von Raun nach Samobar (feindliche Regimentsbesatzung) nach Agram südlich der Save durchgebrochen 10. 4. 1941 (EK I) und die serbische Rückzugsstellung in St. Marein erkundet 11. 4. 1941.

Du hast dafür das Eiserne Kreuz Erster Klasse bekommen. Und wurdest im Wehrmachtsbericht erwähnt unter »Besondere Tat eines Oberstabsarztes«. Und in den Standardwerken über den Zweiten Weltkrieg steht die Besetzung von Agram durch die deutsche Wehrmacht. Nur nicht, dass du das warst und dass du es allein geschafft hast und dass es Zufall war.

In Samobar lag eine Regimentsbesatzung, die sich ergab. Ein ganzes serbisches Regiment! Und es ergab sich dir und deinen beiden Sanitätssoldaten. Du hast drei Städte kampflos und ohne Blutvergießen eingenommen, die ein anderer Major, scharf aufs Ritterkreuz, dem Erdboden gleich gemacht hätte. Vielleicht hast du hunderten von Zivilisten und Soldaten das Leben gerettet?

Später hast du von einem der beiden Sanitätssoldaten, inzwischen Unteroffizier geworden, einen Brief bekommen.

Diese Stunden, die ich mit Ihnen in den sechs Wochen unseres Zusammenseins verleben durfte, werden mir stets unvergesslich bleiben, schreibt er. Noch nie habe ich mit so fast kindlicher Liebe an meinem Vorgesetzten gehangen wie an Ihnen. Damals, als Sie mich in Graz für immer verlassen haben, erfüllte mich eine tiefe Wehmut, die auch tatsächlich berechtigt war, denn von da ab war ich bis zum Russlandfeldzug völlig zum Nichtstun verurteilt, was mir bei meiner Veranlagung gar nicht zusagt. Auch in Russland fehlte mir der Vorgesetzte, von dem ich lernen konnte; überall musste ich mich alleine durchsuchen, da habe ich oft an Sie zurückgedacht.

Du seiest ja in Wahrheit ein Drückeberger gewesen, hat einmal jemand über dich gesagt. Ich weiß auch, wer es war, aber du brauchst es nicht zu erfahren. Dieser Satz hatte sich in mir festgefressen.

Damals war ich etwa elf Jahre alt.

Du hast ihn nicht dementiert, hast ihn nicht dementieren können, weil du nichts von ihm erfuhrst. Du hast ihn aber auch nicht zurechtgerückt, indem du von dir mehr erzählt hättest.

Diese Sache mit Agram ist nur eine von vielen, die ich inzwischen über dich weiß und die ich belegen kann. Aber warum dann diese Träume, aus denen ich dich weckte, weil ich Angst um dich hatte? In denen du gewimmert, gestöhnt hast, hilfehilfe gerufen hast? Wie hängt das zusammen? Ein lebenslanges Trauma nach der Verwundung im Ersten Weltkrieg?

Laut geweint hast du als Neunzehnjähriger, als du dich blutüberströmt ins Gefangenenlager schleppen musstest.

Und dann hast du dich im April 1945, als die Alliierten schon sozusagen vor deiner Haustür standen, zum Gebietsarzt der Hitlerjugend erklären lassen, um zu verhindern, dass diese jungen Buben von vierzehn, fünfzehn Jahren aus den Schützengräben davonliefen, die sie als »Volkssturm« gegen die feindlichen Panzer einrichteten. Du wolltest gegen ihre Eltern vorgehen, die ihre Kinder heimholten, versteckten.

Du warst wirklich noch der Meinung, mit Hitlers Wunderwaffen würde der Krieg gewonnen.

Warum wolltest du diese ängstlichen Hitlerjungen noch an die Front jagen, in die Panzer hinein? Weil du dir deine eigene Angst von 1918 nicht verziehen hast?

Das Leben der Feinde hast du nach Möglichkeit geschont, wie in Samobar oder Agram.

Einen deiner Fahrer hast du degradiert, weil er aus Übermut mit dem Kübelwagen, in dem er dich chauffierte, über eine am Wegrand sich sonnende Katze fuhr und sie tötete. Du bist blaurot angelaufen, hast geschrien und ihm den Gefreitenwinkel abgerissen.

Du sollst ein Drückeberger gewesen sein. Ich hätte dich gerne danach gefragt.

Ich habe dich nie danach gefragt.

7

Im Bücherschrank liegen, sorgfältig in einem Ordner gesammelt, Papiere »Im Falle meines Todes«. Ich suche die benötigten Dokumente heraus, melde mich beim Beerdigungsinstitut an. Auf dem Weg dorthin treffe ich einen früheren Klassenkameraden.

Mit einem Aktenkoffer ist er auf dem Weg zu seiner Kanzlei.

Ob ich heute keine Schule hätte, fragt er leutselig.

Nein, sage ich, mein Vater sei gerade gestorben, da hätte ich meinen freien Tag.

Er lacht laut auf, entschuldigt sich dann, eigentlich sei das ja gar nicht zum Lachen. Sein Vater ist schon lange tot.

Ich betrete das Beerdigungsinstitut, befinde mich in einem Lagerraum mit vierfach übereinander gestapelten Särgen. Während ich warte, streiche ich mit der Hand über das Holz: In einem dieser Särge wird heute noch mein Vater liegen.

Eine ältere Frau kommt, grüßt, unterlässt das Beileid, als ich sage: »Wir haben eben miteinander telefoniert; mein Vater ist gestorben, und Sie sollen ihn unter die Erde bringen.«

Sie nimmt im Nebenraum Platz hinter einem Schreibtisch, bittet um die notwendigen Formulare.

Ob er in einer Krankenkasse gewesen sei, die die Beerdigungskosten übernehme?

Wann der Totenschein abgeholt werden könne?

Wie viele Sterbeurkunden wir zusätzlich brauchen?

Ob wir einen Anzug richten würden, oder ob er ein Totenhemd bekommen solle?

Welchen Sarg wir gerne hätten? Es komme dabei auch auf den Boden des Friedhofes an, ob Eiche besser sei oder Kiefer; wie viel wir denn anlegen wollten?

Ich entschließe mich, nachdem die furnierten Särge aussehen wie Pappdeckelschachteln, doch für einen Sarg aus Eiche, dunkel gebeizt.

Ein Kissen brauche er noch, sagt sie, das koste fünfundzwanzig Mark. Mit Decke fünfundfünfzig Mark.

»Eine Decke braucht er nicht«, sage ich, »er friert nicht mehr.« Die Sargverkäuferin verzieht keine Miene.

Wann der Text der Anzeige in die Zeitung kommen solle und in welche Regionalausgabe. Sie legt mir ein Musterbuch mit lauter Todesanzeigen vor, beginnt nach den Erfahrungen aus diesem Gespräch mit den kleinformatigen. Den Text solle ich später durchtelefonieren. Zuerst müsse ich aber den genauen Bestattungstermin wissen. Da Vater in seinem Geburtsort begraben werde, müsse ich das dortige Pfarramt anrufen; auf den Dörfern bestimme den Termin immer noch der Pfarrer.

Welchen Gärtner wir hätten für das Deckelbouquet, und ob es rote Nelken, Chrysanthemen oder Rosen sein sollen? Rosen wären um diese Jahreszeit am teuersten, Chrysanthemen am billigsten.

Sicher brauchen wir auch ein Grabkörbchen mit Blumen, die dann auf den Sarg geworfen werden, auch eine Schaufel, um ein wenig Erde hinzu zu fügen. Ob die freundlichst zugedachten Kranz- und Blumenspenden das Beerdigungsinstitut entgegennehmen solle? Und ob der Sarg geschlossen bleibe?

Mutter sitzt daheim am Telefon und benachrichtigt die Verwandten.

»Er ist ganz ruhig während des Schlafes gestorben«, höre ich sie sagen. »Er hatte einen schönen Tod.« Ihre Stimme ist in solchen Momenten leise, ruhig. In Situationen, die andere umwerfen, wird sie stark.

Ich lasse mir von ihr warmes Wasser in einer Schüssel geben und Handtücher. Ich beginne, die Leiche meines Vaters zu waschen. Mit dem Waschlappen fahre ich über sein Gesicht, seine Stirn, wie ich es schon manchmal tat, wenn ich ihn schwer krank vorfand. Der Körper ist inzwischen eiskalt geworden. Ich frage mich, warum ich dies mache, beobachte mich dabei distanziert.

Weil ich in Romanen immer wieder gelesen habe, dass man die Toten wäscht? Weil ich ihn auf diese Weise noch einmal berühren kann?

Ich bemühe mich, keine anderen Empfindungen zu haben als zu der Zeit, da ich den Kranken rasieren durfte, füttern, ins Bad tragen oder ihm den Nachttopf zum Urinieren halten. Ich hebe seinen Kopf hoch, ziehe die Hand darunter hervor. Noch ist keine Leichenstarre eingetreten. Die Finger weich, beweglich, wie sonst auch. Nur die Hand, die unter dem Kopf lag, hat sich verfärbt. Auch der Körper weist rote Flecken auf. Der Bauch ist geschwollen. Ich putze sein Gebiss, versuche es ihm anzuziehen. Aber die Zunge ist schon zu dick, unnachgiebig. Dann beende ich das unfertige und halbherzige Ritual.

Während ich den Oberkörper meines Vaters wasche, kommen die Männer vom Beerdigungsinstitut. Sie haben den Sarg dabei, den ich ausgewählt habe. Mutter sucht einen Anzug heraus, frische Wäsche.

»Keine Schuhe«, sagen die Männer.

Während sie beginnen, die Leiche zu entkleiden, verlassen wir das Zimmer.

»Die möchten sicher nicht, dass ihnen die Angehörigen zusehen«, sagt Mutter.

Ich hatte das Radiogerät eingeschaltet, Klaviermusik gesucht, als ich die Wohnung meiner Eltern betrat. Inzwischen hat es jemand wieder ausgeschaltet. Mutter trägt schon schwarze Kleidung.

Ich betrete Vaters Zimmer wieder, als er angezogen auf dem Bett liegt. Bevor ihn die beiden Männer an Schultern und Füßen packen, um ihn in den Sarg zu legen, streuen sie Chemikalien auf den Sargboden. Sie wollen ihm die Hände falten.

»Falten Sie die Hände bitte nicht«, sage ich, »das wäre meinem Vater sicher nicht recht gewesen.« Die Männer blicken ratlos.

Sie legen die Hände aufeinander, aber da bleiben sie nicht, rutschen zur Seite herab. Ich versuche es selbst, erfolglos.

Die eine der beiden Socken hat ein Loch. »Sollen wir ihm keine anderen Socken anziehen?«, frage ich Mutter. »Ach was«, sagt sie, »das sieht doch niemand mehr.« Mir ist es etwas peinlich, Vater mit einer löcherigen Socke begraben zu lassen.

Dann beuge ich mich über den Sarg, küsse seine Stirn, streiche über seine Hände. Stelle mich an den Türrahmen, sehe zu, wie der Deckel verschlossen wird.

Ich begleite den Sarg aus dem Haus. Vor der Tür steht der Leichenwagen mit geöffneten Türen und eingeschalteter Warnblinkanlage. Arbeiter, die die Straße aufgraben, unterbrechen ihre Arbeit, schauen zu. Ich blicke dem Wagen nach, bis er außer Sichtweite ist.

Ein aus der Kindheit auftauchendes Gefühl des Einsamseins; Abschiedsstimmung, flaches Atmen und in den Augen Tränen.

»Das war schon immer sein Fehler, dass er nie gesagt hat, was er will«, Antwort von Verwandten, die ich am selben Tag noch in Einöllen aufsuche, seinem Geburtsort.

Ich erzähle von unserem letzten Besuch der Kirchweih, zu dem ich Vater fuhr. Ich erzähle, wie er mich anrief, weil ich ihm ein Buch besorgen sollte, in dem seine Biographie stehe, ein Aufsatz von ihm. Wie er ganz nebenbei gesagt habe, am zweiten Sonntag im Monat sei ja die Einöller Kerwe.

Ob er da gerne hinwolle, habe ich ihn gefragt. »Och, eigentlich nicht«, sagte er zögernd; ob wir denn hinführen.

»Wir fahren ganz gern«, habe ich gesagt, ob er Lust hätte, mitzufahren. Nachdem ich, ähnlich formuliert, die Frage noch drei Mal stellte, habe er zugesagt.

Ein mehrmaliges Nicken die Reaktion der Verwandten auf das, was ich erzähle. Wir verstehen uns. So hätte ich schon immer seine Wünsche aufspüren müssen. Er habe etwas gesagt, ganz nebenbei, und geschult aus vieljährigem Versuch und Irrtum hätte ich die Untertöne herausgehört, ihn genötigt zu Dingen, die er sich herzlich wünschte, nicht nannte.

Vater liebte seine Heimat, die Bauerndörfer der Nordpfalz, in denen fast jeder mit jedem verwandt war. Vaters Eltern waren Cousin und Cousine, sie eine Gauch geborene Gauch. Ursprünglich war die Familie sehr wohlhabend, »Guts-Besitzer« wurden manche der Vorfahren in den Kirchenbüchern genannt, um sie von den weniger besitzenden Bauern zu unterscheiden. Vater war sechsundvierzig Jahre älter als ich. Sein Vater war schon über dreißig Jahre tot, als ich zur Welt kam, seine Mutter, meine Großmutter, starb einige Monate vor meiner Geburt. Nur aus Vaters Erinnerungen an seine Kindheit, aus manchen Bemerkungen seiner Geschwister kenne ich die Familie meines Vaters.

Über seine Angehörigen und das Dorf, über seine Kindheit schreibt er einmal: Infolge der sehr starken Vermehrung meiner Ahnen und dem Verbleiben ihrer Nachkommen im Heimatort wie auch in den Nachbarorten schmolz der große Grundbesitz für den einzelnen Erben immer mehr zusammen. Nur wenige haben sich durch geringe Kinderzahl ein noch ansehnliches Vermögen für ihre Nachkommen erhalten. Mit Stolz erzählte mir meine Großmutter oft, was alles früher einmal Eigentum ihrer Angehörigen gewesen sei, und mit Weh und Wonne ergreift es mich, wenn ich meinen Heimatboden, den ehemaligen Besitz meiner Ahnen beschreite.

Von meinen Großeltern kannte ich nur noch den Vater meines Vaters und die Mutter meiner Mutter. Diese meine Großmutter ist in unserem westlichen Nachbarhaus, das 1871 abbrannte, geboren. Es ist auch das Elternhaus ihrer Mutter und meiner übrigen Urgroßeltern Gauch, sowie überhaupt das Stammhaus der Sippe Gauch zu Einöllen. Sie war eine gute, tapfere, wohltätige, gescheite Frau, die in allem Unglück aushielt und sich durchkämpfte.

Sie lehrte mich Sprüche aus alter Zeit, erzählte mir Märchen und Sagen, vom weißen Ross zum Beispiel, dem Pferd Wotans, das ohne Kopf in der Hintergasse umging. Sie erzählte vom Totenkäuzchen, das die Kranken zum Grabe rief, von den Wichtelmännchen und von Hexen, von Irrlichtern, die ihre Ahnen in Sümpfe gelockt hätten, von Geistern, die an Grenzsteinen umgehen müssten, weil sie dieselben versetzt hatten. Sie erzählte von Nachtwandlern, die mit der Frau Holle gingen. Alle diese Erzählungen waren sinnbildliche germanische Glaubensreste, die das Kristentum trotz aller Verkehrung nicht ausrotten konnte.

Von ihren elf Kindern verlor sie schon in deren Kindesalter die sieben ältesten durch Seuchen und kurz vor ihrem Tod ihren jüngsten Sohn, sowie schon früh durch einen Unglücksfall ihren Mann, meinen Großvater. Dieser ist in seinem, auch meinem Elternhaus geboren. Mit einigen anderen rüstigen Männern des Dorfes war er nach Reipoltskirchen in unseren Wald gefahren, um Holz zu holen. Beim Niederwerfen eines Eichenstammes überhörte er den Ruf der anderen und die Wucht des zu Boden fallenden Baumes quetschte ihm die Leber. Schon auf der Heimfahrt starb er in der Nähe des Ausbacherhofes.

Nach seinem Tod ließ meine Großmutter einen Teil ihres Landbesitzes versteigern, den Rest der Felder bestellte sie allein und leitete selbst den Landwirtschaftsbetrieb. Drei Jahre nach ihrem Tod verschied auch ihr Sohn Jakob. Dieser mein Onkel, der »Jaabspetter«, starb an den Folgen eines Rückschlags des Gelbfiebers, das er sich in Australien als Musiker zugezogen hatte, unter einem furchtbaren Kampfe seiner kerngesunden Körpernatur.

Mein anderer Großvater, Peter Gauch, ist in seinem Vaterhaus, das neben dem Elternhaus seiner Mutter steht, geboren. Er war bis zu seinem Tod eine rüstige, gesunde und kräftige Germanenerscheinung und arbeitete auch noch bis zuletzt auf dem Feld mit. Wie alle anderen alten Bauern war auch er ohne seine Pfeife nicht zu denken. Darum brachte ihm der Krieg mit seiner Tabakknappheit großes Leiden. Da ich gleich meinen Geschwistern und Eltern Nichtraucher bin, so konnte ich ihm als Soldat öfter aus der Not helfen. Denn beim Heer bekamen wir neben der Möglichkeit, Tabak zu kaufen, täglich eine Menge Zigarren und Zigaretten oder geschnittenen Tabak zugeteilt – eine Maßnahme, die gleich der Alkoholverausgabung und anderen Einrichtungen beim Heere einflussreiche Juden, wegen ihres eigenen Gewinnes und um das Heer zu schädigen, eingeführt hatten. So gewöhnten sich die meisten meiner Kameraden das Rauchen an. Aber mein Großvater half sich aus der Not und rauchte einfach getrockneten Klee.

Er starb in der Zeit meiner Gefangenschaft im Alter von 89 Jahren. Seine Frau, meine Großmutter, war in ihrem neben dem Haus ihrer späteren Schwiegereltern stehenden Elternhaus geboren. Das Paar ließ sich daneben ein Haus erbauen, das Geburtshaus meines Vaters. Sie war eine weise, tüchtige Frau und ihrer jüngsten Schwester sehr ähnlich, die sich mit ihrem Mann hinter ihrem Elternhaus auf dem »Hebbenacker« ein Haus erbauen ließ, wonach ihre Familie »Hebbenäckers« genannt wird.

So heißen auch die Bewohner und Sprösslinge meines Elternhauses nach meinem Urgroßvater Peter Gauch »Peters«, ursprünglich »Großpeters«. Die Bausteine zu meinem Elternhaus wurden auf demselben Platz gegraben, auf dem die Baugrube war. Darum hört man bei Regenwetter oft in den tiefen Höhlungen noch das Wasser rauschen. Durch diese unterirdischen Wege fließt auch unreines Wasser in den tief gegrabenen Brunnen unseres Hauses und macht dessen Wasser ungenießbar.

Das Haus wurde von meinem Urgroßvater und seinen Verwandten und den Mitbürgern des Ortes erbaut. Mit der Vorderseite nach Südost gerichtet, steht es an der schönsten Stelle und in der Mitte des Dorfes. Auf drei Seiten ziehen die Dorfstraßen an unserem Haus entlang. Der daneben gelegene jetzt bebaute Platz gehörte früher als Garten noch zu unserem Haus und enthielt auch die Bienenstöcke. Später wurde dann ein Teil unseres großen Hofes in einen Garten verwandelt.

Auf der Kreuzstraße vor unserem Haus wird jährlich in der Walpurgisnacht von den jungen Burschen der Maibaum gepflanzt. Ich habe schon manchmal beim Setzen dieses Baumes mitgeholfen. Im Anschluss daran wird in derselben Nacht im Dorf allerlei Hexenspuk angerichtet.

Vieles, was ich aus diesen Erinnerungen meines Vaters erfahre, hatte sich in der Zeit meiner Kinderjahre in diesem Dorf noch nicht verändert. So der Hexenspuk in der Nacht vor dem ersten Mai. Einmal fanden wir unser schmiedeeisernes Hoftor in einem Baum hängen, der auf dem Schulhof stand – gefährlich für die Kinder. Ein anderes Mal wurde die Tür des Plumpsklosetts unseres Nachbarn ausgehängt und in einem Baum verstaut.

Schimpfend verzog sich dieser mit einem davor gespannten Betttuch auf das stille Örtchen – und draußen stand die Dorfjugend und bog sich vor Lachen. Aber es wurden auch Schäden angerichtet. Vater war wohl nicht sehr beliebt, denn eine Gartenlaube, die er in Erinnerung an die Gartenlaube seiner Kindheit im Hof erbaute, wurde in der Maiennacht zerstört, und ebenso viele junge Obstbäume, die er auf einem Feld vor dem Dorf gepflanzt hatte, einem Feld, das einst seiner Familie gehörte und das er in meiner Kindheit zurückkaufte und auf meinen Namen als Besitzer eintragen ließ.

In seinen Aufzeichnungen versuchte Vater seine Kindheit detailliert festzuhalten. Weiter lese ich bei ihm: Als Mittelpunkt des Dorfes war der Hof unseres Hauses und dieses selbst von jeher ein willkommener Spielplatz für die Kinder und der Ort gemütlicher Zusammenkünfte für die Älteren.

Die meisten Spinnstuben des Dorfes wurden hier abgehalten und die Vereine tagten hier. Neben den sechs Stuben, der Küche und dem Flur sind der Viehstall mit einem Schweinestall, der Heustall, der Keller, die beiden Speicher, die Scheuer und der Baren, ehemals Pferdestall, mit den Gerüsten und dem Katzenläufer darüber sowie der zwischen Garten und Haus angebaute Schuppen mit Schweineställen und Hühnerhaus die Hauptteile des Hauses.

Der freie Platz zwischen der Hinterseite des Hauses und dem angrenzenden Nachbargebäude ist der Rauel. Früher war er in der Mitte getrennt durch den Backofen und mit zwei Kirschbäumen und einem Pflaumenbaum bepflanzt. Im Jahre 1906 wurde dieser Backofen, der in die Küche mündete, niedergerissen.

Der freie Raum hinter dem Haus wurde mit Steinplatten belegt und mit dem Hausinneren durch eine Tür an der Stelle des früheren Backofens verbunden. Dafür wurde im Jahr darauf ein neuer Backofen erbaut. Meiner Großmutter bereitete es seinerzeit große Freude, dass sie diesen Umbau noch erleben durfte, was sie sich so sehr gewünscht hatte.

Als die Steinplatten für den Rauel noch im Hof lagerten,

schlief ich einmal hinter ihnen ein und meine Eltern suchten mich lange Zeit in der Nacht, bis sie mich dort endlich entdeckten.

Der Garten ist durch Mauern in erhöhter Lage eingefasst und umzäunt. Er ist mit Beerensträuchern und Blumen bepflanzt und trug bis in die letzte Zeit viele große Obstbäume, die uns Pflaumen, Königspflaumen und Nüsse brachten. Jetzt stehen nur noch junge Bäume darin, ein Fliederbaum und ein Lebensbaum, zwei Apfelbäume und zwei Birnbäume. Der ebenfalls ummauerte und umzäunte Hof führt durch zwei große Tore auf die Straße. Vor den Fenstern der großen Wohnstube, zwischen der nach unten führenden Kellertreppe und der nach oben führenden Haustreppe erstreckte ein Zuckerbirnbaum seine Äste bis an das Dach.

8

Vor Weihnachten und seinem Geburtstag verkündete Vater jeweils der ganzen Familie, er wolle nichts geschenkt bekommen; er brauche nichts.

Dennoch schenkte ihm jeder etwas.

Durch die Vorankündigung aber sparte er sich den Dank, vermied, Freude zeigen zu müssen, brauchte nur unwillig zu brummen, dass er doch gar nichts gewollt habe.

Dass er sich über vieles dennoch freute, erfahre ich erst am Tag der Beerdigung von Verwandten, die in München, in Frankfurt wohnen, denen er oft stolz von Dingen berichtete, von denen ich annahm, sie seien ihm unwillkommen.

Im Internat in Meisenheim besuchte mich Vater häufig. Als Zehnjähriger schon wurde ich dort angemeldet, da es keine andere Möglichkeit gab, ein Gymnasium zu besuchen. Wenn ich wusste, dass mein Vater kam, lief ich fröhlich von der Schule den Weg zu den Internatsgebäuden.

Es machte mir dann nichts aus, vom Tischältesten, einem Sechzehnjährigen, beim Betreten des Speisesaales wieder in die Waschräume zurückgeschickt zu werden, da ich bei der Fingerkontrolle nicht mit blitzblank geputzten Händen erschienen bin.

Es machte mir dann nichts aus, vor dem Essen noch mit hungrigem Magen eine Andacht des Internatspfarrers anzuhören, mich auf den Gongschlag des Heimleiters hin in der Schlange anzustellen, die die Essenschüsseln empfangen und verteilen musste.

Ich brauchte dann auch nicht das Essen hinunterzuwürgen, hatte keine Tränen in den Augen, wenn ich vom Erzieher gezwungen wurde, mein Kürbiskompott aufzuessen, vor dem ich mich bis zum Erbrechen ekelte.

An diesem Tag störte es mich nicht, so lange im Kompott herumzustochern, bis alle fertig waren, bis der Gongschlag des Heimleiters ertönte, der die Mahlzeit beendete und das zweite Tischgebet einleitete. Ich konnte dann ruhig das ganze Kürbiskompott in die Backen stopfen, den Teller leer machen, neben dem der Erzieher stand und »na also, es schmeckt ja doch« sagte, ins Freie laufen, um es am nahe gelegenen Bahndamm in die Hecken zu spucken.

Dann konnte ich nämlich schon Vaters Volkswagen sehen, der an der Straße hielt.

Wir gingen gemeinsam ins Rathauscafé, wo er eine Tasse Kaffee bestellte und für mich eine Limonade. Er hörte mich Vokabeln ab, lateinische und griechische. Dabei hielt er mir Vorträge über die Verwandtschaft einzelner Wörter mit dem Germanischen, dem Englischen und Französischen oder dem Baltisch-Slawischen, dass alle diese Sprachen einen gemeinsamen indogermanischen Ursprung hätten und auch welchen.

Ich hörte zu und nickte und vergaß das Internat.

Anschließend lasen wir Zeitschriften, die dort auslagen, von Anfang bis Ende; ich las sie vom Ende bis zum Anfang, fing auf der letzten Seite mit den Witzen an.

Vater interessierte sich vor allem für eine Serie im »Stern«, in der von den abenteuerlichen Fluchtversuchen und dem geglückten Ausbruch eines deutschen Fliegerhelden aus einem englischen Kriegsgefangenenlager die Rede war.

Er erzählte mir dabei ausführlich von seiner Gefangenschaft in Frankreich nach dem Ersten Weltkrieg, in der Zitadelle von Blaye an der Gironde, und von seiner geglückten Flucht aus dem Lager.

Als die »Stern«-Serie mit Hardy Krüger als Held und Ritterkreuzträger verfilmt wurde, besuchte ich mit Vater die Vorstellung. Er war nach dem Film sehr aufgekratzt, redselig.

In den Tagen, da er Geburtstag hatte, sah ich in der einzigen kleinen Buchhandlung in Meisenheim die Zeitschriftenserie als Buch. Seit Wochen hatte ich mein Taschengeld gespart. Ich kaufte den Band für ihn, freute mich auf sein Gesicht, auf die gelungene Überraschung, endlich etwas gefunden zu haben, das ihn interessierte.

Dann brauchte Vater abends nicht mehr stundenlang, wenn er daheim war, im Wohnzimmer auf und ab zu laufen, vom Herd zum Fenster, vom Fenster zum Herd, vom Herd zum Fenster. Dann brauchte er nicht mehr jedes Mal, am Herd angekommen, sich die warmen Finger im warmen Zimmer am Ofen zu wärmen und dieses rhythmisch schabende Geräusch beim Aneinanderreiben der Handflächen zu machen. Dann konnte er das Buch lesen, dachte ich.

»Das schenke ich dir«, sagte ich an seinem Geburtstag und senkte den Kopf. Ich spürte mein Herz klopfen.

Vater wickelte das Buch aus dem Geschenkpapier, sah den Titel, machte »hmhm«, was wohl so viel heißen sollte wie: Oh, das ist ja schön, vielen Dank, sagte aber stattdessen: »Das habe ich ja schon im Stern gelesen; behalt es erst mal da, du kannst es ja selber lesen.« Und gab mir das Buch zurück.

Es war die Zeit, in der ich schon eine halbe Stunde zuvor aufgeregt war wegen des Augenblicks, in dem ich es wagen würde oder nicht, beim Auf-Wiedersehen-Sagen im Auto Vater, der dann unbeweglich am Steuer saß, rasch einen Kuss auf die Wange zu drücken – wobei mich die stacheligen Bartstoppeln an der Nase kitzelten – um dann aus dem Auto zu stürzen, die Treppen hinauf, ins Internatsgebäude.

Die Freizeit war dann um. Wir saßen an unseren Tischen und machten Hausaufgaben. In jeder Stube standen sechs Tische, in jedem Schlafsaal standen sechs Betten, sechs Schränke. An einem der Tische saß der Stubenälteste. Er war Untertertianer, eine Persönlichkeit mit Macht und Einfluss. Wir waren Sextaner und Quintaner.

Wenn ich etwas nicht zur Zufriedenheit des Stubenältesten ausführte, konnte er mich bestrafen, zum Beispiel die Freizeit sperren. Ich hatte dann Stubenarrest. Manchmal versuchte er das, wenn Vater mich besuchen wollte.

Nach der Abreise von Vater saß ich an meinem Tisch über den Schulbüchern. Ich schaute angestrengt hinein, und die Buchstaben verschwammen vor meinen Augen. Nach einiger Zeit sagte ich, ich müsste etwas auswendig lernen. Dann durfte ich für eine Viertelstunde in den Schlafraum gehen, wo man beim lauten Aufsagen von Texten oder Vokabeln die anderen nicht störte. Reden im Arbeitszimmer war streng verboten, auch Flüstern. Darüber wachte der Stubenälteste mit aller Strenge.

Es waren die Minuten eines Tages, die ich am meisten liebte: Ich hatte oft etwas zum Auswendiglernen auf, fast täglich. Dann stand ich am Fenster des Schlafsaals, sah hinaus auf die Dächer der Stadt, auf die Hügel, sah die Familien, die mit ihren Kindern spazieren gingen.

Ein rasch auftauchendes Gefühl des Einsamseins; Abschiedsstimmung, flaches Atmen und in den Augen Tränen.

Und dann finde ich eines Tages in seinen Erinnerungen ähnliche Situationen. Nie hat er mir davon erzählt. Nie hätte ich dies vermutet, man sprach ja in unserer Familie nicht miteinander. Andererseits lagen die Erlebnisse bei ihm Jahrzehnte zurück. Voller Erstaunen lese ich: Ich stieß öfter auf Widerstand bei meinen Lehrern, die absichtlich nicht gelten lassen wollten, dass ich in so kurzer Zeit dasselbe wie die anderen, die von der ersten Klasse an auf dem Gymnasium waren, gelernt hatte. Allerdings fehlte mir auch manches, aber ich holte alles Versäumte bald nach, sodass ich in den Probeaufgaben im letzten Schuljahresdrittel immer die besten Arbeiten lieferte. Im Unterrichtsbetrieb war mir sehr vieles vollständig fremd. Durch meine Unerfahrenheit darin zog ich bei Schelmereien der Mitschüler gegen die Lehrer oft den Verdacht auf mich, obwohl ich daran ganz unbeteiligt war.

Mit fünfzehn hat er in Kaiserslautern die Mittlere Reife erhalten. Sein Abschlusszeugnis bestand aus durchweg guten und sehr guten Noten und dem Vermerk »Infolge seines sehr großen Fleißes und seiner guten Begabung ist es ihm in erfreulicher Weise gelungen, der Schwierigkeiten Herr zu werden, die ihm aus seinem ungewöhnlichen Studiengang erwachsen sind.«

Hätte mir so etwas auch nur ein einziges Mal jemand gesagt!

Aber gut, er hat es sich auf eine andere Art und Weise erkämpft. Im protestantischen Internat in Augsburg, dem Sankt-Anna-Kollegium, hat Vater die Oberstufe absolviert. Auch dort erging es ihm nicht besser. Außenseiter in der Klasse, unbeliebt bei manchem Lehrer.

Mir kam das recht ungeschminkt vor, was er darüber aufgeschrieben hat: Das berühmte Protestantische Humanistische Gymnasium bei St. Anna lebte nur für die lateinischen und griechischen Klassiker. Von der weit höheren Mutterkultur des Germanentums war keine Rede. Die alten Germanen waren da eben Barbaren, die von den Römern etwas Kultur übernahmen. Auch die Naturwissenschaft war ein Stiefkind. Meine naturwissenschaftlichen Arbeiten führte ich nachts geheim aus. Nach dem Rundgang des Inspektors durch die Schlafsäle schlich ich mich im Dunkeln unbemerkt mit einem Mitschüler in unser Oberprimazimmer. Wir blendeten die Fenster ab und arbeiteten nun mit meinen physikalischen und chemischen Apparaten, wie elektrischer Funkspruchanlage, Teslalicht, Geislerröhren, die ich mir zum größten Teile von einem Mitschüler besorgt hatte.

Aus meiner pfälzischen Heimat hatte ich mehrere Mitschüler, und das half mir etwas über mein dauerndes Heimweh hinweg. Die Ernährung im Kollegium war sehr schlecht und es war verboten, sich Lebensmittel schicken zu lassen. Erhielt man solche, so wurden sie einfach weggenommen. Wegen meiner Armut, die sich besonders in der Kleidung zeigte, hatte ich bei den anderen Schülern viel Spott zu erleiden.

Die Zucht im Kollegium war eine sehr strenge, es gab wenig Freiheit für geistige Betätigung. Für körperliche Bewegung jedoch war gesorgt durch tägliche Spaziergänge, im Winter durch Schlittschuhlaufen, im Sommer durch Schwimmen.

Die großen zweimonatigen Sommerferien verbrachte ich daheim. Der Abschied nach Augsburg war mir immer etwas Schreckliches, die Zeit wurde mir dort zur Ewigkeit und das Heimweh quälte mich furchtbar.

Während des ersten dortigen Schuljahres nahm ich am Klavierunterricht teil und konnte so die schönen deutschen Volkslieder spielen. Diese Stunden gehören zu den wenigen angenehmen, die ich vom Kollegium mit seinen mittelalterlichen Zwangseinrichtungen in Erinnerung habe. Früher hatte ich keine Gelegenheit, das Klavierspiel zu erlernen, da Vater unser Klavier wieder verkauft hatte. Nur auf einer Zither spielten Fritz und ich zu Hause, die uns Bruder Otto gekauft hatte.

Die Ferien brachte ich mit dem Ausbau des Felsengrabens zu, mit naturwissenschaftlicher Beschäftigung, mit dem Erteilen von Nachhilfestunden und mit dem Verkehr mit französischen und russischen Kriegsgefangenen, die im Dorf bei den Bauern arbeiteten, besonders mit einem französischen Soldaten nordischer Art. Sie wurden da wie die eigenen Landsleute behandelt, ja vielfach noch besser.

Wie ganz anders musste ich später das Los der Kriegsgefangenschaft empfinden.

Neben der Mathematik, in der ich durch den nachlässigen Unterricht in Kaiserslautern gegenüber dem in Augsburg sehr zurückgeblieben war, und den Naturwissenschaften beschäftigte mich auch die vergleichende, besonders die indogermanische und germanische Sprachwissenschaft sehr.

Veranlasst durch die Aufführung von Richard Wagners »Walküre«, die einzige Vorstellung, die ich in Augsburg sah, trug ich mich lange Zeit mit dem Gedanken, ein großes germanisches Drama zu schreiben, dessen Held der germanische Hauptmann sein sollte, der beim Kreuz Christi stand.

Je mehr ich mich mit dem Schrifttum der Germanenkultur beschäftigte, um so tiefer und inniger ward meine Sehnsucht nach dem Norden, nach den geweihten Stätten des Germanentums, nach Ost- und Nordsee, nach Skandinavien, nach Island, wo jetzt noch ziemlich unverändert die altgermanische Sprache erklingt. Wie eine geheimnisvolle Sprache der Gottheit zog mich das altgermanische Schrifttum an.

Während meines Augsburger Aufenthaltes war ich oft krank, besonders litt ich viel an Kopfschmerzen, die mich im Schulunterricht sehr behinderten. Ich hatte so in allen Fächern oft abwechselnd die besten und andererseits wieder schlechtere Noten.

Bei einem Lehrer in der Oberklasse, der in Deutsch, Latein

und Griechisch Unterricht gab, erregte ich vielfach Anstoß wegen meiner freiheitlichen Gesinnung und hatte mir dadurch seinen Hass zugezogen. Deshalb versuchte er, meine Noten möglichst herabzudrücken, und das war ihm besonders im Deutschen möglich, in dem ich doch vorher vielfach die besten Ergebnisse der Klasse und überhaupt nur gute und sehr gute Noten hatte. Sonst hatte ich im Abgangszeugnis vom Juli 1917 in den übrigen Fächern gut und sehr gut. In den Wahlfächern wurde ich jeweils ein Jahr in der englischen und italienischen und drei Jahre in der hebräischen Sprache unterrichtet.

Mit dem Inspektor des Kollegiums und dadurch auch mit anderen Lehrern hatte ich mich verfeindet, da ich ihm einmal seine Drückebergerei vorhielt; denn er ließ sich während des ganzen Krieges für unabkömmlich erklären und wäre gar zu leicht durch einen Kriegsbeschädigten zu ersetzen gewesen. Doch bald war ich dieser Missstände ledig. Der Inspektor hatte mir noch große Strafen auferlegt und weitere noch größere Strafarbeiten nach Hause geschickt. Aber ich ließ sie unbeachtet; denn unterdessen wurde ich ja Soldat.

Auch Vater konnte als Schüler den Mund nicht halten. Auch er hatte protestiert. Seine Verachtung traf Lehrer, die sich lieber an humanistischen Idealen orientierten als sich mit Begeisterung an der Front abschlachten zu lassen. Doch mit dieser Kriegsbegeisterung war Vater nicht allein. Die protestantische Lehrerschaft in Augsburg mit ihren humanistischen Idealen vielleicht schon eher.

Ich dagegen gab in solchen Fällen, wenn ich einen Lehrer nicht mochte, bei einer Klassenarbeit ein leeres Blatt Papier ab. Oder machte gegen einen ungeliebten Deutschlehrer derart Stimmung in der Klasse, dass er diese nach einem Jahr abgab. Am Ende der letzten Stunde des Schuljahres, in der die gesamte Klasse in feindseligem Schweigen dasaß und ihn nur böse anstarrte, sagte er resigniert: »Schade, ich hätte mir diese Stunde ganz anders vorgestellt.«

Nach der Fahrt durch das Lautertal, an den Dörfern, Hügeln und Wiesen vorbei, die sich Vater zuletzt von dem jetzt leeren Beifahrersitz meines Wagens aus mit durch Sehnervatrophie geschwächten Augen angesehen hatte, parke ich meinen Wagen auf dem Platz, auf dem sein Geburtshaus stand.

Schon werde ich erkannt, angesprochen: »Ach, der Sieschfried«, heißt es, und: »Mein herzlichstes Beileid, wir haben es gerade gehört.«

Ich erzähle, wie immer: Wie er an der Kerwe hier war, ihn die Fahrt anstrengte; dass es ihm zwar schon seit Jahren schlecht ging, wie man ja wisse; dass er aber noch am Tag zuvor spazieren war; dass er morgens nicht mehr aufwachte, einen schönen Tod hatte.

Er habe ja sein Alter gehabt, mit neunundsiebzig Jahren, war die herzlich gemeinte einfache Antwort.

Wie ein Lauffeuer muss die Nachricht von Vaters Tod durch den Ort geeilt sein, kaum, dass ich telefonisch mit Pfarrer und Bürgermeister einen Gesprächstermin ausgemacht hatte.

9

Du hast es gut gemeint, wirklich gut, als du dir in Meisenheim ein Zimmer gemietet hast. Ich sollte nicht so alleine sein, und du wolltest dich um meine Hausaufgaben kümmern. Du hattest ja keine Praxis mehr, und auch sonst warst du abkömmlich.

In der Freizeit, in der andere Kinder des Internates miteinander spielen gingen, musste ich zu dir kommen. Du wartetest entweder am Internatseingang, und wir liefen zusammen zum Rathauscafé, oder ich kam zu dir ins möblierte Zimmer. Dort lag dann je nach Jahreszeit eine Tüte mit Obst auf der Fensterbank: Im Herbst Trauben, daran erinnere ich mich noch gut, weil ich mich darauf so sehr freute, im Frühjahr waren es Erdbeeren, im Sommer Kirschen. Ich hatte immer Hunger, denn das Essen im Internat reichte nie.

Während ich das Obst aß, fragtest du mich Vokabeln ab. Da blieb mir manche Traube, Erdbeere oder Kirsche sozusagen im Halse stecken. Du kanntest alle Vokabeln, du hattest keine vergessen, aber mir gingen sie nicht in den Kopf.

Die zwei Stunden Freizeit am Nachmittag verbrachte ich in deinem Zimmer beim Vokabelabhören. Dann musste ich mich beeilen, rechtzeitig wieder im Internat zu sein, wo es zum Kaffee ein Stück Brot und Marmelade gab. Danach begannen die Hausaufgaben.

Auf dem Weg in den Speisesaal sah ich die anderen aus allen Richtungen kommen, zu zweit oder in Gruppen, lachend und fröhlich. Ich aber kam aus deinem Zimmer, in dem ich nach Vokabeln gefragt wurde, die ich bereits alle wieder vergessen hatte. Dass ich in der Zeit lernen musste, in der andere spielten, empfand ich als richtig. Denn dann, wenn andere über ihren Schulbüchern saßen, ihre Aufgaben machten, lernten, beugte ich den Kopf über ein Buch und träumte von der Freiheit.

Zusammenarbeit war im Internat streng verpönt. Obwohl der Junge, der mir stumm am Tisch gegenübersaß, dieselbe Klasse besuchte. In den vier großen Zimmern auf diesem Flur lernten etwa fünfundzwanzig Jungen. In den zwei Stunden war es totenstill.

Das schaff ich nie, das lern ich nie, dachte ich und träumte von der Freiheit.

Dennoch ging es mir besser als zum Beispiel dem Philosophen Søren Kierkegaard, tröstete ich mich Jahre später über den Alptraum dieser Internatszeit. Kierkegaard berichtet aus seiner Kindheit, dass ihm, als er etwa sieben Jahre alt war, im Elternhaus nicht viele Zerstreuungen gewährt wurden. Meist sei er auf sich selbst gestellt gewesen. Wenn er um Ausgang gebeten habe, sei ihm dieser meist verweigert worden. Doch gelegentlich war es dann so weit: Dann bot ihm der Vater an, an seiner Hand die Diele auf und nieder zu spazieren. Sie betraten in diesem Augenblick eine imaginäre Welt, und der Junge durfte wählen, ob der Ausflug etwa zum nahe gelegenen Lustschlösschen oder zum Strand gehen sollte. Während sie in der Diele hin und her gingen, beschrieb der Vater alles, was sie sahen, grüßte die Vorübergehenden, schwärmte von den Früchten am Marktstand. Für den jungen Søren war es so, als entstehe die Welt erst in diesem Moment, entstehe mitten im Gespräch, so, als wäre der Vater der Herrgott und er selbst sein Liebling, der die Erlaubnis erhielte, seine törichten Einfälle drein zu mengen.

Nein, so schlimm erging es mir nicht. Du hast dich um mich gekümmert, du hast dich sehr um mich gekümmert, viel mehr als andere Väter. Vor jeder Arbeit, die wir in der Schule schrieben, standest du vor Schulbeginn oder in der großen Pause am Schultor und hast mich noch einmal die wichtigsten Vokabeln abgefragt, mir noch einmal schwierige lateinische Satzkonstruktionen eingepaukt, damit ich ja nichts vergesse. Und während der Arbeit saß ich da wie mit einem Brett vor dem Kopf.

Selbst in Deutsch, ein Fach, das ich gerne hatte und in dem ich gute Zensuren bekam, hast du dich eingemischt.

Wenn wir mehrere Stunden lang einen Aufsatz schrieben und in der Pause auf den Schulhof durften, standest du da und hast auf mich gewartet. Während sich die anderen etwas zu essen kauften, kam ich zu dir, musste dir erzählen, über welches Thema ich schrieb. Du hast mir dazu aus dem Stegreif eine komplette Gliederung geliefert mit Einleitung und Schluss. Meist war der Inhalt ganz anders als der, den ich gerne geschrieben hätte. Du hast vorgeschlagen, nicht die eigene Meinung zu sagen, sondern den Lehrern nach dem Mund zu reden.

»Das darf man ja heute so nicht sagen, du musst das anders formulieren...«

Du hast gegrinst und das Gegenteil dessen genannt, was du sonst vehement vertreten hast.

»Wenn du das so schreibst, bekommst du eine gute Note«, hast du gesagt.

Ich war ziemlich verunsichert und wusste nicht, was ich von dir denken sollte. In den ersten Jahren tat ich dir noch den Gefallen, in deinem Sinn zu schreiben. Später nicht mehr. Selbst als die Zeitungen schon kleine Artikel von mir druckten, wartetest du noch am Schultor und schütteltest eine Gliederung aus dem Ärmel. Damals tat ich nur noch so, als wären mir deine Vorschläge eine Hilfe. Der eigene Aufsatz war schon lange fertig geschrieben, und während der restlichen Stunden schrieb ich für die um mich sitzenden Klassenkameraden Einleitungen, Gliederungen, Schlüsse.

Wenn dann die »Zwei« oder »Eins« im Aufsatz zurückgegeben wurde, ließ ich dich im Glauben, es wäre der Aufsatz, den du formuliert hast. Du hast ihn nicht nachgelesen und warst es zufrieden.

Andere spielten, ich lernte Vokabeln und vergaß sie auf der Stelle wieder. Andere hatten Freunde und Spielkameraden, ich hatte dich, einen Vater, der sich um mich kümmerte.

Erst viel später lernte ich, dass es auch andere Möglichkeiten gibt, sich um seine Söhne zu kümmern.

Ich stellte mir in meiner Einsamkeit manchmal vor, wie du reagieren würdest, wenn ich tot wäre. Wenn ich mich aufgehängt hätte und du meine Leiche sähest. Das schaff ich nie, das lern ich nie, dachte ich.

Ich beugte mich über das Buch mit den Lateinvokabeln und träumte von der Freiheit.

Dann durfte ich Meisenheim verlassen. Man hat mir mein Unglück, das sich vermutlich auch in meinen Leistungen zeigte, offensichtlich angesehen. Ich besuchte nun das Gymnasium in Kaiserslautern und wohnte, weil es kein Internat gab, in einem Schülerwohnheim, keine zehn Schritte von der Schule entfernt. Es wurde vorwiegend von Lehrlingen der nahen Meisterschule für Handwerker bewohnt, alle vier bis sechs Jahre älter als ich. Hier war die Freiheit auf einmal grenzenlos. Keine Kontrollen, keine Stubenältesten. Wir wohnten zu zweit in einem Zimmer, nur ein Mitbewohner war noch ungefähr in meinem Alter, aber niemand stammte aus meiner Schule. Um Mitternacht hörte ich die Schlager des amerikanischen Senders AFN. Ich konnte gehen wann ich wollte und musste erst da sein, wenn die Eingangstüre abgesperrt wurde. Um neun Uhr abends? Es gab nur ein oder zwei Sozialarbeiter, die bei der Aufsicht halfen, einen Heimleiter. Ich durfte machen, was ich wollte, und ich wollte alles andere machen als zu lernen. Irgendwann begann nun die Zeit der Nachhilfelehrer...

Andererseits hast du dich wirklich eingesetzt für mich. An einem Donnerstag machten wir einen Wandertag mit der Klasse. Bei der Rückkehr traf ich am Bahnhof einen Schulkameraden, der uns erzählte, in unserem Klassensaal sei eingebrochen worden, Tische und Stühle seien zerschlagen, Landkarten zerrissen, der Saal zeige ein einziges wüstes Durcheinander. Auf dem Rückweg ins Wohnheim, ich war schon vierzehn Jahre alt, betrat ich neugierig die leere Schule, um mir diese Bescherung anzusehen. Auf der Treppe vor unserem Saal traf ich den Zeichenlehrer, den wir »Ochs« nannten.

»Wo willst du denn hin?«, fragte er, ließ die buschigen

Augenbrauen einen dicken Balken bilden und fletschte die Zähne.

»Den Klassensaal ansehen«, sagte ich, »ich habe gehört, er sei kaputtgemacht worden.«

»Soso, das hast du gehört, von wem denn, ihr wart doch heute auf einem Ausflug?!«

»Unterwegs, am Bahnhof«, sagte ich und hatte das Gefühl, ich würde lügen.

»Am Bahnhof, soso«, sagte der Ochs, und sein Gesicht leuchtete auf, »das ist ja interessant; das ist verdächtig, seeehr verdächtig!«

Und dann brüllend: »Du hast doch heute in der Schule überhaupt nichts zu suchen, mach dich heim!«

Ich ging ins Wohnheim zurück, erschrocken darüber, in der Schule zu einem Zeitpunkt erwischt worden zu sein, zu dem ich dort nichts zu suchen hatte. Der Ochs war verhasst, gefürchtet.

»Jetzt hab ich euch in der Hand«, schrie er eines Morgens triumphierend. Es war der Beginn eines neuen Schuljahres, und er durfte uns verkünden, in diesem Jahr gebe er nicht nur Zeichenunterricht, sondern auch Erdkunde. Seitdem hatte ich in Erdkunde eine »Fünf«. Der Ochs, der selbst wohl nie Geographie studiert hatte, sondern aus Lehrermangel in diesen Glückszustand gelangte, war uns im Erdkundebuch immer nur eine Seite voraus. Die Streber merkten das und machten sich einen Spaß daraus, ihn mit harmloser Miene und in Wissensdurst verpackt etwas zu fragen, das im Buch zwei oder drei Seiten weiter stand. Sie hatten vorgelernt. Er musste passen, redete sich heraus.

Ich merkte das nie, denn wann immer ich das Erdkundebuch in die Hand nahm, setzte etwas in mir aus. Die Buchstaben verschwammen vor meinen Augen und ich legte das Buch wieder weg.

Damals fragtest du mich auch die Flüsse und Hauptstädte ab, die Ein- und Ausfuhren und das Klima der durchgenommenen Länder.

Zu jedem neuen Land kauftest du mir einen Kasten mit Farbstiften, Marke Faber. Auf jedem Faberkasten war eine

Landkarte abgebildet, und du hast alle Schreibwarengeschäfte abgesucht, um den jeweils richtigen Kasten zu finden: Damit ich bei mündlichen Überprüfungen und bei Probearbeiten, die wir Pröbchen nannten, die Ländergrenzen und Hauptstädte von dem Bild auf dem Faberkasten ablesen konnte.

Der Ochs also hat mich auf der Treppe erwischt. Er kam aus dem Zeichensaal und hatte seine Cognacfahne, wie immer. Während der Zeichenstunden (nie in Erdkunde) verschwand er für einige Minuten in seinem Vorbereitungsraum und kam dann mit frischer Cognacfahne zurück.

Der Ochs kombinierte: Ich wohne doch ganz in der Nähe im Wohnheim; verdächtig bin ich als schlechter Schüler allemal, also muss ich der Täter sein.

Er rief sofort das Wohnheim an, und ich wurde ins Verhör genommen. Der Heimleiter konfrontierte mich mit dem Vorwurf; er saß in seinem Büro hinter dem Schreibtisch, und ich stand davor. Erschrocken stritt ich alles ab.

Dann muss ich es dir erzählt haben. Du hast mit den Lehrern und dem Heimleiter gesprochen. Er sei überzeugt davon, dass ich es war, sagte der Heimleiter zu dir, denn am Verputz unterhalb des Fensters, hinter dem ich mit einem anderen Jungen schlafe, seien frische Fußspuren zu sehen. In der Nacht müsse ich also herausgeklettert sein. Obwohl ich im Obergeschoss wohne, sei das ganz leicht gewesen, unter meinem Fenster verlaufe ja ein Sims, auf dem ich bis zur Regenrinne hätte gehen können.

Du hörtest stillschweigend zu.

Ich brauchte dir nicht einmal zu versichern, dass ich es nicht war, du hast es sofort geglaubt. Was sollte ich auch diesen gefährlichen Weg nach draußen benutzen, wenn ich doch im Parterre ein Fenster als Ausgang hätte öffnen können und, wenn ich es nur anlehnte, wieder als Eingang. Der überzeugendste Beweis aber sei für ihn gewesen, sagte der Heimleiter zu dir, dass ich in dem Moment, als er mich nach der Zerstörung des Klassensaales befragt habe, über und über rot geworden sei.

Du hast dir das schweigend angehört, wie immer, hast genickt und bist gegangen.

Am nächsten Tag hast du den Heimleiter wieder in seinem Büro aufgesucht. Du hättest gehört, hast du dann zu ihm gesagt, die Kasse des Heimes sei aufgebrochen worden, und er sei der Täter gewesen.

»Sehen Sie, jetzt werden Sie über und über rot!«, sagtest du mit vor Triumph zitternder Stimme, als er das heftig abstritt, »schauen Sie in den Spiegel!«

Der Heimleiter sah im Spiegel sein knallrotes Gesicht.

»Wenn man Menschen etwas auf den Kopf zusagt, das sie getan haben«, erklärtest du ihm, »dann werden sie kreideweiß; wenn sie es nicht waren, werden sie rot.« Das sei eine ganz einfache biologische Angelegenheit, sagtest du: »Und genau so erging es meinem Sohn.«

Der Heimleiter ließ sich davon wirklich überzeugen.

Was du nicht wusstest: Dass tatsächlich wenige Tage zuvor die Portokasse aufgebrochen wurde und dass dies ein Sozialarbeiter zugegeben hat. Intuitiv hast du, um meine Unschuld zu beweisen, das richtige Argument gewählt.

Dafür war ich dir unendlich dankbar, fühlte mich in deiner Schuld. Wenn du mir misstraut hättest... Und doch blieb ein schlechtes Gewissen: Du hast im Anschluss daran kein Wort mehr darüber verloren. Wenn du jetzt doch nicht ganz von meiner Unschuld überzeugt bist, überlegte ich mir; wenn du dich nur der Familienehre wegen so eingesetzt hast? Ich habe diese Befürchtungen für mich behalten, ebenso wie mein schlechtes Gewissen. Und ein »dankeschön« habe auch ich nicht über die Lippen gebracht.

Wenig später erfuhr ich, wer es wirklich war. Ich sagte es dir nicht, aus Angst davor, dass du es sofort weitermelden würdest, aus Angst vor der Rache des Jungen. Es war einer aus unserer Klasse, älter als wir, weil er schon zwei Mal sitzengeblieben war, brutal, ein Schläger. Ein Telefonhäuschen hatte er kurz zuvor mit Dynamit in die Luft gesprengt. Den Saal verwüstete er aus Lust am Zerstören.

Wenig später wurde er wegen anderer Delikte aus der Schule entlassen: Consilium abeundi. Woher die frischen Fußspuren vor meinem Fenster stammten, wusste ich schon in dem Moment, als der Heimleiter dich darauf hinwies. Aber auch dir habe ich es nicht gesagt: Der ältere Junge, der in dieser Zeit mit mir das Zimmer teilte, kam in einer Nacht erst spät zurück. Da die Tür des Internatsbaues abgeschlossen war und unser Fenster immer offen stand, schwang er sich an der Regenrinne hoch, erreichte über den Mauersims das Fenster und gelangte so ins Zimmer. Dann schlich er sich durch die Flure ins Erdgeschoss, ließ dort durch ein Fenster seine neue Freundin ein, eine Krankenschwester, die er an diesem Abend erst kennengelernt hatte und brachte sie mit.

»Der schläft schon«, flüsterte er, als mich das Mädchen im Nachbarbett liegen sah.

Die Geräusche, die beide beim Liebemachen erzeugten, nahm ich nur noch im Halbschlaf wahr. Und als das Mädchen im Morgengrauen das Gebäude wieder durch ein Fenster im Erdgeschoss verließ, schlief ich fest.

Auf dem Weg zur Schule malte ich mir ein Leben aus, in dem es keine Angst gibt, keinen Hunger, keine Demütigung durch Lehrer, kein Versagen beim Abhören von Vokabeln. In dem es nach der Schule keine Schule gibt: In dem keine Nachhilfelehrer das gleiche leise Stöhnen von sich geben wie der Lateinlehrer am Vormittag.

Auf dem Weg zur Schule, vor einer Klassenarbeit in Mathematik oder Latein oder Griechisch, vor einem Erdkundepröbchen beim Ochs, versuchte ich mich zu beruhigen, indem ich mir vorstellte, dass das, was ich jetzt sehe, gar nicht die Wirklichkeit sei. Dass ich nicht Schritt für Schritt dieser Schule näherkomme, dass ich nicht in einer Viertelstunde vor einem Matrizenabzug mit unübersetzbaren Redewendungen sitze. Dass ich in Wirklichkeit auf einer Wiese im Sonnenschein unter einem Baum liege, die Augen geschlossen habe und dies alles nur träume.

Wenn es mir gelingt, auf diesen Trottoirplatten zu laufen, ohne eine Fuge zu berühren, bleibe ich an Ostern nicht sitzen.

Ich schreibe eine Fünf, ich schreibe eine Vier, ich schreibe eine Fünf, ich schreibe eine Vier, zähle ich die Schritte bis zur nächsten Kreuzung ab.

Zu jeder dritten Arbeit leiste ich mir eine Grippe. Fieber und Halsweh kommen fast auf Bestellung. Das schaff ich nie, das lern ich nie, dachte ich auf dem Weg zu dir.

Ich fühlte mich schuldig, denn du hast es gut gemeint, wirklich gut, als du dir in Meisenheim ein Zimmer gemietet hast. Ich sollte nicht so alleine sein, und du wolltest dich um meine Schularbeiten kümmern.

10

Ich war ein schlechter Schüler, Vater ein guter Schüler. Beide aber hassten wir unsere Schule, unsere Lehrer. Beide träumten wir von einer besseren Welt.

Doch Vater wollte ein Weltverbesserer werden, ich nur ein Familienverbesserer. Ich wollte keine Heldentaten vollbringen, ich wollte irgendwann einmal glücklich sein. Ohne Angst. Ohne Sehnsucht.

Für mich stand die Sehnsucht nach einer heilen Familienwelt im Vordergrund. Schon während meines Studiums, ich war gerade zweiundzwanzig Jahre alt, wurde meine neunzehnjährige Freundin schwanger. Ich freute mich so auf das Kind, stellte mir vor, wie ich mit ihm an der Hand spazieren gehen würde und ihm ein Vater wäre, um den es die anderen Kinder beneiden würden, ein Vater, wie ich ihn mir selbst so sehr gewünscht hätte.

Vater dagegen wollte das Gegenteil. Die Öffentlichkeit. Die Welt. Voller Erstaunen lese ich in seinen Erinnerungen über seine Zeit in der Volksschule, die er bis zum Abschluss durchlaufen hat: Schon jahrelang ging mir der Gedanke zu studieren im Kopf herum. In der vierten Volksschulklasse, der Übergangsklasse zur höheren Schule, bat ich Mutter andauernd, sie möchte mich doch auf die Lateinschule nach Meisenheim schicken, wo gerade ein älterer Schulkamerad von mir studierte.

Da hatte ich Ende 1911, als Zwölfjähriger, einen besonderen Traum. Mir träumte, ich hätte gerade die Reifeprüfung für den Besuch der Universität gemacht, zu der ich mich selbst herangebildet hätte.

Kurz darauf traf ich, als ich in einer Unterrichtspause daheim mein Frühstück holen wollte, Herrn Pfarrer Werle in unserem Haus. Er fragte mich, ob ich nicht Lust hätte, Latein und Griechisch zu lernen. Ich bejahte mit aller Freude.

Der Vater des Pfarrers hatte seinerzeit zusammen mit ihm einen unbemittelten Knaben unentgeltlich für eine höhere Gymnasialklasse vorbereitet, und dasselbe wollte er nun auch tun. Und da traf seine Wahl mich, der ich ihm im Unterricht schon lange aufgefallen war.

Kurz vor Weihnachten begann dieser Unterricht. Mit aller Begierde lernte ich nun alles, was mir geboten ward. Welche Wundersachen erfuhr ich nun, vor allem, als ich in die Naturwissenschaften eindringen konnte, Dinge, von denen ich nicht das geringste gewusst hatte. Ich war erstaunt, dass diese Wunder nicht noch mehr in der Öffentlichkeit bekannt und verbreitet seien. Ich entdeckte und ersann vieles selbst und glaubte darin der erste zu sein. Manchmal dachte ich schon ernstlich an eine Veröffentlichung, bis ich dann erfahren musste, dass andere mir darin zuvorgekommen waren.

Als ich diese Sätze Vaters lese, erinnere ich mich, dass solche Tüfteleien ihn offensichtlich zeitlebens begleitet haben. Nachdem er erstmals in einem Flugzeug als Copilot mitgeflogen war, überlegte er, ein Navigationssystem per Funk zu entwickeln, das es damals noch nicht gab. Als zu meiner Zeit als Schüler am Gymnasium in Kaiserslautern ein Taxifahrer ermordet wurde, arbeitete er einen Plan aus, wie man ein Funknetz aufbauen und so zu den Taxis Sprechkontakt halten könne, um Mörder abzuschrecken. Die Pläne sollte ich dem Leiter der benachbarten Taxizentrale überreichen. Ich genierte mich, warf die Pläne weg und nickte nur auf die Nachfrage, ob ich sie denn abgegeben habe.

»Und was hat der Mann gesagt?«, fragte Vater. »Och, nichts«, sagte ich. Dass es meine Tochter Susanne später ebenso tat, als die Kinder in der Grundschule eine »Ahnentafel« ihrer Eltern, Groß- und Urgroßeltern erstellen sollten und ich ihr die Tabelle der Vorfahren bis zur zwanzigsten Generation mitgab, habe ich erst viel später erfahren. Und daraus meine Lehren gezogen: Nie wollte ich werden wie Vater und doch ertappte ich mich manches Mal dabei.

Vater entdeckte damals mit neun Jahren die Welt, wie sie außerhalb des Bauerndorfes bestand. Zu den Überlegungen, die er anstellte, und zu seinen vermeintlichen Erstentdeckungen gehörten nach seinen Worten viele Lehrsätze, Beweise und Erkenntnisse in der Mathematik, später die Lehre von den Grundeinheiten des Stoffes, von dem erschaffenden Wirken des Geistes in ihnen, von der seelischen Fernwirkung, von der Arten- und Rassenentwicklung mit ihren Grundlagen und Förderungen, von der hohen Bedeutung der Organe der inneren Sekretion, vom Wesen der Anziehung und Bewegung im Weltall überhaupt.

Er schrieb: Die geradlinige Wahrnehmung des gespiegelten Lichtes erklärte ich mir dadurch, dass das Lichtquant mit der Zunahme der Fortbewegung in der Breitenschwingung wachse und dass unser Gesichtssinn darauf eingerichtet sei, nach diesen verschiedenen Schwingungsbreiten-Unterschieden die Entfernung des Ausgangsortes zu beurteilen. Ich erklärte mir Beugung und Interferenz des Lichtes als Stoff, und zwar als einen strahlenden natürlich dem Gesetz der Anziehung unterworfenen Lichtquant, bei dem sich in der Breite gleichartige Schwingungszustände abstoßen, dann ihre mathematische Beziehung zueinander ändern und ungleichartige sich anziehen (Interferenzspektra).

So weit es mir möglich war, hatte ich mich in meiner Jugend vorher selbst schon herangebildet, hatte aber fast gar keine Bücher und erhielt keine andere Belehrung als den sehr unvollkommenen Volksschulunterricht.

Ich zeichnete und malte, ich dichtete, vernichtete aber später die meisten Gedichte wieder. Ich lernte alle erreichbaren Gedichte ohne besonderen Willen und ohne Mühe auswendig, trieb alle möglichen anderen Spielereien und Künste. Ich las, schrieb und druckte in allen denkbaren Umstellungen mit der linken wie mit der rechten Hand.

Da ich keinen Lesestoff und fast keinen gebildeten Umgang hatte, war meine Sprache sehr unvollkommen. Sehr viele hochdeutsche Redensarten verstand ich gar nicht und dachte sie mir als aus den unsinnigsten Begriffen entstanden.

Mit Eifer legte ich mir Sammlungen an und vermehrte sie. Das tat ich auch späterhin noch, sodass sie allmählich einen großen Wert erlangten. Zu meiner Briefmarkensammlung hatte mein Bruder schon den Grund gelegt. Ebenso sammelte ich alte und fremdländische Münzen. Was mir von Altertümern und Seltenheiten erreichbar war, brachte ich in meine Sammlung. Vorgeschichtliche Steinkeile und andere vor- und altgeschichtliche Funde, urweltliche Versteinerungen und Abdrücke, alte Familienstücke, Schriften, Bücher, ausländische Seltsamkeiten, eine Gesteinssammlung.

Ich verschaffte mir nach Möglichkeit Gegenstände aus der Physik, der Chemie und Astronomie. Zur Tier- und Pflanzenkunde legte ich mir Sammlungen an.

Ich besaß eine schöne Schmetterlingssammlung. Ich zog Eier, Raupen und Puppen zu Schmetterlingen auf. Oft verbrachte ich ganze Tage damit, einen seltenen Schmetterling einzufangen. Eines Tages erzählte mir ein Freund, in München sei das Schmetterlingsfangen verboten, weil es eine Grausamkeit sei. Das gab mir zu denken. Ich hatte zwar die Schmetterlinge nicht gequält, doch in meinem Sammeleifer gar nicht daran gedacht, dass ich ja jedesmal ein Lebewesen tötete. Das tat ich sonst nie, es sei denn, dass ich es nach den Gesetzen des Kampfes ums Dasein für notwendig erachtete. Fortan sammelte und tötete ich keine Schmetterlinge mehr und ließ künftig die in den Kästen aufgezogenen ins Freie flattern.

Wie ich es bei meinem Bruder Otto auf dem Postamt, auf dem er tätig war, gesehen hatte, schlug ich täglich vor unserer Haustür eine Wettervorhersage an, bei der ich mich aber nur vom Gefühl bestimmen ließ, doch hatte ich fast regelmäßig das Richtige getroffen.

Mein Lehrer, Pfarrer Werle, stärkte in mir meinen Berufungsglauben, zu dem ich schon zuvor stark neigte. Ich sah in seinem Vorhaben, mich für die höhere Schullaufbahn auszubilden, den Ausdruck der Vorsehung. Ich wollte ein Weltverbesserer werden und alle Angehörigen und Freunde, alle Menschen glücklich machen.

Ich trug mich mit dem Gedanken, ein großes Werk zu schreiben, das alle Wissenschaft und Forschung entfalten und vereinen sollte, es sollte »Das Weltall« betitelt sein. Ich wollte ins Innerste der Natur dringen und alles noch Unerforschte ergründen. Ich wollte alle Streitigkeiten in den Weltanschauungen aufheben durch die Entdeckung der Wahrheit und Bestimmung des Menschen wie der Welt und ihres Woher und Wohin.

Dass Jesus so gänzlich von der Naturwissenschaft geschwiegen, ja oft falsch geurteilt haben sollte, konnte ich gar nicht fassen. Er war in meinem Herzen eine Gottheit, die doch allwissend sein müsse. Ich betete zu ihm und zu Gott, ich befragte sie oft, ich dankte ihnen. Ich glaubte, eine große Schrift von Jesus müsse in der Erde verborgen liegen, die alle Zweifel und Rätsel gelöst enthalte, und ich würde sie entdecken.

Ich dachte mir aus, dass ich diese Vorstellungen bereits umgesetzt hätte und konnte mich oft nur schwer und enttäuscht wieder in die Wirklichkeit zurückfinden.

Als mein Lehrer in der Schule von den alten Germanen und ihrem Gott Wotan erzählte, berührte mich das so weh und seltsam, dass ich künftig oft zu Wotan betete.

Dem Herrn Pfarrer brachte ich alle meine Gemälde und Gedichte. Er lobte sie sehr und sagte, ich würde einmal ein Goethe oder Schiller werden.

Von den Fächern, in denen er mich unterrichtete, zog mich die Mathematik am meisten an. Ich erkannte in ihr die Wissenschaft, die die Weltvorgänge so recht erfasse.

In naturwissenschaftlichen Fächern erhielt ich keinen Unterricht, weil diese für die Schulklasse des Gymnasiums, in die ich aufgenommen werden sollte, nicht mehr in Betracht kamen. Durchschnittlich wurde ich viermal in der Woche unterrichtet. Nebenher besuchte ich immer noch die Volksschule, doch nahm ich meist während des Volksschulunterrichts am Privatunterricht teil.

Noch im Studium träumte Vater davon, ein großes Werk zu schreiben. Er immatrikulierte sich in Köln, wo sein Bruder lebte, an der Philosophischen Fakultät für die Fächer Mathematik und Naturwissenschaften, um Gymnasiallehrer zu werden. Gleichzeitig trat er in die deutschvölkische Burschenschaft Askania ein.

In seinen Aufzeichnungen klagt er darüber, dass die Ernährung in Köln sehr mangelhaft gewesen sei, im späteren Studium jedoch noch weit schlechter. Seine Brüder Fritz und später Karl hätten für seinen und seiner Mutter Lebensunterhalt gesorgt, er selbst habe durch Nachhilfestunden dazu verdient und sich um wirtschaftliche Beihilfen und Stipendien bemüht.

Große Kosten hätten die Bücherkäufe verursacht, »der Drang nach der Wahrheit, der Erkenntnis galt mir als oberstes«. Womit er die ariogermanischen Schriften eines Guido von List oder eines Lanz von Liebenfels meinte, Schriften, die in Verlagen der rechten Szene immer noch oder wieder nachgedruckt werden.

Über längere Zeit bekam Vater in diesen ersten Studienwochen große Furunkel, die er »als kräftige Selbstreinigung« nach all den Impfungen und Entbehrungen bezeichnete. Die Geschwüre bildeten sich auf der linken Wange, der Nase und der Oberlippe, deren große Narben und Muskelverbildungen geblieben seien. Kurz nach der Rückkehr aus der Gefangenschaft sei eine heftige Schilddrüsenvergößerung mit den Auswirkungen der Basedowschen Krankheit hinzugekommen.

Ausgiebig beschäftigte er sich damals mit der Geschichte seiner Heimat, der Familiengeschichte und, wie er notiert, mit den Geheimwissenschaften, die ich nun vom naturwissenschaftlichen Standpunkt aus betrachten und alles Wahre sowie alle niederrassige Lüge daraus erkennen konnte. Und auch diese wieder führten mich dann zu der großen altgermanischen Kulturhöhe, in die ich aber erst im Winter 1920/21 nähere Einblicke gewinnen konnte. Und da ich erkannte, dass in der Weltentwicklung der Mensch das Höchste sei und ich in meinen naturwissenschaftlichen Studien die Lebens- und Seelenkunde so sehr vermisste und nun erfuhr, dass sie in dem medizinischen Studium zu finden sei, da wäre ich gern zu diesem übergegangen. Aber der Umstand, dass es das teuerste und langwierigste Studium ist, schreckte mich immer wieder davor ab.

Doch es gelang ihm, seinen Traum durchzusetzen. In Heidelberg immatrikulierte er sich Ende Oktober 1920 in der Medizin.

Wenn er am Universitäts-Krankenhaus die Kandidaten der Medizin aus- und eingehen sah, notiert er, packte ihn immer der heftige Wunsch, ihnen doch bald gleichzukommen. Unter zahlreichen Mühen und mit gewaltiger Arbeit sei es ihm gelungen, sein Studium bedeutend zu verkürzen. Hatte ich früher schon in anderthalb Jahren die Arbeit von fünf Gymnasialschuljahren bewältigt, so sollte mir diesmal auch mein Vorhaben gelingen, schreibt er.

Zwei Professoren genehmigten ihm, die beiden anatomischen Präparierkurse, die sonst in den beiden Winterhalbjahren stattfanden, in einem Semester zu erledigen, und mit gewaltigem Fleiß habe er dies glänzend bewältigt. Die beiden Semester der Mathematik und Naturwissenschaften in Köln wurden ihm aufs Medizinstudium angerechnet, ebenso die Kriegsteilnahme, und so bewältigte er in zwei Semestern in Heidelberg mit diesen Anrechnungen das vorklinische Studium, das in der Regel mindestens fünf Semester dauerte. Im Juli 1921 bestand er die ärztliche Vorprüfung.

Doch ein Held wollte er weiterhin bleiben. In den Semesterferien strebte er danach, sich an den »selbstlosen heiligen« Kämpfen in Oberschlesien zu beteiligen und wartete wochenlang auf Benachrichtigung.

In dieser Zeit ereignete sich ein großes Explosionsunglück in der Anilin- und Sodafabrik in Oppau bei Ludwigshafen. Als ich von der Tragweite des Unglücks erfuhr, schreibt er, bei dem über sechshundert Menschen getötet und außerdem noch viele hunderte verletzt wurden, fuhr ich sofort hin und arbeitete eine Woche lang jede Nacht und einen großen Teil des Tages angestrengt im Krankenhaus Ludwigshafen im ärztlichen Dienst für die Schwerverwundeten.

Dann begann das klinische Studium in Heidelberg. Es habe ihm große Freude gemacht, als Arzt arbeiten zu können, und die schönste Freude sei es ihm gewesen, wenn er einem germanischen Kinde oder sonst einem Germanen eine Wohltat erweisen konnte. Die Kulturhöhe unserer ariogermanischen Vorfahren habe er damals, 1921, immer mehr kennen gelernt. Er staunte, dass nur Bruchstücke davon erhalten blieben »und von alledem fast gar keine Kenntnis unter dem Volk vorhanden war, ja, dass man der Ansicht ist, unsere nordischen Vorfahren seien rohe und wilde Barbaren ohne jede Kultur gewesen und von den wilden Völkern anderer Länder seien uns alle Segnungen gekommen. Aber das Judentum und die kristliche Kirche hatten es so weit gebracht, dass das Bewusstsein von der Mutterschaft der ariogermanischen Kultur und das Bewusstsein der nordischen Adelsart bei fast allen verloren gegangen war, ja, bekämpft und unterdrückt wird. Und ein heiliges Feuer flammte in mir, meinen germanischen Brüdern darüber die Augen zu öffnen, die germanische Zukunft zu bahnen zum Gedeihen und Segen der Menschheits- und Weltentwicklung. Wo ich nur konnte, begünstigte ich das germanische Wesen. Durch öffentliche Vorträge, durch Belehrungen bei jeder Gelegenheit, durch Verteilung von Büchern und Flugblättern, durch das Einschmuggeln von Waffen und Schießbedarf in das besetzte Gebiet, überall und zu jeder Zeit verbreitete ich die Kenntnis von der germanischen Kulturhöhe und der germanischen Weltsendung, das Pflichtbewusstsein der Reinerhaltung, die Kenntnis von den Feinden des Germanentums und den Wegen zu ihrer Bekämpfung. Und meine Losung für das Leben war mir deutlich zum Bewusstsein geworden, für die germanische Art zu wirken und zu kämpfen.«

Mit dreiundzwanzig Jahren hatte Vater sein erstes Buchmanuskript beendet: »Gesundheitswesen und Heilkunde bei den alten Germanen; ein Beitrag zur Germanenforschung«. Er bot es verschiedenen Verlagen zur Veröffentlichung an, hoffte, es als Dissertation anerkannt zu bekommen. Mit beidem scheiterte er.

Ein Jahr später schloss er sein Studium ab und promovierte mit einer Arbeit »Über die Blutgruppenverhältnisse bei den Dinariern«. Offensichtlich hatten seine Professoren die völkischen Intentionen der Dissertation nicht wirklich nachvollziehen wollen und bewerteten die Arbeit nur mit »cum laude«.

In dieser Zeit schrieb er seine Erinnerungen nieder, an seine Heimat, seine Familie, seine Kindheit und Jugend, an Krieg und Gefangenschaft. Er schrieb bei Hunger und oft bei bitterer Kälte. Er hatte ein Lebensziel erreicht und wollte sich wieder in den Kampf stürzen: Gegen die Besatzung im Linksrheinischen, die »Separatisten«, wollte an den »Befreiungskämpfen« in Oberschlesien teilnehmen, sah den sicheren Tod vor Augen. Die drei schwarz eingebundenen Hefte voller Bilder, eigener Gedichte ohne literarischen Wert und seinen in sauberer Sütterlinschrift mit Tinte aufgezeichneten »Erinnerungen« endeten mit den Worten: »So schrieb ich dieses mein Werk nieder und schließe damit zunächst mein bisheriges Leben vollkommen ab, um nun überall frei in den germanischen Entscheidungskampf einzutreten.« Mit »Heil und Sieg!« in Fraktur und einem links- und einem rechtsgewendeten Hakenkreuz beendete er seine Niederschrift. Er datierte sie »München, den 14. Hornungs 2036 germanischer Zeitrechnung«, was nach »kristlicher Zeitrechnung« der 14. Februar 1924 war.

Beigefügt war neben den Auszügen aus seinem Militärpass und der Kriegsstammrolle auch ein Verzeichnis seiner Freunde und Bekannten. Es umfasste 145 Personen, nach dem Zeitpunkt ihres Kennenlernens aufgeführt und mit Anmerkungen versehen, wann sie gefallen oder gestorben sind, bei etlichen stand mit Bleistift »artnordisch« am Rand. Unter den ab 1911 bis Mai 1921 mit Geburtsdaten und Anschriften aufgeführten Personen waren sowohl Jugend- und Schulfreunde als auch Kriegs- und Gefangenschaftskameraden, Studienfreunde und Gleichgesinnte.

Wenige Frauen, und diese nur zwischen Oktober 1920 und Mai 1921, alle »artnordisch«. Es war die Zeit nach seiner Flucht aus der Gefangenschaft, als er ein Held war, und aus der Zeit seines Studiums, alle aber aus der engeren Heimat um Einöllen und Meisenheim. Der Grund für die Erstellung der Liste samt Anschriften war wohl die Erwartung seines Heldentodes in den schlesischen Freiheitskämpfen oder den Rhein-Ruhr-Kämpfen als Mitglied eines berühmtberüchtigten Freikorps, der Ehrhardt-Brigade.

11

Der Bürgermeister des Dorfes arbeitet tagsüber in einem Betrieb in der Stadt. Er kommt gerade von der Arbeit, als ich ihn aufsuche.

»Wir möchten meinen Vater gerne hier beerdigen lassen«, sage ich, »wo bereits alle seine Vorfahren begraben sind. Wir haben ja noch ein Grab, in dem meine Großmutter und Urgroßmutter bestattet sind.«

»Das Grab ist doch verlegt worden«, sagt er, »auf die gegenüberliegende Friedhofseite, an die Mauer. Wo es vorher gestanden hat, ist doch jetzt das Kriegerdenkmal.«

Ich erfahre, dass man nur Grabstein und Umfassung versetzt hat, die Überreste der Toten aber einfach liegen ließ. Das Belegrecht wäre ja doch in vier Jahren abgelaufen, hieß es.

Man müsse ein neues Grab aussuchen, da man auch den alten Grabstein nicht mehr verwenden könne: Der sei ja mannshoch, und nach der neuen von der Gemeinde beschlossenen Friedhofsordnung dürften die Steine nicht mehr höher als achtzig Zentimeter sein.

Wir einigen uns auf einen Platz in der Nähe, im alten Teil des Friedhofs.

Dann ruft er den Gemeindearbeiter an, der mit mir den zukünftigen Grabplatz besichtigen soll. Es ist schon dunkel, als wir den Friedhof betreten. Mit einer Taschenlampe leuchtet dieser den vorgesehenen Platz aus.

Vor vier Wochen stand ich mit Vater hier. Auf dem Weg zur Kirchweih fuhren wir zuerst an das Grab seiner Mutter. Es hatte schon seinen neuen Platz gefunden, an der gegenüberliegenden Friedhofsmauer. Vater stützte sich mit der rechten Hand auf einen Grabstein ab, mit der linken auf den Griff eines Regenschirmes, den er statt eines Stockes benutzte. Ein normaler Krückstock wäre halt sehr unsoldatisch. Er rang nach Luft, trotz des warmen Herbsttages machte ihm seine Emphysembronchitis schwer zu schaffen.

»Ohne die Euphyllin-Spritzen, die mir deine Mutter täglich mehrmals machen muss, wäre ich schon lange tot«, sagte er.

»Hier kannst du ja auch einmal begraben werden, da ist ja noch Platz«, meinte ich. Vater antwortete nicht. Vielleicht nickte er.

Der Gemeindearbeiter erzählt, dass er vor Jahren gerne unser Einöller Haus gekauft hätte. Es sei alt gewesen, aber noch ganz in Ordnung, obwohl es Jahre unbewohnt gewesen sei. Die Scheune hätte er ausgebaut als Geschäft und die Wohnung renoviert. Die Lage mitten im Dorf sei ja schön gewesen. Stattdessen habe es dann die Gemeinde gekauft und abreißen lassen.

Auf dem Platz stehen jetzt bei der Kirchweih das große Karussell, die zwei, drei Stände mit Süßigkeiten.

Aber inzwischen habe er ja die Stelle als Gemeindearbeiter angenommen. Sein Tünchergeschäft gehe nicht mehr so recht, so arbeite er drei Tage in seinem Beruf, drei Tage als Gemeindeangestellter. Das sei angenehm: Er bekomme später einmal Rente, sei krankenversichert und habe einen festen Arbeitsplatz.

Über den Grabplatz sind wir uns einig. Seine Lage gefällt mir.

Der Gemeindearbeiter verspricht, die Leichenhalle herzurichten, Kerzen zu besorgen. Ich drücke ihm einen Geldschein in die Hand, lasse mir die Adresse des Totengräbers geben, der in einem Nachbardorf wohnt. Auf den Weg gibt er mir den Rat mit, den Totengräber, einen alten Mann, bar zu bezahlen.

Er brauche das Geld. Oft klage er, wenn nach zwei, drei Tagen sein Lohn noch nicht beglichen sei: Hätt' ich das Grab nur nicht gemacht, die zahlen ja doch nicht.

Im Sakko habe ich neben anderen für eine Bestattung notwendigen Dokumenten, die aber in Einöllen niemanden interessieren, einen Brief aus Afrika. Er wurde im Herbst 1913 geschrieben und berichtet vom Tod von Vaters Vater. Vater war damals vierzehn Jahre alt.

Diese Zeit muss für die Familie eine große Katastrophe gewesen sein. Eine Familientragödie wird in Gesprächen meiner Kindheit, in Erzählungen meines Vaters oft angedeutet. Spät erst erfahre ich die Hintergründe. Die wirtschaftliche Notlage zwang um die Jahrhundertwende tausende Männer aus der Pfalz, im Ausland das Geld für ihre Familien zu verdienen. Sie machten ihre Freizeitbeschäftigung zum Beruf, der ein regelrechter Lehrberuf wurde: In allen pfälzischen Dörfern bildeten sich Musikkapellen, die die ganze Welt bereisten, auf Festen, Jahrmärkten, in Gaststätten und Hotels aufspielten. Das verdiente Geld schickten die Männer regelmäßig heim. Alle ein bis zwei Jahre kamen sie zurück, blieben ein halbes oder ein Jahr daheim, erholten sich, brachten die keinen Gewinn abwerfende Landwirtschaft, die von der Ehefrau und den Kindern bis dahin allein geführt werden musste, wieder auf Vordermann, zeugten ein Kind, stellten eine neue Kapelle zusammen und zogen wieder in die Welt, ihr Glück zu versuchen. Oft fanden sie es, oft endeten diese Glückssuchen tragisch.

Seinen Vater, meinen mir unbekannten Großvater, muss mein Vater als Kind sehr geliebt haben. Mir war der Abschied eines Angehörigen immer ein großer Schmerz, schreibt er, und ich suchte mir einen einsamen Platz aus und weinte und betete für ihn und verehrte die Stelle, an der ich ihn zuletzt gesehen hatte.

Das taucht in seinen Erinnerungen noch einmal auf. Wenn einer seiner Brüder das Dorf nach einem längeren Besuch wieder verließ, damals war mein Vater etwa zwölf Jahre alt, lief er ihm unbemerkt nach und schaute ihm hinter einem Erdhaufen so lange nach, wie er ihn sehen konnte. So sei er auch seinem Vater bei dessen letztem Weg nachgegangen und habe ihn noch bei der Abfahrt aus dem Postwagen herausschauen gesehen.

Es sind die letzten Bilder, die er von seinem Vater im Gedächtnis bewahrte. Er beschreibt ihn: Mein Vater war ein hochgewachsener, kräftiger, edler und hochbegabter Mann, hellblond mit lichtblauen Augen, eine schöne germanische Erscheinung. Seine Fähigkeiten und sein Unternehmungsgeist brachten ihm Wohlstand. Aber seine Gutherzigkeit, mit der er niemandem einen Gefallen abschlagen konnte, brachte ihm großes Unglück; denn sie wurde von schlechten Menschen zu sehr missbraucht. Bei den Guten aber hat sie ihm ein dankbares Andenken gesichert.

Für seine Familie lebte mein Vater mit Fürsorge, Hingebung und Stolz, für seine Mitmenschen opferte er seine Zeit und seine Kraft. Wie lebhaft erinnere ich mich noch seines freudigen und stolzen Blickes, wenn er von seinen Kindern sprach oder über sie Gutes hörte, deren Zukunft er so glänzend gestalten wollte. Wie freute es ihn, als er bei seiner letzten Heimkehr, nachdem man ohne seine Schuld und ohne sein Wissen ihm und seiner Familie so viel Böses und Unrechtes angetan hatte, erfuhr, dass meine Zukunft in sichere und günstige Bahnen gelenkt sei, so wie es sein Streben war. Und für mich war es eine große Genugtuung, ihm in seinen Leiden diese Freude bereiten zu dürfen.

Leider schmerzte ihn aber die voraussichtliche Ungunst der Zukunft meiner Brüder. Doch auch sie suchten ihn nur zu erfreuen, indem sie sich in ihrem Beruf tüchtig und allseitig anständig und sittenrein zeigten. Sie gaben sich den Anschein der Zufriedenheit und ernteten nur Achtung, Lob und Anerkennung.

In seiner Gemeinde war er geachtet und geehrt wegen seiner reichen Fähigkeiten, seines Rechts- und Wohltätigkeitssinnes und seines unbeeinflussbaren Wahrheitsdranges. So wurde er auch zum Vorstand der Gemeinde gewählt, legte aber dieses Ehrenamt auf Bitten meiner Mutter später freiwillig nieder, weil er sich zu sehr der Allgemeinheit opferte.

In seiner Anwesenheit wagte und vermochte ihm auch niemand etwas Anstoßendes zu sagen, um so mehr taten das viele gehässige, niederrassige Menschen, wenn er im Ausland war. Denn geistige, seelische und körperliche Überlegenheit seiner Germanennatur schützten ihn, und mit seiner ganzen Persönlichkeit vertrat er auch seine Überzeugung.

Ein Teilnehmer seiner Kapelle erzählte mir, dass er einmal in Südafrika einen Franzosen, der verächtlich und gehässig vom Deutschtum sprach und sich nicht überzeugen lassen wollte, kurzerhand griff und verprügelte.

Seiner guten Veranlagung in der Musik widmete er sich mit hehrem Gefühl und der innigen Hingebung des Germanen. Den größten Teil seines Erfolges brachte ihm dabei aber seine überragende und beherrschende Organisierungsfähigkeit und Unternehmungskraft. Er spielte fast alle Musikinstrumente.

Aus Mangel an Mitteln und in Unkenntnis anderer Bahnen ließen ihn seine Eltern die handwerksmäßige Laufbahn des Spielmannsberufes einschlagen, wie viele andere seiner Landsleute es auch taten.

Ich sehe ihn noch als Leiter bei einer Festlichkeit würdevoll vor dem Einöller Musik- und Gesangverein einherschreiten, als er das letzte Mal in der Heimat war. Durch seine Tüchtigkeit und Begabung brachte er es zum Leiter und Führer, zum »Meister« einer eigenen Kapelle, mit der er sich in fremden Ländern bald aller Teile der Erde, meist in den germanischen Landen und Siedlungen, großes Vermögen erwarb.

Ein solches Unternehmen war natürlich auch immer ein Wagnis, und so war der Fehlschlag seiner letzten Reise mit ein Grund für das große Unglück, das über ihn und seine Familie hereinbrach. Nach jeder Reise, die ein bis zwei Jahre dauerte, kehrte er auf ein halbes bis ein Jahr in die Heimat zurück, um von da wieder mit einer neuen Kapelle, die er immer erst noch gründen und einüben musste, sein Glück zu versuchen.

Der stetige Witterungswechsel der Länder aber machte ihn in der Heimat sehr atemnotleidend. In letzter Zeit hielt er sich vor allem im südafrikanischen Freistaat der niederdeutschen Buren, besonders in Johannesburg auf. Wie schmerzte ihn das Unglück der Buren in ihrem Freiheitskampf und wie tat es ihm leid, dass er zu jener Zeit nicht mitmachen konnte, da er gerade in der Heimat weilte.

Wie gerne hörten wir Kinder seinen lebhaften Erzählungen und Schilderungen zu, wenn wir ihn baten, uns seine Erfahrungen und Erlebnisse mitzuteilen. Von der Geselligkeit im Kreise seiner Kameraden hielt er sich nicht fern, da er ihren Bitten immer nachgab, und dabei wurde ihm von boshaften Leuten manches Geld entlockt.

Sehr vielen hatte er Geld geliehen, das er nicht wieder bekam, und vielen hatte er für Käufe oder Entleihungen Bürgschaft geleistet und musste dann deren Schulden selbst bezahlen.

Bei seinem letzten Aufenthalt in der Heimat aber, nachdem er so viele schlechte Erfahrungen gemacht hatte, war er auch nicht mehr zu bewegen, in auswärtige Gesellschaft zu gehen, sondern unterhielt sich oder spielte mit uns und seinen Freunden in unserem Haus, nur um Geld zu sparen, und meine Schwester erzählte, dass er sich während der Zeit, die er in Deutsch-Ostafrika war, immer von allen frohen Veranstaltungen fern gehalten habe und einsam und traurig umhergegangen sei.

Während seiner Aufenthalte daheim versah er die Landwirtschaft, die er dann bei seiner Abreise wieder in die Hände meiner Mutter legen musste, wobei wir Kinder, besonders Karl, dann unseren Teil nach Kräften beitrugen. Daneben bereitete er noch die nächste Reise vor. Welch stolzes Gefühl hatte ich immer, wenn seine Kapelle in unserem Haus spielte und Hof und Straße von Zuhörern erfüllt waren.

Noch einmal stellt sein Vater eine Kapelle zusammen, reist nach Johannesburg in Südafrika, nimmt seine fünfzehnjährige Tochter Anna mit, die den Männern den Haushalt führen soll. Ihre häufigen Erzählungen von Afrika bestätigen später die Erinnerungen meines Vaters, der schreibt: Vater hatte bei dieser Unternehmung kein Glück. Er hatte nur wenige Einnahmen, die nicht einmal genügten, seine Angestellten zu bezahlen.

Als der Kaufmann, der ihm das Geld zur Ausrüstung der Kapelle und zur Reise geliehen hatte, von den finanziellen Schwierigkeiten erfuhr, forderte er dieses Geld von meiner Mutter umgehend zurück. Denn meine Mutter hatte in ihrer Arglosigkeit einen Schuldschein unterschrieben ohne ihn zu lesen, in dem weit größere Summen eingetragen standen als die von Vater geliehenen.

Und da Mutter dieses viele Geld nicht sofort begleichen konnte, übergab er mit noch anderen unrechten Geldforderungen, wo sich mein Vater für die Schuld eines anderen verbürgt hatte, die Forderung dem Gericht.

Meine Mutter wurde vorgeladen, der Kaufmann aber redete ihr ein, sie brauche der gerichtlichen Vorladung nicht Folge zu leisten, und so blieb sie auch zu Hause. Durch diesen Trick erhielt er das Recht zuerkannt, die Forderung einzutreiben, und er beantragte, immer beraten durch jüdische Rechtsanwälte, die Zwangsversteigerung unseres Vermögens, das aus den Äckern, Wiesen und Wäldern und dem Haus samt den Haus- und Landwirtschaftseinrichtungen bestand.

Als meine Mutter davon erfuhr, lief sie spät in der Nacht noch zu ihrem Verwandten, dem Müller Peter Leppla in Oberweiler, der ihr das geforderte Geld durch seine Vermittlung von der Distriktsparkasse Wolfstein und aus seinem eigenen Vermögen auslegte, sodass meine Mutter noch im letzten Augenblick der Vollstreckung des Urteils zuvorkommen, die Zwangsversteigerung verhindern und das geforderte Geld bezahlen konnte.

Einen Teil unseres Landbesitzes zu dem damals hohen Wert von viertausend Mark ließ meine Mutter versteigern, verkaufte das Vieh und einen großen Teil des landwirtschaftlichen Gerätes und ließ den größten Teil des Landbesitzes verpachten, um so einen Teil der durch die unberechtigte Menge und Höhe der Forderungen und die hohen Gerichtskosten ins Ungeheuere angewachsenen Schulden abzutragen.

Von all diesen Vorgängen erfuhr Vater nichts. Die Kapelle war wegen des ungenügenden Verdienstes schon recht bald wieder auseinandergegangen. Meine Schwester musste zu fremden Leuten und sich unter schwierigen Verhältnissen durchbringen, sie schickte aber trotzdem immer ihren Verdienst nach Hause.

Mein Vater hatte sich bei der fehlenden Verdienstmöglichkeit zusammen mit zwei Freunden ein Diamantenfeld gekauft, wurde aber in der von dem verkaufenden Unternehmen geschürten Hoffnung getäuscht und verlor sein Geld.

Schließlich brach er von Südafrika auf, durchquerte mit dem Rad und zu Fuß mit einem Freund die große Kalahari-Wüste und Deutsch-Südwestafrika. Dort erwarb er wieder ein Diamantenfeld, aber wieder ohne lohnenden Erfolg. So trat er, nachdem alle seine verzweifelten Versuche, für seine Familie Geld zu verdienen, fehlgeschlagen waren, Ende 1911 die Heimreise an.

Wie erstaunte er, als er nun von allem erfuhr, was man mittlerweile ohne sein Wissen und ohne Recht ihm und den Seinen angetan hatte. Als er sich von seinem durch den häufigen Witterungswechsel verstärkten asthmatischen Leiden erholt hatte, nahm er sofort das gerichtliche Anklageverfahren gegen jenen Kaufmann wegen Betrugs und Urkundenfälschung auf. Einen kleinen Teil des empfangenen Geldes gab ihm dieser gleich wieder heraus, für das übrige hatte mein Vater aber keinen Erfolg, da der Kaufmann und die anderen Kläger die Unerfahrenheit meiner Mutter in jüdischrömisch-gerichtlichen Angelegenheiten gut ausgenutzt und sich den Schein des gerichtlichen Rechts angeeignet hatten.

Das Drama aber ging noch weiter. War Vaters Vater wirklich der edle Held oder hatte er nicht auch leichtfertig Schulden gemacht? Angeberisch Geld verschenkt oder sogar verspielt? Was in Vaters Erinnerungen nicht zu finden ist: Der Mann seiner Schwester hatte das Hotel, das beide führten und in dem mein Großvater in Daressalam starb, in einer Nacht beim Pokern verspielt. Was auch nicht darin steht: Dass deine Schwester aus Afrika zur Genesung in die Heimat zurückkam, weil sie eine Eileiterschwangerschaft kaum überlebt hatte. Was ist daran peinlich? Und schließlich frage ich mich: Warum hatte mein Großvater so viele Feinde im eigenen Dorf in der allernächsten Verwandtschaft? Die Feindschaften waren so groß, dass selbst dessen eigener Vater bereit war, seinen Sohn noch weiter ins Unglück zu treiben.

Die Kabale ging nämlich weiter. Ein Schwager von Großvater besorgte sich einen Schuldschein von den Verwandten aus Südafrika. Er war über eine Summe ausgestellt, die Großvater schon längst zurückbezahlt haben will, ohne diesen Schuldschein wieder eingefordert zu haben. Das ist glaubhaft. Es ging um fünfhundert Mark. Natürlich weigerte sich Großvater, ein zweites Mal zu bezahlen. Damit aber war die hinausgeschobene Zwangsversteigerung fällig, alles kam unter den Hammer, achttausend Mark wurden erlöst, nur das Erbe der Mutter: das Haus und einige Äcker und Wälder blieben übrig. Die aber wurden von der Sparkasse als Darlehensgeber gleich einkassiert.

Jetzt wollte Großvater zurückschlagen und verlangte elfhundert Mark wieder, die sich vor längerer Zeit sein eigener Vater von ihm geliehen habe und an den besagten Schwager weitergegeben haben soll. Der alte Mann, mein Urgroßvater, wurde beredet, das alles zu leugnen, das Geld sei ein Geschenk gewesen. Auch dies wurde vor Gericht ausgetragen. Der beiderseitige Hass muss grenzenlos gewesen sein. Wieder blieb Großvater auf den Gerichtskosten sitzen, eines kam zum andern.

»So, jetzt haben wir's geschafft, jetzt müssen sie ins Armenhaus«, soll der Schwager geprahlt haben, den man den »Schwarzen« nannte. Natürlich durfte er nicht artnordisch sein, denke ich mir.

Großvater hoffte, dass sein Vater auf dem Sterbebett alles bekenne. »Als mein Großvater zum Sterben kam, redete er andauernd von diesem Geld, wurde aber ängstlich von Vaters Gegnern bewacht und abgelenkt«, schreibt Vater.

Bald darauf sei aus Afrika die Nachricht vom Tod des Vaters gekommen, was der schwarze Schwager dadurch gefeiert haben soll, dass er zum Tanzen ging. Doch Vater glaubt an dessen Bestrafung: »Auf den Tag ein Jahr nach diesem Tanzvergnügen wurde der Sohn dieses Mannes beerdigt.«

Es wurde wirklich die große Tragödie der Familie, über die ich immer wieder nur bruchstückhaft in meiner Jugend hörte. Erst durch Vaters Erinnerungen wird alles deutlicher. Er schreibt weiter:

Schwer enttäuscht und krank kam Vater oft von den Gerichtsverhandlungen heim, seine Widerstandskraft wurde schwächer. Er konnte der aus Afrika stammenden, ohnehin meist tödlichen Krankheit, dem Schwarzwasserfieber, keinen genügenden Widerstand mehr entgegensetzen.

Auch Mutters Kraft hatte unter den andauernden Aufregungen und Mühsalen stark gelitten. Sie hatte sich einen Herzfehler zugezogen.

Enttäuscht und geschlagen in all seinen Unternehmungen, beschloss Vater mit letzter Aufbietung aller seiner Kräfte, seinen Lieben durch eine neue Unternehmung wieder wohlhabende Verhältnisse zu schaffen. Mit einem Bekannten aus Kaiserslautern trat er 1913 die Reise nach Daressalam in Deutsch-Ostafrika an, wo meine Schwester Anna und mein Schwager Karl wohnten. Anna hatte sich 1910 in Johannesburg verheiratet.

Dahin zog denn auch Vater, mit Mut und Schaffensdrang. Er fand auch gleich eine günstige Anstellung im nahegelegenen Pugu als Bahnstreckenverwalter.

»Der Himmel hat sich uns nun aufgetan, der liebe Gott hat uns geholfen«, schrieb er von da. Aber wunderbar und oft unbegreiflich sind die Wege Gottes, und alles führet er herrlich hinaus. Vater war reif, das Menschenkleid abzulegen. Durch den Stich einer Moskitofliege erkrankte er an Malaria und starb an dem aus Überdosen Chinin entstandenen Schwarzwasserfieber in Annas Haus zu Daressalam. Nach hartem irdischen Kampfe ist diese edle Seele geläutert und vergöttlicht in Vollendung zu Allvater eingegangen.

Auf dem Europäerfriedhof in »Dar-es-salam«, dem »Ort des Seelenheims, des Friedens« in altarischem Lande nordischer Kultur liegt er bei deutschen Brüdern begraben. Und ist auch seine Grabstätte so weit von uns entfernt, so liegt sie doch in einem Land, wo schon vor vielen Jahrtausenden Germanen so wie er und die anderen Germanen als Kulturträger gewirkt haben und gestorben sind, und auch dort scheint dieselbe Sonne wie bei uns und lässt die Blumen und Palmen auf seinem Grab ersprießen, gepflanzt von der liebenden Hand seiner Tochter.

Welch ein Schlag war es für mich, als mir mein Bruder Karl in Kaiserslautern die Todesnachricht mitteilte. Ich konnte es nicht glauben und fassen. Jede Minute wartete ich darauf, dass diese Nachricht widerrufen würde. Aber sie blieb Wahrheit. Ich tröstete mich allmählich in meiner damaligen Weltanschauung damit, dass ich nun zu jeder Zeit und an jedem Orte ihm nahe sein konnte.

So weit die Erinnerungen von Vater an den Tod seines Vaters. Auf dem Weg zum Pfarrhaus komme ich an den Häusern vorbei, in denen ich als Kind spielte. Wir versteckten uns in den Heuschobern, den Kuh- und Pferdeställen, sprangen in den Scheunen von hohen Balken auf die Strohballen herab, fanden uns zu Doktorspielen auf dem Heuboden zusammen.

In den Ställen ist an diesem frühen Abend noch Licht. Ich habe keine Empfindungen diesem Dorf gegenüber. Niemals in den letzten Jahren hatte ich den Wunsch, es wieder aufzusuchen, die Wege abzulaufen, an denen ich als Kind gespielt hatte.

Ein totes Dorf, denke ich.

12

In den letzten Jahren, als deine Erstickungsanfälle schlimmer wurden, du auch nachts nicht mehr schlafen konntest, Todesangst hattest, hast du begonnen, Schlaftabletten zu sammeln. Du warst ein schwieriger, ein unmöglicher Patient. Alle hast du herumkommandiert, von jedem erwartet, dass er für dich, nur für dich da sei, vierundzwanzig Stunden am Tag.

»Es kümmert sich kein Mensch um mich«, hast du gesagt; »sie behaupten, ich wäre ein wüster Mensch und wäre überhaupt nicht krank, ich verstellte mich bloß.«

Frage einmal mündlich deinen Freund, den Rechtsanwalt, ob ich deswegen wegen Verleumdung klagen könnte, hast du geschrieben; so lebe ich hier jeden Tag und langen Abend zwischen feindseligen Menschen, und das ist der Hauptgrund meiner Leiden; bewahre diesen Brief bitte nicht auf.

Du hast gedroht, dich mit diesen gesammelten Tabletten umzubringen. Man hat sie dir weggenommen, als du einen Tobsuchtsanfall bekamst, weil man dich ins Krankenhaus bringen wollte, und dein Vorhaben angeblich wahr machen wolltest.

Dein Kollege, der dich seit Jahren behandelt hat, empfahl die Überweisung: Es sei dringend, höchste Zeit. Die Schließmuskeln arbeiteten nicht mehr richtig, manche sagten, du hättest sie aus Absicht nicht mehr richtig arbeiten lassen. Aber ich weiß, in welch kurzer Zeit du eine ganz andere Person sein konntest.

»Die Splitter im Gehirn wandern«, sagte manchmal deine Schwester; auf einer Röntgenaufnahme hätten sie Krankenhausärzte für einen Hirntumor gehalten.

Du selbst hast gemeint, dass der Sauerstoffmangel deine Gehirnzellen zerstöre, du während solcher Erstickungsanfälle die Kontrolle über dich verlieren würdest.

Du erinnerst dich noch an den Abend, an dem ich für meine Reise nach London packte. Die Familie war zum Abendessen ausgegangen; ein Geburtstag wurde gefeiert, und du konntest aus gesundheitlichen Gründen nicht mitkommen. Außerdem hat dich keiner zum Mitkommen aufgefordert. Seit langem warst du wieder einmal allein in dem großen Haus. Es ging ein Streit voraus, und dir wurde alles zuviel.

»Es kümmert sich kein Mensch um mich«, hast du am Telefon gesagt; »alle sind weggegangen; für mich hat das Leben keinen Sinn mehr; du wirst mich nicht mehr wiedersehen.«

Und mit brechender Stimme: »Also Lebewohl!«

In Panik habe ich versucht, in deiner Umgebung Bekannte, Verwandte zu verständigen. Schließlich lebe ich fast hundert Kilometer entfernt. Ich habe niemanden erreicht. Dann habe ich den Notruf gewählt, bin mit der Polizei in deinem Wohnort verbunden worden, habe meine Befürchtungen geschildert. Ich habe dich wieder zu erreichen versucht und du hast den Hörer sofort abgenommen.

Du hast mit weinerlicher Stimme gesagt, du habest versucht, dich aufzuhängen, aber der Strick sei gerissen und die Stühle umgestürzt und du lägest jetzt verletzt neben dem Telefon am Boden.

»Es kommt gleich jemand«, rief ich, »und ich bin in spätestens einer dreiviertel Stunde auch da. Ich fahre jetzt los!«

London und die gebuchte Fähre wurden gleichgültig. Auf der Fahrt zu dir habe ich mir ausgemalt, was passiert sein könnte. Jetzt werde ich dich nie mehr wiedersehen, habe ich gedacht; und in einem Winkel des Gehirns saß die Antwort: So schlimm wird es auch dieses Mal nicht sein; und dann die Gegenstimme: Wenn es aber doch der Fall ist?

Ich möchte es vor mir nicht recht zugeben, aber irgendwo saß die Hoffnung, jetzt wären die Belastungen der letzten Jahre endgültig vorbei. Ich hatte dir mehrmals angeboten, dich zu uns zu nehmen, für dich zu sorgen, obwohl ich wusste, welche Probleme das mit sich bringt; aber du hast abgelehnt.

Angekommen, sah ich vor der Tür einen Streifenwagen stehen. Ein Beamter öffnete mir, und meine erste Frage war geflüstert: »Lebt er noch?« Der Polizist nickte, und mit einer Kopf- und Handbewegung wollte er sagen, dass alles nicht so schlimm sei.

»Danke, danke für alles, was Sie getan haben«, sagte ich und legte ihm beim Weggehen die Hand auf den Lederärmel seiner Uniformjacke, »danke.«

Du warst recht lebhaft, in deinem Gesicht stand eine Art von Befriedigung.

»Ich habe mich am Kopf verletzt«, sagtest du und zeigtest auf eine Stelle in den Haaren, an der nichts zu sehen war.

»Der Notarzt hat mir eine Spritze gegeben, und die Polizisten haben mir etwas zu essen gemacht, weil ich ja gegen meine Diabetes wieder etwas zu mir nehmen musste.«

Du hast nicht gefragt, ob mir die Fahrt Umstände bereitet hat. Du wusstest, dass ich in der Nacht nach London fahren wollte. Du hast nichts zu erklären versucht und nichts entschuldigt. Aber das habe ich auch nicht erwartet.

Auf dein Geheiß hin ließ ich die Familie in allen Lokalen der Stadt ausrufen. Als sie nicht zu finden war, machte ich mich selbst auf den Weg.

»Kann ich dich so lange allein lassen?«, fragte ich. »Ja sicher«, hast du gesagt.

Ich rannte durch die ganze Stadt, in alle Lokale, die man so aufsucht. Als ich ergebnislos zurückkam, waren alle da, eben angekommen.

Alles war in heller Empörung. Man hat dir deine Verzweiflungstat nicht geglaubt. Ich habe mich nicht dazu geäußert, aber verstanden, dass sie ein Symbol war, ein Hilfeschrei. Du seiest ein Psychopath, hat jemand gesagt; du gehörtest in eine geschlossene Anstalt.

Du seiest ein alter Stromer, ein Schreibtischtäter, der Millionen von Juden auf dem Gewissen hat, hat jemand gesagt. Du solltest heute bloß nicht so unschuldig tun, du wüsstest genau, was du verbrochen habest, und wenn man schon früher geahnt hätte, wie du dich in diesem Haus benehmen würdest, wärst du hinausgeflogen. Und außerdem: Nach so einer Sache wie an diesem Abend käme automatisch eine Untersuchung wegen des Verdachts auf unterlassene Hilfeleistung nach. Da solltest du bloß sehen, wie du dich da herauswinden würdest. Man würde in dieser Beziehung keinen Finger für dich alten Stromer rühren.

»Da wird man wieder schön über uns herziehen«, hat jemand gesagt. Die ganze Nachbarschaft habe garantiert am Fenster gelegen. Die seien ja mit Blaulicht und Martinshorn angekommen: Notarztwagen, Unfallkommando, Kripo.

»Da hast du uns etwas eingebrockt!«, wurde geschrien.

Ich saß dazwischen und sagte: »All diese Beschimpfungen bringen doch niemanden weiter, das führt doch zu nichts, das ist doch keine Lösung; versucht lieber, die Situation in Ruhe zu erörtern und zu ändern.«

Was sei da zu erörtern und zu ändern, hat jemand gesagt, ich sähe doch, welch eine Schau du abziehen würdest. Und immer käme ich gerannt.

Ich sei noch nicht von dir abgenabelt, in meinem Alter sei es höchste Zeit, mich von dir abzunabeln.

»Ich wollte, er wäre schon tot«, hat jemand über dich gesagt, jemand, der sich von dir abgenabelt hat. Wie er sagt.

Wo denn der Strick sei, mit dem du dich angeblich aufhängen wolltest, hat jemand gefragt. Du hast auf die Tasche deines Bademantels gedeutet, aber ihn auch auf mehrmalige Aufforderung nicht vorgezeigt.

»Da liegen doch die umgestürzten Stühle«, hast du gesagt. »Ja die Stühle«, hat jemand höhnisch geantwortet, »die kann man auch so hinwerfen.«

Deine schwere Krankheit sei psychosomatisch, hast du mir eines Tages erklärt. Du habest einen Facharzt für Nervenheilkunde aufgesucht, der dir das gesagt habe. Dir fehle die Abwechslung, der Umgang mit Menschen. Das sei nichts, dass du immer allein im Café herumsitzen würdest, hast du gesagt. Was man dagegen denn machen könnte, hast du mich gefragt.

Ich habe nicht darauf geantwortet, dass du dich doch dein

Leben lang abgesondert hast, dass du immer schon im Café gesessen hast, schon als junger Mann, dass du so, wie du jetzt lebtest, schon immer gelebt hättest. Dass das eine sehr fadenscheinige Erklärung sei, die, wenn sie zuträfe, schon vor fünfzig Jahren zugetroffen habe.

Dass es doch an dir läge, wenn dir Abwechslung fehle, dass du die Menschen ja von dir wegstoßen würdest, dass du dich hinsetztest und darauf wartetest, bis man sich um dich kümmere. Und dann säßest du da, ließest alle Gespräche ins Leere laufen, würdest nur den Kopf senken, nicken, höchstens »hm-hm« machen. Aber das habe ich dir nicht gesagt.

Dass du zu niemandem freundlich seiest, habe ich dir auch nicht gesagt, dass du Freundlichkeit und Hilfe annehmen würdest, ohne dich zu bedanken, ohne zu zeigen, ob es dich überhaupt gefreut habe.

In den letzten Monaten habe ich zum ersten Mal von dir bei der Verabschiedung ein mit gesenktem Kopf gemurmeltes »danke« gehört oder: »Schönen Gruß« oder: »Kommt gut nach Hause«.

Ich habe dir gesagt, dass du doch genug Geld als Pension bekommen würdest, dass du lange genug gespart habest, dass du doch endlich einmal an dich denken solltest. Verreise doch einmal, habe ich gesagt. Du hast schweigend zugehört. Du hast darauf nicht reagiert. Ich wusste nicht, ob du es überhaupt gehört hast, ob du es hören wolltest, ob du auf eine andere Antwort gewartet hast.

Du weißt selbst, dass das offensichtliche Sammeln von Schlaftabletten, dass das Umstoßen von Stühlen nicht der beste Versuch ist, eine Kommunikation zu beginnen.

Am nächsten Mittag kam ich sehr erschöpft in London an. Ich schrieb dir von dort eine Ansichtskarte.

13

Zum ersten Mal nach zwanzig Jahren betrete ich den Hof des Pfarramtes. Immer noch, da fast alle Häuser des Dorfes renoviert oder umgebaut sind, ist das Haus des Pfarrers das größte und schönste. Es hat als einziges drei Etagen, eine weit größere Fensterfront als die ein- bis zweistöckigen Bauernhäuser, in die Stall und Scheune integriert sind.

Während ich mich an den damaligen Pfarrer als großen, vornehmen, strengen Mann erinnere, hinter seinem wuchtigen Schreibtisch thronend oder von der Kanzel herab als wiedererstandener Luther der Gemeinde stimmgewaltig ins Gewissen redend, sehe ich seinen Nachfolger in der zu einem Gemeindehaus umgebauten Pfarrscheune mit Kindern toben.

Wir sind etwa im gleichen Alter, erkenne ich im Schein der Hoflaterne, Anfang dreißig. Er führt mich in den offiziellen Wohnraum, der der Seelsorge oder dem Fremdenverkehrsverein dient.

Ich brauche nicht lange auszuholen, kann ohne Umschweife reden.

Der Pfarrer hat wohl in der Zwischenzeit schon festgestellt, dass Vater als Student aus der Kirche austrat, sich nach dem Krieg einer Freikirche anschloss, pro forma.

»Ja, ich weiß«, sagte er, »den ehemaligen Deutschen Christen.« Er hat in den Nachmittagsstunden schon die unterschiedlichsten Versionen über Vaters Lebenslauf gehört, der aus dem Dorf in die Reichsregierung nach Berlin führte.

Leibarzt Himmlers soll er gewesen sein, sagt der Pfarrer. Und: Er habe keine Einwände, ihn zu beerdigen, nur: Ob ihm das denn auch recht gewesen wäre?

Auf diese Frage bin ich nicht vorbereitet, nahm an, ich müsse grundsätzliche Bedenken ausräumen.

Ich stocke, hole aus: Dass die Familie schon immer sehr religiös gewesen sei, durch die Jahrhunderte Schultheißen, lutherische und reformierte Pfarrer, Gerichtsschöffen, Kirchenälteste gestellt habe; dass Vaters innere Haltung dadurch geprägt worden sei, er sein rücksichtsloses Eintreten für missverstandene humanistische Ideale einer falschen, verbrecherischen Idee untergeordnet habe; dass er sich früh aus der aktiven Politik zurückgezogen habe, seinen Idealen aber weiter anhing, die Augen verschloss vor Realitäten, vor Erkenntnissen, bis zuletzt.

Ich spule also doch meine ausgedachten Erklärungen ab, merke ich und werde unsicher.

Ob ihm denn diese kirchliche Beerdigung recht gewesen wäre, wiederholt der Pfarrer seine Frage.

Ich versuche mich an Äußerungen zu erinnern, glaube, dass er meine Gründe sicher eingesehen hätte; ich habe das »allemool« im Ohr, zustimmende Antwort Einöller Verwandter auf meine vortastende Erklärung, dass er von der Kirche ja nicht viel gehalten habe, ich aber doch meine, dass man ihn in seinem Heimatdorf kirchlich bestatten solle; ich sage: »Ja, ich glaube, er hätte es mir erlaubt«. Ich meine es ehrlich.

Ich kenne Bruchstücke einer Erzählung, die Vater in den Zwanziger Jahren schrieb. Einige Seiten haben die Verbrennungsaktion seiner Manuskripte vom Mai 1945 überstanden. Vor der Flucht hatte er den größten Teil seiner Typoskripte, Belegexemplare von Veröffentlichungen, Bücher und Korrespondenzen aufgeschichtet, mit Benzin übergossen und angezündet.

Mit einer Mistgabel habe er gearbeitet, die Papiere immer wieder umgeschichtet, um nur noch Asche zurückzulassen. Ausschließlich die wichtigsten Dokumente und Papiere seien in Ölpapier und in einem Blechkasten vergraben worden. Davon hatten allerdings nur die im Ölpapier verschnürten die Zeit überstanden, der Blechkasten erwies sich als undicht.

»Frei!« heißt die »Erzählung von kommender Rettung«, die Vater nach Beendigung seines Medizinstudiums schrieb, nachdem er laut Urkunde »in einwandfreier Weise seine Beteiligung an den Kämpfen Oberschlesien 1921 und Rhein-Ruhr 1922-1923 als Mitglied völkischer Kampfverbände nachgewiesen« hatte; als Mitglied der Brigade Ehrhardt, dann der Sturmabteilung 520, deren Kompanieführer Rudolf Heß hieß.

In dieser Erzählung lässt er zwei »Elitetruppen« beim Kampf in der Heimat aufeinanderstoßen: die Rotgardisten und die Hakenkreuzler. Die Führer beider Kompanien, germanische Idealisten und Helden, tragen ebenso offensichtlich Züge eines Selbstporträts wie vor allem der Arzt, der erfolgreiche »Weltverbesserer«, Vaters Leitbild.

Der Anführer der Genossen, Hans Rothart, »galt schon immer als Sonderling bei seinen Kameraden. Wenn sie in wüstem Lärm sich zu betrinken anfingen, wenn sie mit zwei- und eindeutigen Reden ihre jungen Genossinnen belästigten oder diese gar im Rausche selber damit einfielen, da war es Hans Rothart immer, der dagegen auftrat und Einhalt gebot. Wohl hielten sie ihm entgegen, dass dies ihre einzige Freude sei, die sie zu genießen hätten und niemand ihnen diese Freude wehren könne, aber wenn Hans Rothart gebot, verstummten sie. Zwar wusste er ganz genau, dass gerade diese ausartende geschlechtliche und gesellige Freiheit ein wesentlicher Kitt war, der sie zusammenhielt und zudem noch von der Leitung gefördert wurde, aber er sah darin eine Lähmung der höheren Ziele, die doch die eigentlichen seiner Genossen sein sollten, und darum trat er so entschieden dagegen auf. Er hasste die Verantwortungslosigkeit, mit der seine Genossen und Genossinnen ohne Rücksicht auf die Nachkommenschaft und deren Gesundheit lebten und den natürlichen Anstand der Fortpflanzung schändeten. Und dieser Hass gab ihm Kraft und Mut. Dieser Hass befähigte ihn, überall der erste im Kampfe zu sein. Wohl hatte er schon manch blutende Wunde davongetragen, aber immer wieder war er davongekommen, und immer von neuem war er als Freiwilliger der erste auf dem Plan. Denn er suchte den Tod. Das wussten seine Kameraden. Darum hatten sie Furcht vor ihm. Und so gehorchten sie ihm, obwohl er keine Führerstellung einnahm.«

Hans Rotharts Gegenspieler bei der »Sturmabteilung Hitler« heißt Erich Pope: »Schlank wie eine Gerte marschiert der Kompanieführer an der Spitze. Die Mütze hat er vom Kopfe genommen und trägt sie in der Hand. Das weißblonde Haar schimmert in der Sonne. Wuchtig wie zum Angriff zurückgestemmt lädt der Schädel über den Nacken aus. Aus den scharfgeschnittenen Zügen des rosigen, schmalen, langen Gesichtes blicken zwei klare, blaue Augen versonnen in die Ferne. Tief atmet er auf. Die Auszeichnungen auf seiner Brust heben sich. Sein Blick streift sie. An was erinnern sie ihn alles! Kampf in Flandern, Kampf im Elsass, Kampf in Venetien, Kampf in Siebenbürgen, Kampf auf der Krim, Kampf im Kaukasus, Kampf in Finnland, Kampf im Baltikum, Kampf in Posen auch nach dem Waffenstillstand, Kampf in Oberschlesien, überall deutsche, germanische Brüder befreiend. Wie eine große Geschichte seines Volkes geschrieben auf seiner Brust, leuchten die Auszeichnungen, wie eine Verheißung künftiger Größe Deutschlands, Germaniens.«

Beide Kompanien, Rote und Braune, stoßen bei Ratstedt aufeinander; es entsteht eine Schießerei, einige fallen. Da kommt in sausendem Galopp ein Reiter dahergesprengt, ein weißes Taschentuch schwenkend. Als er hört, welcher Kampf sich hier abspielt, dreht er sein Pferd bei und reitet zur anderen Seite.

Signalraketen steigen.

»Sie haben verstanden: In der Stellung bleiben! Du, ich glaube, den kenne ich, sagt ein Rotgardist vor dem Ort zum anderen, als der Reiter ungeachtet der Halt-Rufe durchsprengt; hast du die Tasche mit dem Roten Kreuz darauf am Sattel gesehen? Das ist der Arzt, der damals die verwundeten Erwerbslosen verbunden hat.«

Es kommt zu einem Gespräch zwischen dem Arzt und dem Kompanieführer der Roten: »Donnerwetter, Genossen, was geht denn hier vor? fährt der Reiter fort, ihr führt Krieg mitten in euern heimatlichen Dörfern und bekämpft eure eigenen Landsleute, Leute, die ihr nicht kennt und die euch wohl nie was getan haben. Schämt ihr euch denn nicht?

Schnell gefasst antwortet der Hundertschaftsführer: Wir führen das Volk zur Freiheit, und darum sind wir hier.

Und da kämpft ihr gegen eure Volksgenossen?

Das sind unsere Feinde.

Wer sind eure Feinde? Gegen wen wollt ihr denn eigentlich kämpfen?

Gegen den Kapitalismus!

Und da beschießt ihr Leute, die genau so arm, genau so gut Arbeiter sind wie ihr? Pfui Teufel! Erst gehen Sie mal mit zu Ihrem Feind, und wenn Sie ihn kennengelernt haben, dann können Sie sich entscheiden, ob Sie weiter kämpfen wollen oder nicht. Oder haben Sie vielleicht Angst, ihm entgegenzugehen?

Ich Angst? Nein, alles andere!

Signal zur Kampfruhe geben! ruft Wilhelm Heyd, der Reiter, dem Verbindungsmann zu, bestätigend nickt der Hundertschaftsführer. Alles staunt, als sie vorbeigehen.«

Angeführt von Wilhelm Heyd, dem Arzt, treffen die feindlichen Anführer aufeinander, stellen fest, dass sie sich schon lange kennen, dass sie einmal Freunde waren »mit gleicher Anschauung, gleichem Wesen, gleichem Willen«. Die beiden Kompanien, Kommunisten und Nationalsozialisten, stehen sich gegenüber; da hebt Wilhelm Heyd zu einer großen Versöhnungsrede an.

Er spricht in den Wendungen, mit der Rhetorik, wie sie damals wohl nicht nur im Hofbräuhaus zu hören waren. Von einer Fügung des Schicksals redet er, vom Sinnbild der Geschichte, ja der Weltgeschichte, dass hier zwei Kompanien, zwei Weltanschauungen einander kampflos gegenüberstehen, die sich vor einer Stunde noch todfeind waren. Für wen würden sie denn kämpfen? Für Hintermänner, die sie selbst nicht kennen. Sie, die Geduldigen, die Mutigen, die Schneidigen, die Ehrlichen, wären zum Kampf bereit.

Aber der Hintermann der Kommunisten, der Abgeordnete Levy, wo sei er? Und der, von dem die Hakenkreuzler aufgehetzt worden seien, der Rittergutsbesitzer Baron von Waldstein?

Für diesen reichen Fabrikbesitzer und vielfachen Aufsichtsrat Levy würden die Kommunisten ihre Köpfe hinhalten, für ihn und Seinesgleichen, Leute, die in Wahrheit gar nicht wollten, dass es ihnen jemals besser gehe, vielmehr, dass es immer weiter bergab gehe, damit sie Grund zum Hetzen haben gegen ein Elend, das sie selbst verschuldeten.

»Merkt ihr es denn noch nicht? Sobald es euch gut erginge, wären sie ja überflüssig, dann hätten sie nicht mehr das große, mühelose Einkommen!«

Die Nationalsozialisten aber seien von einem Rittergutsbesitzer in den Kampf geschickt worden, einem, der selbst nicht mitgezogen sei, seinen Boden zu verteidigen.

Ob er sie denn dafür belohnen würde, ob er ihnen einen Teil seines großen Gutes abgebe, das andere für ihn bebauen müssten, weil es viel zu groß sei.

»Seine Arbeiter müssen den Boden bebauen und erhalten nur einen winzigen Bruchteil ihres Arbeitsertrages zurück, um sich gerade bei Kräften halten zu können, um so lebenslang für ihn schuften zu können.«

Ursache für diese Ungerechtigkeiten sei eine Gesellschaftsordnung, in der es Herren und Knechte gebe, in der nicht alle Menschen gleich seien. Wobei er unter »allen Menschen« verstand: Alle deutschen, alle germanischen, alle artnordischen Menschen.

Auf einem letzten erhaltenen Blatt dieser Erzählung haben sich beide Kompanien, von den Worten des Arztes überzeugt, zu einer »Freischar« vereint. An Rhein und Ruhr kämpfen sie gegen die französische Besatzung, gegen die »Separatisten«.

In groben Umrissen erzähle ich dem Pfarrer von diesem weltanschaulichen Credo meines Vaters, davon, dass er sich so wie mit diesem vermutlich nie veröffentlichten naiven Text, mit all seinen politischen Äußerungen und Tätigkeiten kaum Freunde erwarb, erst recht nicht in der späteren Naziregierung. Dass er seinen Träumen nachhing, Gutes wollte, Falsches, Unrechtes tat. Noch weiß ich nichts davon, dass er in der Gefangenschaft im Ersten Weltkrieg sogar sozialistischen und kommunistischen Ideen anhing und erst allmählich deutschvölkisches Gedankengut übernahm. Das war eine Überraschung für mich, erklärt aber auch die autobiographische Intention seiner Erzählung über die Vereinigung der kommunistischen und völkischen Freischaren zu einer Sammlungsbewegung. Der Pfarrer hört meinen Überlegungen aufmerksam zu, schaut dabei immer wieder auf seine Uhr: Er hat die Jugendgruppe im Gemeinderaum allein gelassen.

14

Du hast nie etwas zu Ende geführt. Du hast dein Leben lang gekämpft, aber keinen Kampf durchgestanden. Du bist keine Kämpfernatur. Du hast keine Kompromisse geschlossen, aber dich nie kompromisslos bis zum Letzten für eine Sache eingesetzt. Du hast immer wieder dein Leben aufs Spiel gesetzt, aber nie ein wirkliches Opfer gebracht.

Kein Mensch, und ich schon gar nicht, hat das je von dir verlangt, das weiß ich. Aber du hast immer von dir geglaubt, eine Kämpfernatur zu sein, kompromisslos und opferbereit zu sein. Du hast den Ansprüchen, die du an dich gestellt hast, vor dir selbst nie genügt. Es hat eigentlich niemand gemerkt außer dir, außer dir und deinem Körper. Der hat dir geantwortet, mit Asthma, mit Erstickungsanfällen, mit Angstträumen.

Als ich wieder einmal schlecht in der Schule stand, hast du meinen Direktor aufgesucht.

»Wenn ich einmal Kultusminister werde«, hast du gesagt, »dann werden nicht nur die Schüler geprüft, sondern auch die Lehrer.«

»Als Oberfeldarzt habe ich den gleichen Rang wie Sie«, hast du zu dem Oberstudiendirektor gesagt.

Du hast geglaubt, ihn dadurch beeindrucken zu können, hast gehofft, er würde seine Lehrer anweisen, mir jetzt bessere Noten zu geben. Du warst der Überzeugung, nach der nächsten Landtagswahl Kultusminister zu werden. Du hast dich der Deutschen Reichspartei angeschlossen, die über fünf Prozent der Wählerstimmen bei der letzten Wahl erhalten hatte und einen Abgeordneten in den Landtag schicken konnte. Du gehörtest dem Landesvorstand der DRP an und leitetest das Kulturressort.

Fünfzehn Jahre nach dem letzten Krieg glaubtest du an eine Machtergreifung der Neonazis.

Du hast »Schulungsbriefe« versandt, mit dem Briefkopf des Landesvorstandes der Deutschen Reichspartei. Darin hast du von den Hexenprozessen geschrieben, die die römische Kirche an germanischen Menschen exerzierte; der römische Geist habe das germanische Volk zerstört, hieß es da. Die Verfolgung ehemaliger Nationalsozialisten in der Bundesrepublik hast du mit den Hexenverfolgungen des Mittelalters verglichen.

Du hast »Schulungsbriefe« versandt über die Judenvernichtung, in denen du nachweisen wolltest, dass alle Zahlen über die ermordeten Juden gelogen sein müssen; mit dem Rechenschieber hast du beweisen wollen, dass bei der Größe und Anzahl der Gaskammern in den Konzentrationslagern, deren Zahlen du dir hast kommen lassen und deren Quadratmeterflächen du errechnet hast, nur ein Bruchteil der offiziell angegebenen Juden vergast worden sein könnten, selbst wenn man davon ausgehe, dass sich Leib an Leib drängte und die Gaskammern Tag und Nacht in Betrieb gewesen seien.

Du hast »Schulungsbriefe« versandt über die alliierten Kriegsverbrechen. Du hast über Malmedy geschrieben, über Kriegsgefangenenlager wie in Bretzenheim bei Bad Kreuznach, in denen Tausende deutscher Soldaten umgekommen seien.

Du hast das Hauptbelastungsmaterial zum Verbot der Deutschen Reichspartei mit deinen »Schulungsbriefen« geliefert.

Der Leiter des Verfassungsschutzes Rheinland-Pfalz hat dir am 4. Februar 1960 zu diesem Thema geschrieben. Er hat damit gezwungenermaßen auf mehrere deiner Schreiben geantwortet. Ein Brief ohne Anrede und mit dem Schlusssatz: Damit ist die Korrespondenz zwischen Ihnen und mir beendet.

Dieser Regierungsdirektor gehörte selbst zu den Verfolgten des Naziregimes.

Der Inhalt der von Ihnen verfassten Informationsbriefe des Landesverbandes Rheinland-Pfalz, schreibt er, der mit zum Verbot beigetragen hat, ist so beschämend und von solch niedrigem Niveau, dass ich im Interesse unseres Vaterlandes es nicht wage, ihren Inhalt an die Öffentlichkeit zu geben. Denn bedauerlicherweise fallen diese Elaborate nicht nur auf den Urheber und seine Partei zurück, sondern werden von Böswilligen in der Agitation gegen die Bundesrepublik Deutschland benutzt und missbraucht.

Glauben Sie ja nicht, schreibt er weiter, dass mir nicht bekannt geworden wäre, wie man sich auf dem Parteitag der DRP in Kaiserslautern in allerletzter Minute von Ihnen distanziert hat. Erst als ein Journalist in der Pressekonferenz am 9. Januar Ihre Geistesprodukte in den Informationsdiensten zum Gegenstand einer Frage machte, rückte Herr Meinberg davon ab, und ein anderer Funktionär bezeichnete den Inhalt ebenso wie Herr von Thadden am gleichen Tag in Neustadt vor dem Bezirksverwaltungsgericht als schwachsinnig. Mit dieser Feststellung möchte ich mir die Beurteilung dieser Herren schon aus dem Grunde nicht zu eigen machen, damit ich Ihnen nicht die Handhabe für ein in unserem Rechtsstaat mögliches Strafverfahren liefere.

Mir ist noch nicht zuverlässig bekannt, heißt es weiter, ob Sie, der seinen Hass gegen die verfassungsmäßige Ordnung der Bundesrepublik in den Informationsdiensten unübersehbar offenbart hat, vom Bund oder Land ein Ruhegehalt beziehen. Sie sollten sich aber ernstlich überlegen, ob es anständig ist, sich von dem Staat versorgen zu lassen, auf dessen Zerstörung man es abgesehen hat.

Den Brief hast du aufgehoben, und ich habe ihn in einer Sammlung wiedergefunden, die du »Geistiges Besuchsbuch« genannt hast; eine Art Poesiealbum mit Briefen von Personen, die du verehrtest, an die du glaubtest. Dieser Brief lag, von dir als Kuriosum verstanden, dazwischen; neben den Namen des Absenders hast du mit Bleistift in Klammern das Wort »Jude« gesetzt.

In diesem »Geistigen Besuchsbuch« finden sich eine Reihe von persönlichen Briefen an dich. Die Absender lesen sich fast wie das Personenverzeichnis eines historischen Werkes über eine andere Zeit. Ich halte im Wesentlichen die Reihenfolge ein, in der du sie archiviert hast:

Rudolf Heß, der Führerstellvertreter, dankt dir im November 1934 bestens für die freundliche Widmung eines Buches.

Heinrich Himmler teilt dir im Juli 1934 als Reichsführer SS und Reichsinnenminister mit, die 34 Reichsmark seien bezahlt, eine weitere Genehmigung von 1000 Reichsmark für die Abrundung des Grundstückes habe er gegeben.

Der SS-Obergruppenführer und General der Waffen-SS Oswald Pohl hat es im Mai 1938 sehr bedauert, dass ihr euch in München verpasst habt und würde sich sehr freuen, wenn du bei einem späteren gelegentlichen Besuch Münchens vorbeikommen würdest.

Vom SS-Oberführer und Chef-Adjutant des Reichsführers SS Karl Wolff erhält der Untersturmführer Dr. Hermann Gauch, Adjutant des Reichsführers SS, die Erlaubnis, sich vom 1. bis 4. März 1935 im Saargebiet aufzuhalten.

Der Führersekretär Martin Bormann teilt dir im März 1932 mit, »Herr Hitler« lasse dir für deine Vorschläge bestens danken.

Julius Streicher, der Herausgeber der antisemitischen Zeitschrift »Der Stürmer« und spätere Gauleiter von Franken, dankt dir im November 1936 für deine tatkräftige Mitarbeit und hofft gerne, gelegentlich wieder von dir zu hören.

Dein Chef Richard Walther Darré, der Reichsbauernführer und Reichsernährungsminister, versichert dir im »Julmond«, also im Dezember 1933, »wenn ich Sie bitte, diese Aufsätze ohne Stellungnahme zum Christentum zu verfassen, so leitet mich dabei eine rein politische Überlegung, doch nicht eine weltanschauliche Stellungnahme«.

Der Schriftsteller Wilhelm von Scholz dankt dir noch 1964 anlässlich seines neunzigsten Geburtstages für die Wünsche, die Liebe und die Freundschaft.

Der Reichsarbeitsführer Konstantin Hierl schreibt dir, auch der Atlantisforscher Jürgen Spanuth. Der Kriegsheld Otto Carius, Träger des Eichenlaubs zum Ritterkreuz des Eisernen

Kreuzes und Verfasser von »Tiger im Schlamm«, meint 1961 zur Situation der Bundeswehr, »durch die ersten Jahre wurde auch in der Bundeswehr so viel verdorben, dass nun erst wieder Linie hineingebracht werden muss, und ich kann Ihnen aus meiner Erfahrung die erfreuliche Mitteilung machen, dass die jungen Offiziere der Bundeswehr in Ordnung sind, während die vielen untauglichen älteren Herren, die oft nur die eine Qualifikation mitbrachten, dass sie unter Umständen einen ›Widerstandskämpfer‹ entfernt kannten, ja nach und nach doch aufs tote Gleis geschoben werden«.

Von Erich Ludendorff, dem Feldherrn des Ersten Weltkrieges und späteren völkisch-neuheidnischen Sektierer, kommen 1924 Dank und Gruß. Dreißig Jahre später schreibt Elisabetha Prinzessin von Isenburg, die Gründerin der »Stillen Hilfe für Kriegsgefangene und Internierte«, die sich um die Angeklagten und Verurteilten der Kriegsverbrecherprozesse kümmert. Die juristische Betreuung des heute noch existierenden rechtsextremen Vereins übernahm der Rechtsanwalt Rudolf Aschenauer, der 1951 durch einen Artikel von dir in der »Reichszeitung« auf dich aufmerksam wurde und auf seinen Informationsdienst »Die andere Seite« hinweist, der wie die »Stille Hilfe« versucht hat, die Kriegsverbrecherprozesse als »Siegerjustiz« zu diffamieren.

Robert Servatius, Verteidiger im Eichmann-Prozess, würde es im Juli 1960 sehr begrüßen, wenn du ihm Fotokopien der Briefe von Oswald Pohl zukommen ließest, »denn die Zahl der wirklichen Opfer dürfte sowohl für den Umfang der Schuld als auch für die Wiedergutmachungsforderungen von Bedeutung sein«. Womit er die Holocaust-Opfer meint und die Briefe des ehemaligen Leiters des SS-Wirtschaftsimperiums aus seiner Todeszelle in Nürnberg an Vater, dass die Nazis weit weniger Juden umgebracht hätten als behauptet werde. Und Paul Ratz, der Nürnberger Verteidiger Alfred Rosenbergs, stellt sich als dein Klassenkamerad heraus.

Der Leiter der Schulen Schloss Salem, der Bruder der Königin Friederike von Griechenland, Georg Wilhelm Prinz von Hannover, versichert dir 1956, es interessiere ihn sehr, über deine Forschungen zu lesen, die ihm teilweise ganz neu seien. Was allerdings nach freundlicher Distanzierung klingt.

Du hattest Kontakt mit Adolf Heusinger, dem Generalinspekteur der Bundeswehr, und korrespondiertest mit Kurt von Schleicher, dem Reichskanzler. Wilhelm Groener, der Reichswehrminister, schreibt dir und auch Friedrich Karl Günther, ein Rasseforscher, der sich im September 1934 freut, »dass nunmehr von den verschiedensten Seiten her die Fragen der Glaubensgestaltung erörtert werden«. Was keineswegs nach einer begeisterten Zustimmung zu deinen Veröffentlichungen klingt.

Friedrich Wilhelm Brückner, der Adjutant Hitlers und dein Regimentskommandeur in der Kampfzeit 1922, versichert dir im Februar 1940, er werde »es« dem Führer bei passender Gelegenheit übergeben, wahrscheinlich dein neues Buch über »Kalender und Brauchtum«.

Von Hans-Ulrich Rudel gibt es mehrere Schreiben; der Fliegerheld und Träger der höchsten deutschen Tapferkeitsauszeichnung würde sich 1959 freuen, bei Gelegenheit wieder einmal von dir zu hören und sendet dir und deinen Kameraden die besten Grüße und Wünsche; gemeint sind die Kameraden der Deutschen Reichspartei, für die Rudel damals als Wahlkampfredner aufgetreten ist.

Artur Gütt, Ministerialdirektor und Bearbeiter des Gesetzes zur Verhütung erbkranken Nachwuchses, geht im August 1933 auf Distanz zu deinen Vorschlägen, denn »eine Neuorganisation des Gesundheitswesens ist zu erwarten. Bis dahin soll die Neubildung von Ämtern, Rasseämtern etc. unterbleiben, da ein kommendes Reichsgesetz alle diese Fragen regeln wird«.

Heinrich Hellwege, der niedersächsische Ministerpräsident, 1949 Bundesminister für Angelegenheiten des Bundesrates, glaubt in dir einen Verbündeten zu finden und klagt: »Ihr Hinweis auf die zögernde Inkraftsetzung des Besatzungsstatutes in der französischen Zone scheint mir insofern durchaus berechtigt, als auch ich vor wenigen Tagen dort von einem französischen Gendarmerie-Beamten auf Grund eines geringfügigen Beleuchtungsfehlers an meinem Kraftwagen mit einer Ordnungsstrafe von zehn DM belegt wurde. In Ihrem Falle sind die Dinge offenbar sehr viel ernster.« 1967 hält es Fritz Schneider, der Justizminister von Rheinland-Pfalz, für seine Pflicht, in der Öffentlichkeit darauf hinzuweisen, welche Gefahren in bekannt gewordenen Plänen der Bundesregierung liegen. Auch Will Vesper, der Bestsellerautor in der Nazizeit, schreibt und ebenso Kurt Schmalz, der Gauleiter von Hannover.

Karl Dönitz, der Großadmiral und als Nachfolger Hitlers für kurze Zeit Reichspräsident, bestätigt dich 1956 in deiner Meinung, wer das eigentliche deutsche Staatsoberhaupt sei, denn »richtigerweise erwähnen Sie meine völkerrechtliche Stellung. Die augenblickliche Angelegenheit ist jedoch rechtlich und sachlich ohne jede Substanz, dass sie sich auch ohne diese völkerrechtliche Frage wird erledigen lassen.« Von ihm gibt es eine Reihe von Briefen, darunter ein amüsantes Missverständnis. Zu seinem 84. Geburtstag hast du ihm von einem Versand fossiler Versteinerungen in deinem Namen und auf deine Rechnung einen Nautilus zusenden lassen, einen versteinerten Tintenfisch. In einem Dankbrief schreibt Dönitz: »Ich muss Ihnen sagen, dass dies Schiffsboot bisher nicht eingetroffen ist.« Eine Woche später dann die Bitte, seinen Irrtum zu verzeihen…

Du hast Antworten erhalten von Paul von Lettow-Vorbeck, dem General der Infanterie und Führer der Schutztruppe in Deutsch-Ostafrika, von Wilhelm Hauer, dem Führer der Deutschen Glaubensbewegung, und von Adolf von Thadden, dem Leiter der Deutschen Reichspartei.

Gregor Schwartz-Bostunitsch, der Chef des Freimaurer- und Juden-Archivs in Berlin, dessen Verwalter Adolf Eichmann war, schreibt 1942, er habe seit 1936 mit dem Archiv leider nichts mehr zu tun; »seit 1937 bin ich, auf meine Bitte hin, zur 6. SS-Standarte als Obersturmbannführer versetzt. Damit ist meine Laufbahn abgeschlossen. Als ich vom 31. 8. bis 5. 10. in der Münchener Chirurgischen Klinik zwischen Leben und Tod lag (zweimal operiert), hat nur der Reichsführer SS rührend meiner gedacht. Sonst niemand. Ich freue mich, noch vor dem Tode von Ihnen zu hören.«

Dazwischen liegt eine Kopie deines ersten NSDAP-Ausweises vom 3. November 1922, mit einem Unterschriftsstempel von Adolf Hitler und der Zuteilung zur SA-Kompanie 520.

Franz Josef Strauß, Bundesminister der Verteidigung, sieht sich am 14. Dezember 1962 im Zusammenhang mit der »Spiegel«-Affäre in der Auffassung bestätigt, »dass man dort, wo es um die großen Fragen zur Sicherheit unseres Staates geht, zwischen Pflicht und Bequemlichkeit zu entscheiden hat und auch die daraus entstehenden Nachteile in Kauf nehmen muss. Alle diese Dinge können nur auf lange Sicht beurteilt werden.«

Darauf unmittelbar folgt ein Brief von Hermann Ehrhardt, dem Führer des Freikorps Ehrhardt-Brigade, der noch 1963 »gern und ohne Reue an die damalige Kampfzeit« denkt und sich freut, »wenn ich höre, dass es einem alten Kämpfer gut geht.«

Otto Skorzeny, der Mussolini-Befreier, teilt dir ebenfalls 1963 aus Madrid mit, »diese neue Verleumdungskampagne gegen mich hat mich im Grunde gar nicht überrascht, da mich meine Freunde, die ich Gott sei Dank überall sitzen habe, rechtzeitig benachrichtigt haben.«

Es wären noch eine ganze Anzahl Namen zu nennen; Namen auch von Wissenschaftlern, die mit ihren Büchern den Weg des Völkermordes geleitet und begleitet haben und nach 1945 noch ihren Lehrstuhl innehatten; Namen von Schriftstellern, die auch nach 1945 in hohen Auflagen publizierten.

Himmlers Brief an dich zeigt, wie er gewissenhaft jede Reichsmark kontrollierte, die du ausgabst, um in Verden an der Aller den Gedenkstein für die von »Karl dem Sachsenschlächter hingemetzelten« taufunwilligen Germanen zu errichten.

Durch ihn hast du Johann von Leers kennengelernt, Parteiredner seit 1929 und seit 1938 Professor für »Deutsche Geschichte unter besonderer Berücksichtigung der Bauerngeschichte« in Jena, der 1945 über Argentinien nach Ägypten floh, dort zum Islam übertrat und sich Omar Amin von Leers nannte. Er hatte in Kairo leitende Positionen inne und war unter Nasser im ägyptischen Auslandspropagandadienst tätig. In seinem Auftrag schickte dir ein Mahmoud Salah oft Pakete mit antisemitischem Propagandamaterial. Von ihm sind viele Briefe erhalten. So lese ich nebenbei, als er 1959 aus Kairo schreibt, »Herrn Oberst Rudel kenne ich von Argentinien her, er hat mich gerade vor wenigen Wochen hier in Kairo besucht«. Und dann geifert er wie vor 1945: »Das hirnlos dumme Wort Antisemitismus, das nur die Juden aufgebracht haben, um sich hinter einer würdigen Völkerfamilie, die sie nur geschädigt haben, zu verstecken, sollten wir ganz abschaffen und nicht anwenden. Ich bin für die Semiten, weil ich gegen die Juden bin. So verehre ich den großen semitischen König Salmanassar von Assyrien, der hunderte von Judenteufeln um das eroberte Samaria gepfählt hat. Gerade für uns, die wir Feinde der Juden und ihrer Tradition und ihrer Tyrannei sind, sind die Völker der semitischen Sprache, besonders das edle arabische Volk, die gegebenen Verbündeten. So füge ich in der Anlage eine wertvolle Denkschrift bei mit der Bitte, für Verbreitung ihres Inhaltes zu sorgen.« Es handelt sich um eine von vielen antisemitischen Hetzschriften, die in Ägypten in deutscher Sprache gedruckt und in der Bundesrepublik in Umlauf gebracht werden. Brief um Brief voller Hass, auch auf Deutschland, das »von Juden und Pfaffen so maßlos gepeinigte Vaterland. Immer wieder kommen hier zu mir Flüchtlinge aus Deutschland, die vor der grauenhaften Judentyrannei in der viehischen Demokratie flüchten und hier Schutz suchen. Immer wieder schreiben mir mit der Bitte, ihnen eine Stellung zu besorgen, unglückliche Lehrer, die unter dem viehischen Zwang zur Lüge der konfessionellen Seelenschmutzschule fast völlig zu Grunde gehen. Halten Sie das Feuer des völkischen Gedankens am Brennen – und hoffen wir auf ein neues Tours und Poitiers, da muss unser Volk mit den Muslimen gemeinsame Sache machen und dem dreckigen christlichen Abendland in den Rücken fallen. Ich selber bin längst Muslim geworden – diese tapfere Religion der Aufrechten, eines Gamal Abd el Nasser, eines Großmufti Hadsch Amin el Husseini und Emir Abd el Krim ist für uns letzte Germanen die rechte Religion, um einmal mit Judentum und Christentum Schluss zu machen.« Dagegen streitet von Leers in München lebende Ehefrau, die um ihre Pension kämpft, vehement ab, dass ihr Mann sich in Kairo auch nur im Entferntesten politisch äußere. Er sei Professor an einer

Sprachenhochschule und sonst nichts und die antisemitischen Propagandisten aus Kairo bedienten sich nur seines Namens: Selbst den Herrn Salah, der neulich vor ihrer Haustür stand, habe sie hinausgeworfen. Zu dieser Zeit wurde der Briefwechsel zwischen Leers und dem in der Neonazi-Szene führenden Publizisten Karl-Heinz Priester beschlagnahmt und der Presse zugespielt. Die offene Postkarte mit dem Namensstempel von Frau von Leers sollte offenbar vom deutschen Verfassungsschutz gelesen werden.

Heute werden die NS-Schriften von Neonazi-Verlagen wieder nachgedruckt. Die Bücher von Johann von Leers finde ich ebenso komplett wieder verzeichnet wie die wegbereitenden Schriften der Runenrauner Lanz von Liebenfels und Guido List.

Entdeckt habe ich dies durch Zufall, als ich eine Ankündigung las, dein Buch über die germanische Odalverfassung von 1934 sei »neu überarbeitet und juristisch als einwandfrei empfunden« neu aufgelegt worden. Ich bestellte mir ein Exemplar. Tatsächlich, eine Neuauflage aus dem Jahr 1994. Die Überarbeitung bestand darin, dass ein Zitat Hitlers auf der Titelseite entfernt und antisemitische Halbsätze weggelassen wurden.

Über die Schriftstellergewerkschaft ließ ich mir den Namen des besten Anwalts in Copyright-Fragen geben. Ich prozessierte als Rechte-Erbe gegen den unerlaubten Nachdruck des Buches. Den vor Ort zugelassenen Anwalt beriet einer der prominentesten Neonaziführer. Von ihm, E. R., finden sich Briefe in deinem Nachlass aus dessen Zeit als Student 1970, als er dir für die Übersendung deines Buches von 1933 zur Rasseforschung ehrfürchtig dankte, das er bisher vergeblich in Antiquariaten gesucht habe, und noch zwei Jahre vor deinem Tod schrieb er dir, in »Rassefragen« ganz auf deiner Linie, »damit wird dann auch wieder die Bedeutung der Rassen und damit insbesondere der Nordischen Rasse ins rechte Licht gerückt werden«. Der »Stern« nannte ihn einmal in einem großen Bericht über Neonazis deren »Chefideologen«.

Das Gericht sprach uns als Erben neben einem Verkaufsverbot einen Schadensersatz in einer bis dahin unbekannten

Höhe zu. Der gegnerische Anwalt versuchte es noch mit fadenscheinigen Argumenten: Wenn wir gegen den Inhalt der Schriften meines Vaters seien, wäre es doch unmoralisch, daran auch noch zu verdienen. Das Geld werden wir antifaschistischen Organisationen spenden, gab mein Anwalt zurück. Doch daraus wurde nichts. Ich entdeckte in der Deutschen Bibliographie, dass schon einmal, einige Jahre zuvor, das Buch, damals sogar im Faksimile, nachgedruckt wurde. Auch diesen Prozess gewannen wir, aber der Verlag hatte den Offenbarungseid geleistet, und so kostete uns dieses zweite Verfahren mehr als die Summe, die den Erben im ersten Prozess als Schadensersatz zugesprochen wurde.

Du hast nie etwas zu Ende geführt. Du hast nach deiner Promotion eine Hochschullaufbahn einschlagen wollen. Der Reichsernährungsminister Darré schlug dich für eine Professur vor, aber es wurde nichts daraus. Weil der Finanzminister den neuen Lehrstuhl ablehnte, hast du gesagt.

Deine Karriere als Marinearzt hast du nach einem Gastspiel als Leiter eines hygienisch-bakteriologischen Marineinstitutes aufgegeben. Weil die Reichsmarine einen Hochverratsprozess gegen dich anstrengte wegen Propagandatätigkeit für die Nazis, hast du gesagt.

Als Adjutant Himmlers warst du in der Position eines Generals, wie du betont hast, mit einer riesigen Machtfülle. Du hast dort wie im Landwirtschaftsministerium Referentenentwürfe zu Gesetzen geliefert, von denen das eine oder andere heute noch gültig ist. Nach einem Jahr hast du demissioniert. Wegen der Sachunkenntnis und den Reibereien in den zusammengewürfelten höheren Stäben, wie du es noch in einem Lebenslauf für die Bundeswehr formuliert hast.

Noch 1976 hast du an den NS-Forscher Werner Maser geschrieben, stolz auf deine Zusammenarbeit mit dem »Triumvirat Darré – Himmler – Rosenberg«, und behauptet: »Dass ich hiernach genau in die Ziele des Dritten Reiches eingeweiht war, werden Sie sich denken können.« Auch mit Hitler seiest du dabei häufiger zusammengetroffen. Und damit Werner Maser dir das auch glaubte, hast du ihm berichtet, dass du eines Abends bei Himmler zu einem Arbeits-Abendessen mit Darré eingeladen warst und beide sich über Alfred Rosenberg als »den mit dem lettischen Schuss Blut« lustig gemacht hätten und im kleinen Kreis auch nicht vom »Führer« sprachen, sondern »der Hitler« sagten.

Als Arbeitsgauarzt bist du nach einem halben Jahr ausgeschieden. Weil der Gauleiter Saarpfalz deinen Arbeitsvertrag wegen politischer Unzuverlässigkeit nicht verlängerte, hast du gesagt. Hierzu gibt es erstaunliche Unterlagen im Bundesarchiv in Berlin.

Du verstandest die Welt nicht mehr.

Aus der Reichsregierung bist du zum Reichsarbeitsdienst gewechselt. Du hast einmal gemeint, Himmler habe als Reaktion auf die Homosexualitäts-Vorwürfe gegen den SA-Führer Röhm einen Heiratserlass herausgegeben und jedem, der nicht heiraten wollte, nahe gelegt, seinen Abschied zu nehmen. Wie auch immer, du wurdest Arbeitsgauarzt für den Gau Pfalz-Saarland. In dieser Zeit hast du wie stets Artikel verfasst, Reden gehalten und dich für deine Überzeugung eingesetzt. Inzwischen ist ja nach deiner Meinung all das eingetreten, wofür du gekämpft hast: Deutschland wurde wieder das heilige Land der Germanen. Und dann will man dich 1937 aus dem Reichsarbeitsdient entlassen, da man gegenüber deiner Geeignetheit als Führer in der Stellung eines Arbeitsgauarztes starke Bedenken hegt.

Der Reichsarbeitsarzt schreibt dir wörtlich: »Ihre persönliche Stellung zur katholischen Kirche schießt über das Maß dessen hinaus, was unter den derzeitigen Verhältnissen von der Partei als zweckmäßig und erträglich befunden wird. Ich möchte persönlich Ihnen nicht absprechen, dass Sie nur Gutes zu erreichen suchen. Jedoch ist der Weg, den Sie gehen, offenbar eher trennender als zusammenführender Natur. Ich halte es für richtiger, Sie wissen zu lassen, dass sich Ihrem Vorankommen im Reichsarbeitsdienst Schwierigkeiten in den Weg stellen, als darüber zu schweigen. Nach dem Stand der Dinge lässt sich eine Übernahme in den Reichsarbeitsdienst vorläufig nicht ermöglichen. Ich fühle mich verpflichtet, Ihnen das offen mitzuteilen, damit Sie von sich aus Ihre Zukunft gestalten können. Denn es ist besser, Sie nehmen selbst bei guter Gelegenheit eine Veränderung Ihrer Tätigkeit vor, als dass es von hier aus geschehen würde. Meine Mitteilung wird sich mit Ihrer früher geäußerten Mitteilung, den Reichsarbeitsdienst zu verlassen, begegnen und ich hoffe, dass es Ihnen dadurch leichter wird, ein Ihnen gelegenes Betätigungsfeld zu gewinnen. Heil Hitler, Dr. Schröder, Reichsarbeitsarzt.«

Statt nun das Gespräch zu suchen, eine Lösung zu finden, hast du blindlings um dich geschlagen. Hast du dein Leben für das Volk, den Staat und die Partei in vielen Jahren eingesetzt, um jetzt, vier Jahre nach der Machtergreifung, als Nationalsozialist im nationalsozialistischen Staat nicht mehr genehm zu sein? Endlich warst du als Weltverbesserer am Ziel deiner Träume angelangt und wirst jetzt daran gehindert, sie zu verwirklichen? Dabei stehen doch die Leute, die dich seit fünfzehn Jahren persönlich kennen und für die du jahrelang dein Leben aufs Spiel gesetzt hast, Adolf Hitler und Rudolf Heß, an der Spitze des Staates. So musst du gedacht haben.

Du hast, als alter Kämpfer, das Oberste Parteigericht der NSDAP in München angerufen, um gegen die »Reichsleitung der NSDAP, Abteilung Reichsleitung des Arbeitsdienstes« wegen »Benachteiligung im Verstoß zum Erlass des Führer-Stellvertreters vom 13. Oktober 1933« Klage zu erheben, denn dort heiße es, kein Nationalsozialist dürfe irgendwie benachteiligt werden. Dabei habe das Gaugericht der NSDAP in einem von dir gegen dich selbst angestrengten Ehrenprüfverfahren festgestellt, dass deine persönliche Stellung zur katholischen Kirche nicht über das Maß dessen hinausgehe, was die Partei erlaube.

Dann führst du deine Verdienste aus der Kampfzeit auf, als der Führer-Stellvertreter Rudolf Heß beim Marsch auf die Feldherrnhalle 1923 dein Kompanieführer war, nennst deine Stellung bei Himmler und unterstellst dem Reichsarbeitsdienst, dass er vor allem von »ehemaligen Stahlhelmern« durchsetzt sei, einem Bund der Frontsoldaten, die sich erst 1933 in die SA eingliederten. Dabei wären doch die gerade in der katholischen Kirche herrschenden »sittlichkeitswidrigen und staatsgefährlichen Zustände« offenkundig, die zu zahlreichen Sittlichkeitsprozessen geführt hätten.

Du bekommst eine harsche Absage der Partei: Es sei völlig abwegig, in dieser Angelegenheit, die die Partei überhaupt nicht berühre, eine »Klage« beim Obersten Parteigericht einzureichen. Ganz abgesehen davon bleibe es dem pflichtgemäßen Ermessen der verantwortlichen Stellen überlassen, ob man dich im RAD verwenden wolle oder nicht. Einen Anspruch darauf hättest du nicht.

Nach diesem Fehlschlag hast du dich um eine Stellung beim »Ahnenerbe« beworben. Die 1937 von Heinrich Himmler und Walter Darré gegründete »Forschungsgemeinschaft Ahnenerbe« kümmerte sich um die »Erforschung des nordrassischen Indogermanentums«. Dessen von der Archäologie bis zur Esoterik reichender Forschungsspielraum musste dir entgegenkommen. So hast du deinen Nachfolger bei Himmler, den SS-Standartenführer Wilhelm Kinkelin, um eine Empfehlung gebeten. Dieser versuchte, den SS-Sturmbannführer Bruno Galke für dich zu erwärmen. Der Arbeitsdienst habe dir seinen Abschied nahe gelegt, da deine Stellung gegenüber der katholischen Kirche nicht tragbar sei, schreibt er, ein Vorwurf, der für ihn eine Empfehlung bedeute. Du seiest ein weltanschaulich grundzuverlässiger Mensch, habest eine große Arbeitskraft und seiest gewöhnt, in völliger Selbstständigkeit zu arbeiten. Er habe schon lange den Gedanken gehabt, dich einmal ins Ahnenerbe zu bringen; er sei überzeugt, dass du dort wertvolle Forscherdienste leisten würdest; was von dem Erforschten an die Öffentlichkeit käme, bliebe ja der Reichsführung SS überlassen. Du könntest in die Hauptabteilung Glaube, Recht oder Gesittung eingespannt werden. Er bittet darum, beim Reichsführer zu klären, ob er von sich aus gegen dich nichts einzuwenden habe.

Da kommt von SS-Untersturmführer Brüggemann ein knallharter Vermerk zurück: Vom Personalchef des SS-Hauptamtes erfahre ich soeben, dass ein Wiederaufnahmegesuch des Dr. Herman Gauch in die Schutzstaffel vor einigen Wochen vom Reichsführer SS persönlich abgelehnt worden ist. Unter diesen Umständen möchte ich den RF-SS nur dann wegen Mitarbeit des Gauch im Ahnenerbe fragen, wenn Sie sich trotzdem für Gauch einsetzen wollen. Ich bitte um baldige Rückantwort. Heil Hitler!

Drei Wochen danach schreibt der spätere Chef des Ahnenerbes Wolfram Sievers an SS-Sturmbannführer Galke: Zu dieser Angelegenheit möchte ich mitteilen, dass Gauch gewiss ein aufrechter und fanatischer Kämpfer für unsere Weltanschauung ist. Sein Buch über Odal ist jedoch wissenschaftlich nicht tragbar und wird von unserem Präsidenten, SS-Hauptsturmführer Prof. Dr. Wüst, zum größten Teil restlos abgelehnt. Bei den knappen uns zur Verfügung stehenden Mitteln müssen wir in erster Linie darauf sehen, in jeder Hinsicht vollwertige Kräfte für uns einzuspannen. Falls in der Angelegenheit noch weitere Schritte sich ergeben sollten, bitte ich um Rücksprache. Heil Hitler!

Fünf Jahre später, im November 1942, versuchst du noch einmal in der Reichsführung SS unterzukommen. Von dem hier zitierten Briefwechsel ahnst du natürlich nichts. 1942 schreibt dir Obersturmbannführer Brandt, dem Reichsführer SS habe dein Wiedereinstellungsgesuch vorgelegen; er habe ihn beauftragt, dir mitzuteilen, dass deine Aufnahme leider nicht möglich sei.

Aber es kam in dieser Zeit noch demütigender. Du bist bereits 1922 mit der Mitgliedsnummer 9538 in die NSDAP und die SA eingetreten. Nach dem Putsch und Hitlers Verhaftung am 9. November 1923 aber wurde die Partei aufgelöst und erst am 27. Februar 1925 neu gegründet. In der Zwischenzeit hattest du dein Studium abgeschlossen und eine Stelle als Marinearzt bei der Handelsmarine, später bei der Reichsmarine angenommen. Bei der Marine aber durfte man keiner Partei angehören, und so batest du erst 1934, als du die Reichsmarine verlassen hast und zur Reichsregierung nach Berlin gingst, um rückwirkende Aufnahme mit der alten Mitgliedsnummer und dem alten Aufnahmedatum. Das wurde dir verweigert. Die Mitgliedschaft bei der alten 1923 aufgelösten NSDAP könne auf die 1925 neu gegründete NSDAP weder angerechnet noch übertragen werden. Damit bekamst du mit dem Eintrittsdatum 1. Mai 1934 die Mitgliedsnummer 3.474.227. Das einzige Entgegenkommen war, dass du überhaupt in einer Zeit aufgenommen wurdest, als Hitler eine allgemeine Aufnahmesperre befohlen hatte, weil nach der Machtergreifung fast jeder, der beruflich vorankommen wollte, um Aufnahme in die NSDAP nachsuchte.

Als Amtsarzt hast du nur wenige Monate amtiert; als Kassenarzt hast du immer nur wenige Jahre praktiziert. Weil man dir wegen deiner Parteitätigkeit die Kassen wegnahm, hast du gesagt.

Als Oberfeldarzt bist du mitten im Krieg ausgeschieden. Weil du glaubtest, der Krieg sei schon gewonnen, hast du gesagt.

Du hast dich um eine Praxis nach dem Krieg beworben und sie nicht erhalten. Du hast eine Ärztevertretung gemacht, aber als du ein weiteres Mal gebeten wurdest, hast du aus gesundheitlichen Gründen abgelehnt.

Du wolltest Kultusminister der Deutschen Reichspartei werden, bist aber kurz vor dem DRP-Verbot aus der Partei ausgeschieden.

Zum Marsch an der Feldherrnhalle bist du zu spät gekommen. Der Blutorden, um den du dich so sehr bemüht hast, wurde dir nicht verliehen.

»Ich war im politischen Sinne immer nur in militärischen Organisationen tätig, nie aber als politischer Leiter«, hast du in einem Bewerbungsschreiben an den Bundesminister der Verteidigung formuliert; die Bundeswehr war im Aufbau, und du wärest gern noch Generalarzt geworden. Man hat dich abgelehnt. Weil du zu alt seiest, hast du gesagt.

Beim Entnazifizierungs-Hauptausschuss des Kreises Stade wurdest du am 3. Januar 1949 »in die Gruppe der Entlasteten (Kat. V) eingestuft«. Die Kosten des Verfahrens wurden auf DM 20 festgesetzt.

Von einem solchen Bescheid wagte der Kassierer einer

NSDAP-Ortsgruppe nicht einmal zu träumen. Er wurde wie folgt begründet:

»Der Betroffene war Mitglied der NSDAP seit 1934, ohne Amt.«

Stimmt, denn während deiner Dienstzeit bei der Reichsmarine hattest du die Parteizugehörigkeit offiziell ruhen lassen müssen und jetzt half es dir auf einmal, dass deine rückwirkende Mitgliedschaft abgelehnt wurde.

»Der NSV gehörte der Betroffene von 1936 bis 1944 und dem NS Ärztebund von 1934 bis 1944, jeweils ohne Ämter, an. Außerdem war der Betroffene eine Zeitlang als angestellter Arzt im Reichsarbeitsdienst tätig. Diese Feststellungen beruhen auf den eigenen Angaben des Betroffenen. Sonst ist Belastendes über den Betroffenen nicht bekannt geworden. Zeugnissen zufolge ist der Betroffene in nationalsozialistischer Hinsicht nicht hervorgetreten. Der Betroffene ist entlastet, denn er hat der NSDAP lediglich dem Namen nach ohne Einfluss angehört und den Nationalsozialismus, abgesehen von den pflichtgemäßen Mitgliedsbeiträgen, nicht unterstützt. Die Entscheidung beruht auf § 7 der Rechtsgrundsatzverordnung vom 3. 7. 1948. Die Kostenentscheidung ergeht gemäß § 3 des Gebührenerlasses vom 26. 4. 1948. Beweismittel: Eigene Angaben des Betroffenen. Zeugnis: ...«

Und jetzt folgen Namen von alten Kampfgenossen, die dich schon in den Zwanziger Jahren aktiv unterstützt haben und denen du deinerseits Bescheinigungen ausstelltest, dass sie für das Dritte Reich nie aktiv eingetreten seien.

Du habest nicht gelogen, hast du einmal grinsend erzählt. Den berühmten Fragebogen zur Entnazifizierung hättest du in großen Druckbuchstaben ausgefüllt und dabei mit der Aufzählung der harmlosen NS-Pflichtverbände begonnen wie dem NS-Ärztebund. Dann sei die Zeile leider voll gewesen, und den Rest habe man guten Gewissens weglassen können. Bei Rückfragen hätte man immer noch erklären können, die verschwiegenen Parteigliederungen seien in die Zeile nicht mehr hineingegangen. Über diesen Fragebogen hat der als Freikorpskämpfer wegen Beihilfe zur Ermordung des Außenministers Walther Rathenau zu mehreren Jahren Zuchthaus verurteilte Schriftsteller Ernst von Salomon in der Nachkriegszeit den heftig diskutierten Roman »Der Fragebogen« geschrieben, den ersten Bestseller der jungen Bundesrepublik.

Als dieser Bescheid erging, war auch schon eine andere große Angst vergessen: Noch in den letzten Kriegstagen, als die Amerikaner schon vor unserem Dorf standen, hast du an das Reichssicherheitshauptamt einen Bericht abgeschickt, in dem du wehrkraftzersetzende Äußerungen der Dorfprominenz beschrieben hast.

»Wenn das den Amerikanern in die Hände fällt, hängen sie mich auf«, sagtest du.

Als SS-Oberführer warst du unter einem Decknamen bis 1945 dem SD zugeteilt.

Als dieser Bescheid erging, konntest du dich auch schon rühmen, wie du 1946 untergetaucht bist.

Nach dem Einmarsch der Amerikaner seiest du nicht belästigt worden. Auch die Franzosen hätten dich als Arzt, im Gegensatz zu der anderen Bevölkerung, wie du sagtest, bevorzugt behandelt.

Im April 1946 hätte dich der Jude Ludwig Moses nach Kusel vorgeladen, der dort die Entnazifizierung übernommen hatte. Er habe gesagt, dass er dich als Hakenkreuzler schon aus den Zwanziger Jahren kenne, als er noch den Viehhandel in Einöllen ausgeübt habe. Am Schluss der Unterredung wollte er die Franzosen anrufen, um dich verhaften zu lassen; es sei aber mittags zwölf Uhr gewesen, und die Franzosen waren zum Essen gegangen.

Du hättest die Gelegenheit benutzt und seiest mit deinem Wagen verschwunden, nach Rockenhausen. Dort habest du dir von der französischen Militärregierung die Genehmigung zur Möbelausfuhr für deine Schwägerin »aus Dörrmoschel« geben lassen; weil es dort, falls Rückfragen gekommen wären, eine Familie Gauch gibt. Die Bescheinigung sei ohne weiteres ausgestellt worden, weil die Franzosen Nichtpfälzer gerne hätten wegziehen lassen. Und deine Schwägerin stammt aus Worpswede.

So konntest du diese mit ihren Kindern, deiner Schwester, ihren und deinen Einrichtungsgegenständen in einem Güterwagen nachkommen lassen.

Mit Mutter und mir aber, der ich gerade ein Jahr alt war, seiest du in deinem Wagen nach Worpswede abgefahren. Wegen mehrerer Reifenpannen warst du drei Tage unterwegs. In Unkel seiest du einfach zu einem Arzt gegangen, der dich über Feldwege und durch die Gärten über die Grenze zwischen der französischen und englischen Besatzungszone gelotst habe.

Dann bei Osnabrück die englische Straßenkontrolle.

Dein Wagen hatte einen weiß-roten Ring als Abzeichen, was in der französischen Besatzungszone die Erlaubnis für Nachtfahrten bedeutete. Da aber in dieser Gegend viele Polen für die Engländer tätig waren, hätten diese das Abzeichen für das polnische Emblem gehalten und uns ohne weiteres durchfahren lassen.

Die deutschen und auf die »Denunziation« hin auch die französischen Dienststellen hätten dich jetzt suchen lassen und, wenn sie deinen Aufenthaltsort erfahren hätten, ausliefern lassen.

Du hast für ein Untertauchen gesorgt. Du hast bei den Engländern eine militärische Funktion angetreten, weil du wusstest, dass sie in diesem Fall niemand ausliefern.

Du wurdest in Verden an der Aller als Truppenarzt geführt, bei deutschen Waffen-SS-Verbänden, die von den Engländern kaserniert und zum Teil noch bewaffnet waren. Die Militärpapiere bekamst du im englischen Marinehauptquartier in Minden und Hamburg umgeschrieben. Sicherheitshalber hast du dich nämlich auch noch bei der Marine in Wilhelmshaven gemeldet und bist angenommen worden.

Was später aus verständlichen Gründen verschwiegen wurde: In der Befürchtung, die Russen würden einen Vorstoß über die Besatzungsgrenze hinaus planen, beließen die Engländer für einen möglichen Einsatz gegen die Russen Waffen-SS-

Truppen im Dienst. Diese hatten volle Verwaltungsfreiheit und lebten, als sei der Krieg nicht verloren.

Als englischer Militärarzt bist du dann mit Mutter und mir mit Militärfahrscheinen in ganz Deutschland herumgefahren.

»Solches Kuriosum gab uns Gesuchten und Untergetauchten Privilegien«, sagtest du wörtlich. Die Ausweispapiere hast du aufgehoben.

Gewiss, du hast dein Leben lang gekämpft. Aber du hast keinen Kampf durchgestanden. Du bist keine Kämpfernatur. Du hast keine Kompromisse geschlossen, aber dich nie bis zum Letzten für eine Sache eingesetzt. Du hast immer wieder dein Leben aufs Spiel gesetzt, aber nie ein wirkliches Opfer gebracht.

15

Beim Aufwachen denke ich gleich daran, dass ich Vater nie mehr sehen werde. Dass sein Körper in der vergangenen Nacht in einem zugeschraubten Holzkasten in der kalten Leichenhalle weiter verfallen ist. Dass ich am späten Abend mit einer merkwürdigen Ruhe heimgekommen bin, dass ich tief und fest durchgeschlafen habe.

Ich erinnere mich, etwas von Vater geträumt zu haben: Dass er groß vor mir stand, eine Treppe herunterkam oder sich in einem Haus befand, etwas sagte; dass ich ihm im Traum wohl als kleiner Junge gegenüberstand, denn ich musste zu ihm aufblicken.

Ich erinnere mich, dass ich im Morgengrauen im Halbschlaf diesen Traum noch deutlich vor mir hatte, ihn aufschreiben wollte, aber nicht richtig wach wurde.

Ich mache mich für die Schule fertig.

Jeder im Lehrerzimmer benimmt sich wie immer, auch ich. Wir reden über Belanglosigkeiten, lachen. Wenn ich darauf angesprochen werde, berichte ich ruhig, wie über den Tod eines Fremden.

Sage aber, dass mich sein Tod, auch wenn er in seinem Alter zu erwarten gewesen wäre, verwundet hat.

Die Schüler, deren Klassenlehrer ich bin, sind lieb. Im Vertretungsunterricht am Vortag wurde ihnen der Grund meines Fehlens genannt.

»Warten Sie bitte einen Moment«, sagen sie, »wir haben noch etwas zu tun.«

Alle beugen sich über eine Bank, schreiben etwas. Dann überreicht mir der Klassensprecher einen Umschlag mit schwarzem Rand. Die Klasse sitzt still und schaut mir zu, wie ich den Umschlag öffne, die Karte herausnehme, auf der »Aufrichtige

Anteilnahme« gedruckt steht, auf der alle Schüler unterschrieben haben.

Das müssen sie tags zuvor beschlossen und einen der Mitschüler beauftragt haben, eine Trauerkarte zu kaufen. Sicher waren sie stolz darauf, mir damit eine Freude machen zu können. Ich erzähle ihnen vom Tod meines Vaters, davon, wie er viele Jahre zu leiden hatte, von seinem ruhigen Einschlafen. Im Klassenraum herrscht heute, schwer definierbar, eine andere Stimmung als sonst; die gleiche Sympathie, aber mehr Nachdenklichkeit, Versonnenheit.

In Einöllen habe ich an diesem Novembernachmittag die Vorbereitungen für die Beerdigung zu treffen. Der Friedhof liegt vor dem Ort auf einem Hügel, umgeben von eingezäunten Weiden, auf denen noch Kühe stehen. Es ist ein sonniger kalter Tag.

Der Totengräber hat mit seiner Arbeit bereits angefangen, ein alter gebeugter Mann mit gichtig verarbeiteten Händen. Mit Pickel und Schaufel hackt er den steinigen Boden auf.

Ich fotografiere ihn, wie er das Loch für meinen Vater aushebt und verspreche ihm einen Abzug des Fotos, um das er bittet.

Er stellt sich dafür im Grab in Positur, nimmt die Schaufel wie ein Gewehr beim »Stillgestanden«, bleibt bewegungslos stehen, bis ich auf den Auslöser gedrückt habe.

Er erzählt, wie Vater ihm einmal das Leben gerettet habe. Wie sein Hausarzt, dem er am Telefon seine starken Beschwerden schilderte, ihm einige Hausmittel empfahl und ihn für einen der nächsten Tage in die Sprechstunde bestellte. Wie er sich nicht mehr zu helfen wusste, seine Frau sich an meinen Vater wandte, der damals aus gesundheitlichen Gründen schon nicht mehr praktizierte. Wie Vater gleich gekommen sei, ihn sofort ins Krankenhaus einwies und so einen bevorstehenden Blinddarmdurchbruch verhinderte.

Seit etwa fünfundzwanzig Jahren habe ich in diesem Dorf, bis auf den Kerwetag vor vier Wochen, niemanden mehr aufgesucht.

Ich erinnere mich an eine Freundin meiner Tante, eine entfernte Verwandte, zu der ich fahre, um sie um Rat und Hilfe zu bitten. Von ihr erfahre ich, was alles zu besorgen sei, um das »Leich-Imbs«, den anschließenden Treff bei Kaffee und Kuchen zu organisieren: Bei wem ich die Kuchen bestellen müsse, am besten Kranz und Streusel, die Hälfte beim »oberen« Bäcker im Oberdorf, die andere beim »unteren« Bäcker im Unterdorf, das mache man hier so. Kaffee, Milch und Zucker solle ich bei »Wolle Mäd« kaufen, den beiden schon über achtzigjährigen Schwestern, die den einzigen Kolonialwarenladen des Dorfes führen. Dass ich im Pfarramt den Gemeindesaal mieten müsse und Frauen brauche, die bei Tisch behilflich sind.

Ich sage, dass ich niemanden mehr kenne, auch nicht wisse, wer im Ort so nahe verwandt mit mir ist, dass ich ihn zum »Leich-Imbs« bitten müsse.

Tante Annas Freundin, deren Töchter das Postamt des Dorfes führen und täglichen Kontakt mit allen dreihundert Bewohnern haben, hilft mir beim Aufstellen einer Liste.

Beim Austragen der Post werde man die Verwandtschaft fragen, ob sie helfe; aber das sei ja ein Ehrenamt, da würde niemand nein sagen.

Vaters Kindheit: Auch damals gab es die »Kerwe«, das Kirchweihfest, bereits. Er erinnert sich daran, erinnert sich an die Feste seiner Kinderzeit. Das eine und andere ist auch mir aus meinen Kindertagen in Einöllen, um ein halbes Jahrhundert zeitverschoben, noch sehr vertraut.

Vater schreibt: Von Jugend auf wurden wir Kinder zu strenger Sparsamkeit erzogen. Mit nur fünf oder zehn Pfennigen durften wir die Nachbarkirchweihen besuchen, und von diesem Geld brachten wir Geschenke oder das Geld selbst wieder mit nach Hause. Bei der jährlichen zweitägigen Einöller Kirchweihe sammelten wir das Geld, das wir von Verwandten und Bekannten erhielten, in unseren Sparbüchsen, und am frühen Morgen nach dem Kirchweihfest durchsuchten wir die Straßen und Plätze nach Pfennigen.

Wenn eine »Reitschule«, ein Karussell also, eine Zigeunerfamilie, eine Seiltänzergesellschaft, die Straßenwalze oder die

Brunnenbohrmaschine kamen, konnten wir tagelang aus dem Staunen und Ansehen nicht herauskommen.

Weihnachten mit seinem Weihnachtsbaum war uns Kindern natürlich das heiligste Fest. An Ostern holten wir bei unsern Paten unsere Ostereier, die der Osterhase gelegt hatte, und trugen sie zu den Ameisenhaufen in den Wald zum Färben. Auf der Wiese schleuderten wir sie oder stießen sie mit den Spitzen gegeneinander. Das zerbrochene Ei gehörte dann dem Gegner. Mein Bruder Karl gewann bei diesen Spielen immer, indem er ein gefärbtes Gipsei benutzte.

An Pfingsten wurde der »Pfingstboz« eingekleidet, eine Puppe aus Stroh und Ginster, mit »Pfingstlämmern« besteckt und durchs Dorf gefahren.

Im Dunkeln zeigte ich keine Furcht, erinnert sich Vater weiter, vor einem alten Nachbarn mit seiner langen Pfeife und vor dem Schornsteinfeger flüchtete ich aber immer. Ebenso verfolgte mich einmal lange Zeit in meinen Träumen die Gestalt eines Dudelsacks, den ich bei einem schottischen Dudelsackpfeifer gesehen hatte.

Der Flurschütz und der Polizeidiener waren die von den Kindern allgemein gefürchteten Personen des Dorfs, und auf dem Feld oder nach dem Abendläuten auf der Straße setzte es von diesen manche Hiebe ab. Denn nach dem Abendläuten, das von den Kindern mit einem »Gott walt's!« begleitet wurde, musste die Schuljugend zu Hause sein, während dann die älteren Burschen und Mädchen durch die Straßen des Dorfes zogen und Volkslieder sangen.

Spielzeit ist auf den Dörfern auch immer Unfallzeit. Wie Vater habe auch ich Narben: In den Augenbrauen, am Kinn, am Hinterkopf, Narben von Stürzen auf dem Eis oder auf den Steinplatten im Hof, eine Platzwunde am Hinterkopf, als ich einmal zu lange in der Nähe des anfahrenden Kettenkarussells blieb und beim Hinabspringen kopfunter über die Treppen stürzte. Bei Vater lese ich ähnliche, oft wesentlich schwerere Unfälle.

So erinnert er sich: Vor den vielen Missgeschicken, denen die Kinder ausgesetzt sind, blieb auch ich nicht verschont. Einmal fuhr ich mit meinem Bruder Karl mit dem Kuhgespann von Lauterecken nach Hause. Ich sollte absteigen und die Bremse, die »Mücke«, aufdrehen. Da zogen die Kühe plötzlich an und ich fiel mit der Stirn auf die steinerne Straße, wodurch eine lang gespaltene, jetzt noch deutlich als Rinne fühlbare Wunde entstand.

Beim Fallen auf eine scharfkantige Eisenstange im Schulhof holte ich mir eine noch als Narbe sichtbare tiefe Stirnwunde. Ebenso zerriss ich mir einmal beim Hinfallen im Sand die ganze Nase und die Oberlippe.

Beim Aufsteigen auf den Wagen meines Nachbarn zogen die Kühe plötzlich an, ich rutschte an der Böschung aus und kam unter das Wagenrad. Es fuhr mir über den Leib, ich spürte aber zum Glück am nächsten Tag keine Schmerzen mehr.

Beim Spielen mit meiner kleinen Base Auguste trat mir diese auf den linken Daumen, wodurch er brach. Mir wurde gleich schwindlig. Nach zwei Wochen fuhr ich mit Mama nach Kaiserslautern zur Ärztin. Die brach mir den Daumen von neuem und heilte ihn so, dass nichts mehr von dem Bruch zu merken blieb.

Beim Spielen auf der Eisdecke des Löschteiches, des »Wögelchens«, brach ich bei der Umfassungsmauer ein und konnte mich mit den Fingerspitzen gerade noch vor dem Verschwinden unter der Eisdecke bewahren. Mein Vetter Fritz sprang herzu und half mir wieder heraus. Auch mein Bruder Fritz war einmal im Sommer in den Weiher gefallen. Er war schon das dritte Mal vom Wasser wieder hochgetrieben worden, da sah ihn Bruder Karl, ohne ihn zu erkennen, sprang ins Wasser und rettete ihn.

Bei der Heimfahrt mit dem Fahrrad von Hefersweiler überraschte mich eines Abends ein heftiges Schneegestöber. Ich konnte nicht mehr fahren, musste das Rad tragen und konnte erst nach vielen Stunden, mich spät in der Nacht und abseits der Straße durch den hohen Schnee kämpfend, nach Hause kommen. Meine Eltern hatten mich schon stundenlang auf der Straße vergeblich gesucht und bald schon verloren geglaubt.

Meine Spielkameraden waren meist die Jungen der Nachbarsfamilien sowie eine Anzahl Mädchen. Den jüngeren erzählte ich oft aus dem Stegreif lange Märchen und verlegte den Ort der Handlung auf bekannte Plätze in Einöllen und Umgebung, sodass sie aus dem Staunen und Verwundern, dass dort so etwas geschehen sei, nicht herauskamen.

Schon früh erwachte in mir eine Neigung für das Einsame und daraus für das Altertümliche und Seltsame. Im Haus und in den Wäldern suchte ich mir verborgene Plätze, wo ich ungestört für mich allein sein konnte. Meine Liebe, die von allen Menschen nicht, außer meinen Eltern und Geschwistern, verstanden wurde, trug ich der Natur zu. Ihr fühlte ich mich vereint, kein Tierchen, kein Pflänzchen zertrat ich, sie waren mir alle Brüder und Schwestern. Ein solcher Platz war mir später vor allem der »Felsengraben« geworden. Er ist eine tiefe Bachesschlucht, mit hohen Felsenwänden, Höhlen und Wasserfällen, voll malerischer und reizender Gebilde. Zwei weite Plätze darin lockten mich durch ihre wunderbare Lage besonders an, beide gelegen an Wasserfällen, tief unten zwischen steilen Felsenwänden, nur dem Wegekundigen zugänglich. Ich zimmerte dort Bänke und Tische, meißelte versteckte Gefächer in die Felsen und baute Weiher und Brücken. Ich bewahrte dort Nahrung auf, baute später sogar eine elektrische Lichtanlage und richtete mich dort wohnlich ein. Diese Anlagen waren außer mir auch nur wenigen Freunden bekannt, die oft mit mir dort zusammen waren. Dort saß ich so manche Stunde, abgeschieden von den anderen Menschen, ganz ergeben und versunken in das Walten des ewigen Weltenwillens, das ich im leisen Rauschen der Blätter vernahm, das ich im zarten Hauche der Lüfte verspürte, das mir der liebliche Klang des Vögeleins verkündete, von dessen Geheimnissen mir das Murmeln des Baches raunte. Da saß ich einsam und doch so vertraut inmitten liebender Wesen, bei der schwellenden Inbrunst der Vöglein, bei dem zarten Weben der Bäume, bei dem liebenden Mitgefühl der Gestirne. Da nahm mich die Natur sanft beglückend an ihre Brust, und ihr erschloss sich mein Herz, fühlend, schauend, begreifend und wirkend im Hochgefühl des germanischen Blutes.

Die teilweise erschreckend kitschige Metaphorik überlese ich, denn etwas anderes überrascht mich viel mehr: Den Felsengraben kenne ich. Noch gab es uns als Familie, im Mai 1953, ich war acht Jahre alt, wenn Vater an manchen Nachmittagen verschwunden war. Er setzte sich auf sein Fahrrad, kam erst gegen Abend zurück. Ich sah, dass er eine Tasche mit Werkzeug dabei hatte. Das kümmerte uns nicht, wir waren am Spielen, hatten unsere Beschäftigung.

Eines Tages dann die Ankündigung: »Lasst uns spazieren gehen.« Meine Schwester und ich gingen mit ihm durch das kleine Dorf, über die Felder, schnitzten uns Spazierstöcke aus gerade gewachsenen Weidenruten oder Haselnussästen, deren Rinde wir mit einem Taschenmesser teilweise entfernten, um so im Wechselspiel von dunkler Rinde und hellem Holz Muster entstehen zu lassen. Wir kamen an Salamandern vorbei, die an einem kleinen Bach lebten, und diesen Bach gingen wir jetzt entlang. Die Gegend wurde hügeliger, der Bach floss über den Grund von Böschungen, die uns als steile Abhänge vorkamen. Nach und nach wurde das Laub dichter, der Bachlauf felsiger.

Und dann kam eine Überraschung: In diesem Bachlauf ein Ensemble von Steinen, Felsen, Vertiefungen. Darin und darum hatte jemand Tische und Stühle hergestellt, eine Schaukel, ein kleines Häuschen gebaut. Alles aus frisch abgesägten schmalen und dickeren Ästen, die mit Nägeln und Draht verbunden waren. »Da könnt ihr jetzt spielen«, sagte Vater strahlend. »Und hier«, er schob uns ein wenig weiter, »ist Sigfrids Drachenhöhle.« Tatsächlich, über einem Felsvorsprung, der durch Äste eine Art Verschlag erhalten hatte, stand mit Kreide »Sigfrids Drachenhöhle« geschrieben.

Wir verstanden, dass Vater dies nicht nur zu unserer Freude in tagelanger Arbeit hergestellt hatte, sondern dass es auch unser künftiger Spielplatz sein sollte, weit abseits vom Dorf, weit abseits von den Spielkameraden. Denn: »Das dürft ihr niemandem verraten«, schärfte er uns ein. Dass wir hier ungestört spielen konnten, machte uns natürlich eine Zeit lang Spaß. Dann aber vermissten wir die anderen Dorfkinder. Wie befohlen, erzählten wir es niemandem, obwohl wir erst acht und vier Jahre alt waren. Wenn Vater es verbot, so war dieses Verbot unumstößlich.

Dann erfuhr ich, dass er diesen Wald mit dem umliegenden Grundstück zurückgekauft hatte, der einst seiner Familie gehörte und in der Zeit seiner eigenen Jugend zwangsversteigert wurde. Diese Grundstücke ließ er auf mich als Besitzer eintragen, wollte so aus seinem Jungen einen »Grundbesitzer« in Einöllen machen. »Sigfrids Wald« steht denn auch auf einem Foto vom September des Jahres, in dem er eine Reihe von Fotos an diesem Spielort gemacht hatte.

Jahrzehnte später erfahre ich aus seinen Erinnerungen, dass er mit dieser Aktion noch einmal seine eigene Kindheit nacherleben wollte. Dass er diesen Felsengraben bereits in ähnlicher Weise vor dem Ersten Weltkrieg ausgestaltet hatte und dort die Einsamkeit suchte.

Wir aber suchten keine Einsamkeit. Wir wollten spielen und wir wollten unsere Häuschen und Hütten selbst bauen. Selten ging ich allein dort hin, denn die Einsamkeit und Stille ließen meiner Phantasie zu großen Spielraum und ich gruselte mich ein wenig. Aber das hätte Vater nicht verstanden.

Irgendwann erledigte sich das Thema von selbst: Man muss uns beobachtet haben oder durch Zufall auf unseren geheimen Spielplatz gestoßen sein. Eines Tages waren alle Tische, Bänke, Schaukeln, Häuschen zerstört. Die Drachenhöhle war entweiht. Dorfbuben hatten ihrer Zerstörungslust wieder einmal Ausdruck verliehen.

Meinen ersten Besuch mache ich bei einer gleichaltrigen Cousine meines Vaters, die im Sterben liegen soll. An der Kerwe suchte Vater sie auf, beide saßen beieinander, aßen Kerwekuchen, sprachen von alten Zeiten. Sie wurden von mir fotografiert, es sind die letzten Aufnahmen, die beide lebend zeigen. Klärchen, seine Cousine, klagte immer wieder, dass es ihr nicht mehr gut ginge, ja, sie habe sogar ihren Laden vor wenigen Wochen aufgeben müssen, man stelle sich vor! Was das nur sei!

»Hermann, wird das denn noch mal werden?«, fragte sie ihn immer wieder.

Vater schrieb ihr ein Rezept: »Das nehme ich auch, das hat mir immer geholfen.«

Tante Klärchen, wie der ganze Ort zu ihr sagte, blieb unverheiratet, führte sechzig Jahre lang ein Geschäft mit Gemischtwaren, über dem ein Schild hing: »gem. Warenladen«.

Tante Klärchen war stets für jeden da. Wer am Sonntagnachmittag merkte, dass keine Eier mehr im Haus sind, klopfte an die Hintertür ihrer Wohnung. Wer abends um neun Uhr keinen Tabak mehr hatte, rief sie in den Laden. Wer dringend telefonieren musste, bediente sich Tante Klärchens Telefon. Und wenn in der Nacht ein wichtiger Anruf nach Einöllen kam, landete er bei ihr, und Tante Klärchen marschierte los, den Gewünschten zu verständigen.

Sie hatte immer ein paar Gutsjer, Bonbons also. Als Kinder machten wir uns das zunutze. Mein gleichaltriger Freund Willi und ich schickten meine damals dreijährige Schwester mit ein paar Kieselsteinen in der Hand in den Laden: Sie solle Bonbons kaufen. Tante Klärchen, alles durchschauend (»gelle, die beese Buwe hann dich geschickt«), war dennoch gerührt und gab Gudrun fünf Bonbons; vor der Tür nahmen wir ihr dann vier ab. Ein Gutsje durfte sie behalten, als Botenlohn.

Tante Klärchens Schwester aus der Stadt ist da, sie zu pflegen.

Man wolle sie nicht ins Krankenhaus bringen; der Arzt habe gesagt, es gehe dem Ende zu, so lange wolle man bei ihr bleiben und sie versorgen.

Tante Klärchen liegt bereits im Koma, als ich an ihr Bett trete. Da sie kein Gebiss mehr trägt, treten Nase und Kinn stark hervor. Der Mund ist nur noch eine kleine runde Öffnung. Sie liegt in einem rüschenverzierten Nachthemd da, atmet schwer; mit der einen Hand versucht sie immer wieder, die Bettdecke wegzuziehen, dann, sich an den Hals zu greifen. Auf einmal wird sie ruhiger. Sie liegt still da, der Atem geht langsamer, ist plötzlich nicht mehr zu hören. Der Brustkorb hebt und senkt sich nicht mehr. Wir warten voll Spannung.

»Das dauert aber diesmal lang«, flüstert Klärchens Schwester neben mir; dann aber beginnt langsam wieder die Atmung einzusetzen.

»So geht das jetzt schon seit drei Tagen«, sagt die Schwester.

»Seit einer Woche hat sie nichts mehr gegessen, seit gestern nimmt sie auch keine Flüssigkeit mehr zu sich.«

Ich bleibe noch eine Weile an ihrem Bett stehen; das Röcheln setzt wieder ein, die Unruhe. Ich streiche ihr zum Abschied über die Hand. Ich wundere mich über meine innere Ruhe.

Das Geschäft von Wolle Mäd mit dem Emailleschild »Geschw. Woll, Kolonialwaren« liegt direkt hinter unserem inzwischen abgerissenen Haus. Die Türklingel ist noch die von damals, als mir die beiden Schwestern bereits uralt vorkamen. Ich stehe in einem dunklen Flur, versuche, die früheren Gefühle wachzurufen, als mir der Laden geheimnisvoll und verwunschen vorkam. Kein Schaufenster, nur ein kleiner Nebenraum in dem früheren Bauernhaus. An allen Wänden Regale, vollgestopft mit Waren aller Art, von der Nähseide bis zur Glücksklee-Milch; vor der Theke gerade Platz für zwei, drei Personen. Wenn es mehr sind, was selten vorkommt, müssen die Kunden im Hausflur warten.

Blondie, die jüngere der beiden, tritt in den dunklen Flur. Ich gebe mich zu erkennen, werde, unter Rufen der Überraschung, nach herzlicher Kondolation, nicht in den Laden, sondern ins Wohnzimmer geführt. Neben einem Kohleofen, der eine starke Hitze ausstrahlt, sitzt Hilda, die Ältere, mit einer Wolldecke über den Beinen. Ich erzähle wieder einmal vom Sterben des Vaters.

Man freue sich, dass er jetzt wieder nach Einöllen komme. Zur Beerdigung könne man leider, leider nicht gehen, an dem Nachmittag kämen die ganzen Lieferanten, da sei so furchtbar viel zu tun. Aber einen Kranz werde man schicken, natürlich.

Beide begleiten mich in den Laden, beraten mich über Qualität und Menge des Kaffees, den ich benötige.

»Kaffee Hag wird hier am meisten getrunken; nimm vor allem den, Sieschfried«, sagen sie. »Und Zucker, ija, ija, natürlich.«

»Milch auch, Blondie, gib mal die Milch her; so, da ist die Milch, nein, nicht die, gib mal die andere rüber, Blondie, so, die ist besser.«

»Ija, ija, Hilda, die ist besser, stimmt«, sagt Blondie.

»So, das reicht«, sagen beide, aber ich nehme lieber etwas

mehr. »Den Rest kann ich dann ja mit nach Hause nehmen«, sage ich. »Ija, ija, da hast du Recht, das kann man ja immer noch brauchen.«

Sie beugen sich über ein kleines Stück Karton, das sie auf die Größe eines Kassenzettels zurechtgeschnitten haben; eine stellt darauf die Rechnung zusammen.

Die Sachen könne ich dalassen, die würden dann rechtzeitig in den Gemeindesaal geliefert. Und eine schöne Quittung bekäme ich dann selbstverständlich auch.

Ich erinnere mich, schon als Kind auf diesen Pappstückchen, die von beiden aus den Lebensmittelkartons hergestellt werden, meinen Kassenbon bekommen zu haben.

Während Blondie rechnet, sucht Hilda ihre Brille, kontrolliert die Zahlenkolonnen, entdeckt einen Fehler, korrigiert unter zarten Unmutsäußerungen den Endbetrag. Auch an diese Szene kann ich mich von früher noch deutlich erinnern.

Ich ging damals nicht gerne einkaufen. Vielleicht kam meine Angst vor den Geschäften des Dorfes von einem Zwischenfall her, der sich tief in mein Gedächtnis eingegraben hat.

Gegenüber der »kleinen Schule«, einem Saal, in dem die erste bis vierte Klasse vom Lehrer Schmidt unterrichtet wurde und in der schon Vater Lesen, Schreiben und Rechnen lernte, war ein Geschäft, das als einziges auch Spielwaren führte. Nach der Schule wollte ich mit einem gefundenen Stückchen Kreide an einen Baum vor diesem Laden etwas zeichnen. Da kam brüllend und schimpfend der Kaufmann herausgerannt und lief mir nach, um mich zu verprügeln. Zu Tode erschrocken rannte ich weg, sah noch, wie der Mann hinter mir stolperte, in seinem weißen Kittel der Länge nach in den Schmutz der Straße fiel, in die Abwässer, die den Rinnstein entlang flossen. Im Dorf gab es damals noch keine Kanalisation, nur Jauchegruben und für das Trinkwasser Brunnen.

In der Folgezeit machte ich um das Geschäft einen großen Bogen, nahm von der Schule einen anderen Heimweg, immer in der Furcht, der Kaufmann stürze wieder heraus, die verhinderten Schläge nachzuholen.

Als mir Vater dort zu Neujahr eine Zündplättchenpistole kaufen wollte, blieb ich herzklopfend vor der Tür stehen. Es gab in Einöllen sonst keine Gelegenheit, eine Cowboypistole zu kaufen. Vater forderte mich auf, mit hereinzukommen.

»Der bleibt draußen«, rief der Kaufmann, als er mich sah.

Vater schaute zu mir hin, zog die Augenbrauen hoch und setzte seine typische Miene auf, halb ironisch, halb beschämt, sagte nichts. Auch auf dem Rückweg sprach er nicht über den Vorfall.

Ich malte mir aus, wie es gewesen wäre, wenn Vater stattdessen empört geantwortet hätte: »So, wenn mein Sohn dieses Geschäft nicht betreten darf, dann sehen Sie mich hier auch nicht wieder.« Wie er die Tür zugeknallt und zu mir gesagt hätte: »Dem haben wir's aber gegeben!« Tagelang machte es mir keinen Spaß, mit der Pistole herumzuknallen.

Um die Familienkonstellationen in diesem Dorf verstehen zu können, hätte ich wissen müssen, wer mit wem verwandt, wer mit wem befreundet, verfeindet war. Wer die falschen Anschuldigungen gegen meine Großeltern erhoben hatte und diese so sehr hasste, dass er sie ins Armenhaus bringen wollte, vor allem: Wer deren Nachkommen waren, mit denen ich sicherlich als Kind spielte oder die ich jetzt als erwachsene Menschen wieder traf.

Für meinen Vater blieb dies der Ort seiner Kindheit, an den er sich ausführlich erinnerte. Ich lese in seinen Aufzeichnungen: Was erwecken alle diese Räume und Plätze mit ihren Geräten, meist noch aus alten Zeiten stammend, so viele liebe Erinnerungen aus meiner Kindheit in mir. Kinderspiele und Kinderträume, wie können wir an euch unser ganzes Leben lang zehren.

Der obere Speicher mit seinen alten Spinn- und Webgeräten, die östliche Speicherstube mit den alten Schriften und Büchern in Kisten und Schränken, die leider zum größten Teil verbrannt wurden, und mit den zahlreichen verschiedenen Musikinstrumenten meines Vaters, die Räucherkammer, ein dunkler Seitengang in der Scheune und der dunkle Schrank unter der Speicherstiege mit seinen Arzneigläsern übten immer eine geheimnisvolle Anziehung auf mich aus.

An Stelle der Räucherkammer wurde, als ich acht Jahre alt war, die neue Speicherstube erbaut, die bald mein Laboratorium und mein Arbeitszimmer bilden sollte.

An die Querbalken des Schuppens befestigten wir Geschwister unsere »Raitschele«, Reitschulen genannte Schaukeln aus Ketten mit einem Brett als Sitz. Sie waren für die ganze Dorfjugend ein Anziehungspunkt. Wir legten sie gar sechsfach und siebenfach nebeneinander an und befestigten bis zu drei Sitzbretter übereinander. Eines Tages fiel ich von einem solchen Brett in vollem Schwung herunter und landete mit dem Rücken in einem Karst, einer gebogener Zweizinkengabel.

Ich weiß noch gut, wie mir meine Mutter die Wunde verband, und diese Erinnerung ruft mir zwei alte Frauen ins Gedächtnis, die oft meine Großmutter besuchten, die »Reichhennerichsbas« und die »Saujaabse«, die Witwe des letzten Schweinehirten der Gemeinde. Mit letzterer verstand sich mein jüngerer Bruder Fritz sehr gut. Er las ihr oft aus einem Buch die angeblich schrecklichsten Geschichten vor, obwohl er noch gar keine Buchstaben kannte. So flunkerte er vom »Scharnste, wo es Feier abgebrennt hot«, dem Schornstein, den das Feuer abgebrannt hat, und vom »Miller, wo sei Fraa unn sei zwaai Bibe dotgeschießt hot«, dem Müller, der seine Frau und seine zwei Buben totgeschossen hat.

Im Schuppen stehen in einem Winkellager die »Hobelkasten«, die Rodelschlitten, mit denen ich manche frohe Fahrt über die glatte Eisfläche machte. Ich freute mich immer schon den ganzen Sommer über auf dieses Vergnügen und nutzte den Hausflur und die anschließende Küche, die mit glatten Platten gepflastert waren, bereits als Ersatz dafür und glitt mit den genagelten Schuhen über diese sommerliche »Schlittschuhbahn«.

Im Winter wiederum wartete ich sehnsuchtsvoll auf die Pracht und die Freiheit der warmen Jahreszeit.

Von einem Schweinestall führte ein enges Fensterchen in den Garten. Ich kroch da lange Zeit Tag für Tag hindurch und ließ mich an dem davor stehenden Königspflaumenbaum hinab um zu sehen, ob und wie es käme, dass ich eines Tages nicht mehr durchzuschlüpfen vermöchte.

Von einem solchen Baum fiel ich einst von einem brechenden Ast kopfüber herunter, als ich die außen hängenden Früchte pflücken wolle, denn auf den äußersten Zweigen der Bäume herumzuklettern war mir immer ein besonderes Vergnügen. Ich fiel aber glücklich von dieser höchsten Stelle des Baumes auf den darunter stehenden Fliederbaum. Diesen hatte mein Vater im Jahre vorher von einer anderen Stelle des Gartens hierhin verpflanzt, und das rettete mich, sodass ich bald wieder geheilt war. Der Fliederbaum wurde allerdings durch die Wucht des Falles mit seinen Wurzeln aus dem Boden gerissen. Ich verpflanzte ihn dann vor die Laube, die mein Bruder Otto kurz vorher im Hofe erbaut hatte, doch er verdorrte.

So fiel ich im selben Jahr, ich war fünfzehn, durch Brechen eines Astes von dem Birnbaum neben der Treppe, hart aufschlagend auf die darunter eingelegten Steinplatten, und ein anderes Mal rücklings von einem Kirschbaum, glücklicherweise eine Böschung hinab. Ich kam auch diese beiden Male mit leichten Verletzungen davon.

Beim Besteigen des großen Nussbaumes im Garten glitt ich einmal auf dem Gartenzaun aus und riss mir die ganze Unterlippe im Stacheldraht auf. Die Narbe ist noch deutlich zu sehen.

Die Gartenmauern und anderen Stellen des Hauses hatte ich mit Efeu und Geisblatt bepflanzt, die jetzt üppig daran gedeihen und teils schon über und durch das Dach wachsen.

Vater hatte noch denselben Lehrer, der auch schon seine Eltern unterrichtet hatte. Jahrzehnte später besuchte ich dieselbe »Kleine Schule«, heute ein Kindergarten, in der auch er ab der ersten Klasse gesessen hatte.

Ich zeichnete gerne.

»Ich dachte, du würdest einmal Maler werden«, sagte vor einiger Zeit am Telefon mein damaliger Lehrer.

Nach meinem ersten Zeugnis, zu Ferienbeginn, sah ich ihn, damals ein junger Mann mit erster Schulstelle, zu meiner Überraschung in der Bäckerei stehen, in der ich jetzt für den Tag von

Vaters Beerdigung die Kuchen bestelle. Er gab mir aus einem der großen Gläser mit verschiedenfarbigen Bonbons, die auf der Ladentheke standen, einige in ein Tütchen.

»Für dein gutes Zeugnis«, sagte er.

Ich stand wie versteinert, wagte die Bonbons kaum anzunehmen. Was macht mein Lehrer hinter der Theke der Bäckerei, fragte ich mich; stiehlt er die Bonbons vielleicht? Darf er sich überhaupt in einer Bäckerei aufhalten? Ich wagte sie nicht zu essen, brachte sie Mutter nach Hause.

Dann begann ich aufzuhorchen, wenn im Dorf über den jungen Lehrer und die Bäckerstochter gesprochen wurde. Der poussiert doch bloß mit der, hieß es; ihr werdet mal sehen, der lässt die sitzen; der heiratet doch keine Bäckerstochter.

Da verstand ich, wenigstens teilweise, und aß die Bonbons auf.

Die Mutter dieses Mädchens, das den Lehrer geheiratet hat, steht heute noch hinter der Theke. Ich bekomme kondoliert, bestelle Kuchen; werde von einer Frau angesprochen, die nach mir den Laden betritt.

Ob ich wolle, dass bei der Beerdigung geläutet werde, fragt sie.

Sicher möchte ich das, ob ich das extra bestellen müsse und bei wem.

Dafür sei sie zuständig, und es koste zehn Mark. Ich drücke ihr zwanzig Mark in die Hand. Sie nimmt den Geldschein schweigend und steckt ihn in ihre Schürzentasche.

16

Was wir als Demütigung empfanden, hast du für eine blendende Idee gehalten. Du hast gespart, dein Geld zusammengehalten, wolltest einen Überblick über alle Ausgaben behalten. Bei Wolle Mäd hatten wir sozusagen ein Konto. Wir bekamen kein Bargeld in die Hand, sondern ein blaues Oktavheft. Wir ließen anschreiben. Hilda und Blondie trugen das, was wir einkaufen mussten, in das kleine Heft ein. Am Monatsende hast du zusammengezählt und mit einem Scheck deiner Wolfsteiner Bank bezahlt.

»Ein halbes Pfund Margarine und ein Pfund Mehl bitte«, sagte ich und legte das Heft auf die Theke.

Wolle Hilda nickte, leckte den Bleistiftstummel an und schrieb den Betrag ein. Dann wurde er noch einmal in einem zweiten Heft eingetragen, das Wolle Mäd zur Kontrolle in der Thekenschublade aufbewahrten.

Nach Ladenschluss musste ich beim Klärchen einkaufen. Dort mussten wir bar bezahlen.

»Vati, du sollst mir bitte eine Mark geben«, sagte ich.

»Wozu?«, hast du erstaunt und ärgerlich gefragt. »Ich soll beim Klärchen vier Eier und zwei Käseecken kaufen, sonst hätten wir nichts zum Abendessen.«

»Deine Mutter hat doch letzte Woche erst fünf Mark bekommen«, hast du unwillig geantwortet, »wo ist das viele Geld denn geblieben?"

Ich bekam ein schlechtes Gewissen und senkte herzklopfend den Kopf. Stellvertretend. Denn ich hatte es weder ausgegeben noch war es verjubelt worden. Du hättest am liebsten das Essen ganz abgeschafft, weil es doch nur eine unnötige Geldausgabe darstellt.

Immerhin: Mit den fünf Mark war das so eine Sache. Ich hatte nämlich kein gutes Gewissen. Jungen aus dem Dorf hatten einen gut erhaltenen Fliegerdolch gefunden. Bei der Auflösung der Truppen in den letzten Kriegstagen wurde er mit vielen anderen Waffen, mit Munition und Zubehör weggeworfen. Ich wollte ihn unbedingt haben.

»Verkauft ihr ihn mir?«, fragte ich.

»Für fünf Mark kannste'n haben«, sagten sie.

»Gut, ich mach's«, sagte ich nach einigem Überlegen, »nachher bekommt ihr das Geld«. Ich ging mit dem blauen Büchlein zu Wolle Mäd und sagte, ich solle mir fünf Mark geben lassen; sie möchten es bitte in das Büchlein schreiben.

»Ist das für deine Mutter?«, fragten sie.

Ich nickte beklommen.

Zum Glück waren außer mir keine Kunden mehr im Laden, denn immer, wenn ich das Büchlein vorlegen musste, schämte ich mich. Das Geld gab ich den Jungen und versteckte mich mit dem Dolch auf dem Speicher.

Später habe ich ihn dir gezeigt und gesagt, den hätte ich im Wald gefunden.

»Ein Fliegerdolch«, hast du gesagt; »den haben bestimmt die Soldaten weggeworfen, als die Amerikaner einrückten. Du hast ihn doch hoffentlich nicht in dem Wald gefunden, wo die ganze Munition vergraben ist?«

»Nein«, sagte ich, »in der Nähe vom Ausbacherhof«.

»Der Dolch ist viel zu gefährlich für ihn«, sagte Mutter.

Du hast ihn dann auf den Küchenschrank gelegt, von dem ich ihn einige Tage lang immer wieder heimlich herunterholte und ehrfürchtig betrachtete.

Dann standen die Jungen wieder am Hoftor und riefen mich heraus.

»Kriegen wir das Schwert wieder?«, fragten sie. Ich hatte Angst vor ihnen und schüttelte den Kopf.

»Du bist auch unser Freund«, sagten sie, »wir kaufen ihn dir ab.«

»Für wie viel?«, fragte ich.

Sie beratschlagten.

»Du kriegst eine Flasche Coca Cola dafür.«

Ich hätte viel lieber den Dolch behalten, aber die Jungen waren größer als ich, und ich hatte Angst, dass sie mich schlagen würden, wenn ich ablehnte. Damals hatten manche Verschlüsse der Colaflaschen innen eine rote Farbe, und für mehrere dieser besonderen Kronkorken bekam man eine vielleicht fünf Zentimeter hohe Nachbildung einer Colaflasche. Ich mochte Coca Cola und wusste zugleich, dass ich mir von den fünf Mark viele, viele Flaschen Coca Cola hätte kaufen können.

Ich nickte und holte den Dolch vom Küchenschrank, packte ihn unter den Pullover und trug ihn hinaus.

»Morgen kriegst du das Cola«, sagten sie und liefen weg.

Das Cola bekam ich nie.

Am Monatsende kam die Sache mit den fünf Mark heraus. Es gab eine längere Diskussion, in die ich mich nicht einmischte.

Ich wisse von nichts, sagte ich.

Du hattest Mutter in Verdacht, schimpftest. Ich habe es nie erzählt, auch später nicht.

Die Kinder, mit denen ich spielte, waren die Kinder, vielleicht die Enkelkinder deiner Spielkameraden. Die Menschen, die ich bei deiner Beerdigung traf, kannten dich seit ihrer, seit deiner Kindheit. Sie sind es, die in deinen Erinnerungen an die Spiele deiner Kindheit vorkommen. Zumindest, behaupte ich spöttisch, so weit sie »artnordisch« waren.

Ihr wart sieben Kinder. Zwei Schwestern starben früh, eine Schwester schon vor deiner Geburt. Über sie gibt es einen sehr traurigen Satz in deinen Erinnerungen. Gezeugt wie immer zwischen zwei großen Auslandsreisen, kam dein Vater erst nach der Geburt seiner Tochter in die Heimat zurück. Sie starb, wenige Monate alt, an Hirnhautentzündung. Du schreibst: Als mein Vater eines Tages von einer seiner Auslandsreisen zurückkehrte, lag sie gerade tot auf der Bahre. Lebend hatte er sie gar nicht gesehen.

Deine andere Schwester starb an Lungenentzündung, als du vier Jahre alt warst.

Ich erinnere mich ihrer noch deutlich, hast du notiert. Und:

Wir Geschwister spielten viel mit ihr, und besonders Fritz machte ihr vieles tolle Zeugs vor, so mit einem Spiegel, in dem er das Entstehen eines Spiegelbildes ergründen wollte.

Dies gehört zu den frühesten Erinnerungen unter denen, die ich zeitlich zu bestimmen weiß. Wir fuhren Lina im verstellbaren Wagen umher, monatelang, bis wir drei jüngsten Geschwister erkrankten. Ich sehe noch, wie sie in ihrem Kinderwagen lag und Mutter ihr mit einem Löffelchen Arznei eingab. Da atmete sie noch dreimal fest und dann hörte ich sagen, sie sei gestorben. Am nächsten Morgen wurden wir anderen Geschwister in die Wohnstube getragen, wo sie auf der Bahre lag. Ich sah, wie die Kränze gebracht wurden, die meine Mutter gleich denen Mariechens bis jetzt noch aufbewahrt hat. Dann hörte ich später bei der Beerdigung den Pfarrer reden, hörte den Gesangverein und die Schulkinder singen und sah nach einiger Zeit meine Angehörigen von der Beerdigung zurückkommen. Ich war noch krank und lag im Bett.

An die beiden Grabsteine von Vaters früh verstorbenen Schwestern erinnere ich mich noch aus meiner Kindheit. Sie standen in der Nähe des Friedhofseingangs und waren beide von großen geflügelten Marmorengeln gekrönt. Ich überlegte mir ehrfürchtig, wie schlimm es sein müsse, als Kind schon zu sterben.

In deinen Erinnerungen heißt es weiter: Ich hatte dann noch öfter Kinderkrankheiten zu bestehen. Bei einer schweren Lungenentzündung hatte mich der Arzt aus Wolfstein schon verloren gegeben und die Entscheidung des Krankheitsverlaufs für den neunten Tag der Krankheit erwartet. Und an diesem Tag trat dann die Besserung ein.

Da war ich bereits Schüler, denn an dem Tag, an dem der Arzt gerufen wurde, wurde ich von meinem Lehrer noch aus dem Klassenraum in sein Wohnzimmer geschickt. Ich musste ihm, da ich sein volles Vertrauen besaß, von dort öfter etwas holen, auch Geld. Diesmal sollte ich ihm seine gelben Pantoffeln bringen. Ich wusste aber nicht, was »Pantoffeln« sind, ahnte jedoch aus der Art des Auftrages, dass sie mit den Füßen in Beziehung stehen müssten. Dort standen tatsächlich ein Paar gelbe Schnürschuhe sowie ein weiteres Paar gelber Hausschuhe. Nach langem Bedenken brachte ich ihm die Schnürschuhe.

In frühester Jugend saß ich lange Zeit täglich vor der Wanduhr und beobachtete sie. Dazu hatte ich mir auf den Tisch einen Stuhl gestellt, um so die Uhr unmittelbar vor mir zu haben und genau betrachten zu können. Unsere damalige Kostgängerin war eine junge Lehrerin. Sie erzählte mir später, eines Tages sei ich freudestrahlend zu ihr gekommen und habe ihr erklärt, dass ich den Gang und die Funktion der Uhr nun genau verstanden hätte; und was ich ihr erklärt habe, sei vollkommen richtig gewesen.

Als ich sechs Jahre alt war, besuchte Mutter mit Fritz und mir eine große Ausstellung in Kaiserslautern. Die dort gesehenen Technischen Werke mit ihren Springbrunnen und Wendeltreppen beschäftigten lange Zeit meine Gedanken bei Spiel und Arbeit.

Meine Spielsachen waren die von meinen älteren Geschwistern überkommenen, ein Schaukelpferd und einige kleinere Dinge. Neu erhielt ich später einen Steinbaukasten und einen Farbenkasten, und diese Gelegenheit zum Malen und Bauen nutzte ich fleißig aus und erntete manches Lob damit.

Aus frühester Zeit erinnere ich mich noch eines Walzentonspiels, mit dessen Einrichtung als etwas ganz Geheimnisvollem ich mich noch lange danach in meinen Träumen beschäftigte. Solche mechanischen Geräte nahmen meine Phantasie sehr in Anspruch und ich suchte mir mit Rädern und Hebeln selbst welche zu bauen, aber bei dem Fehlen der erforderlichen Mittel blieb es meistens nur beim Ersinnen und dem Zeichnen von Entwürfen.

Eine große Freude bereitete mir mein ältester Bruder einst durch das Herstellen einer aus Rollen und Kordel gebauten »Drahtseilbahn«, die bis zur hohen Nachbarwand hinter unserem Haus führte. Ebenso baute er einmal ein mittels einer kleinen Dampfmaschine angetriebenes Schiff und fertigte mir ein kleines Dreirad-Wägelchen an, auf dem sich eine Spule mit allerlei daran befindlichem Schmuck beim Fahren drehte. Ich hatte es noch mit kleinen Kanonen, mit denen ich Raketen schoss, geschmückt. Beschwert war es, um das Umfallen zu verhindern, mit drei Steinen aus Golderz, die mir Vater nebst anderen schönen Sachen aus Südafrika mitgebracht hatte. Es blieb jahrelang meine größte Freude.

Je nach Jahreszeit spielten wir regelmäßig die gleichen Kinderspiele wie das Klickerspiel, das Drillestreiben mit dem Kreisel, das Drachensteigenlassen, das Reifenspiel und viele andere. Gerne durchjagte ich dabei auch die Straßen mit einem großen Kesselreifen, der zu meinem Stolz alle anderen Reifen der Spielkameraden an Größe weit übertraf. Mit Windkreiseln liefen wir durchs Dorf. Ich bemalte die meinen mit farbigen Flaggen und Wappen, sodass sie beim Drehen in allen Farben schimmerten.

Wenn Karl mit unseren Kühen auf dem Fuhrwerk zur Weide fuhr, ritten Fritz und ich auf ihnen. Auf der Weide vertrieben wir uns die Zeit mit allerlei Spielen und Künsten. Wenn wir uns vom Feldschütz verfolgt glaubten, rupften wir einen Rispengrashalm ab und sprachen beim Abstreifen der Blüten oder Samen von dem sich biegenden Halme: »Schwelwerköppche, dreh dien Köppche, Weis mer, wo de Schütz herkimmt!«

Dabei fanden mit der Jugend der Nachbardörfer, besonders aber Hohenöllens, oft erbitterte Kämpfe statt, bei denen die größeren Jungen nicht selten stachen und schossen.

Angeregt durch den Umbau unseres Backofens und von Besuchen auf den Wolfsteiner Burgruinen, erbaute ich mit sieben Jahren hinter unserem Haus eine »Burg«. Sie bestand aus vier Stockwerken. In dem unteren wohnte unser Hund Wolly, in dem zweiten unsere Katze, in dem dritten die Hasen, während das vierte als Futterkammer diente. Einen großen rautenförmigen Stein hatte ich, mit Farben und Bildern bemalt, in der Vorderseite des Bauwerks eingemauert. Darüber flatterte eine schwarz-weiß-rote Fahne mit dem Reichsadler. Der Bezirksbaumeister bewunderte bei der Besichtigung unseres Neubaus meinen Burgbau sehr, doch bei einem gewaltigen Regen war er eines Morgens eingestürzt.

Im Hof erbaute ich eine andere Burg mit einer Wendeltreppe

im Inneren für die jungen Hühnchen. Darauf malte ich das bayrische Wappen und nannte sie danach die Löwenburg. Ich grub lange Kanäle, bildete im Sand Feuer speiende Berge und legte aus Engelwurzstengeln Wasserleitungen an.

Im Winter bauten wir Schneemänner und Schneehäuser, jagten mit Schlitten und Schlittschuhen auf dem Eis, rollten Schneewalzen und lieferten uns Schneeballschlachten. In unserem Hof legten wir eine Eisbahn an: Abends pumpten wir Wasser und ließen es über den Hof laufen, sodass es morgens gefroren war. Als ich das erste Mal auf Schlittschuhen lief, stellte ich mich oben im Dorf auf die eisglatte Straße und sauste ohne zu fallen die Straße hinunter an unserem Haus vorbei.

Das Radfahren erlernte ich auf einem alten Rad, das der Bruder meiner Mutter sich seinerzeit als erster im Dorf gekauft hatte. Bei ihm bewegte sich das Pedal während der Fahrt auch dann noch mit, wenn man es nicht trat. Ich fuhr damit einmal die große Dorfstraße herunter und konnte die Drehungen des Pedals nicht mehr hemmen, da auch eine Bremse fehlte. Vor unserem Haus gewann ich glücklich noch die Straßenbiegung, da kam ein Wagen voll Heu die Straße herauf. Auch an diesem gelangte ich noch glücklich vorbei, bog im vollen Schwung nach der Hintergasse um, entging nur um eine Handbreit einem Absturz in eine Vertiefung, lenkte auf einen Erdhaufen zu und überschlug mich dort mit dem Rad so, dass es auf mich fiel. Zum Glück erlitt ich keine Verletzung, wie das sonst bei meinen Lernfahrten öfter vorkam.

Auf hohen Stelzen übten wir allerlei Kunststücke und ich übertraf mit meinem Bruder Fritz alle anderen Spielgenossen an Fertigkeit. Ein beliebtes Vergnügen war es, mit »Stritzbüchsen«, die wir aus Hollunder fertigten, Wasser zu spritzen.

Im Winter fütterte ich die Vögel, die sich der Fütterung wegen in Scharen vor unserem Haus aufhielten. Sie kamen regelmäßig jedes Jahr bei Winterbeginn wieder und brachten neue Gäste mit. Ich errichtete ihnen Futterstätten, die ich mir schon im Sommer ausdachte und baute und sammelte das Jahr über Futter dafür. Auf jedem Baum vor unserem Haus und im Garten, an den Wänden vor und hinter dem Haus und vor den Fenstern hatte ich Fütterungseinrichtungen. Sie waren zum Anlocken der hungernden Vögel mit Tannenreisern und Heidekraut verziert. Auch an anderen Häusern und auf dem Feld sorgte ich für die armen Hungerleider. Sie waren so zutraulich, dass sie ruhig sitzen blieben, wenn ich kam und Futter brachte. Einmal hatte ein Habicht plötzlich dicht neben mir einen Sperling weggeholt.

Im Sommer legte ich für die Durst leidenden Vögel Trinkstätten im Garten an und sorgte durch Aufhängen von Nistkästen für ihr Unterkommen. Ein Starenpaar hielt sich in einem solchen Kasten auf unserem Nussbaum jahrelang auf, andere waren von Sperlingen bewohnt. Schon seit vielen Jahren nistete auf diesem Nussbaum auch ein Distelfinkenpaar. In der Schule gründete ich einen Tierschutzverein mit ausgearbeiteten Vereinsbestimmungen. Was ich zum Schutze der Tiere tun konnte, versäumte ich nicht, durch ständige Belehrung meiner Kameraden, durch Erbetteln oder Abkaufen gefangener Tiere. Wenn das erfolglos blieb, scheute ich mich nicht, die betreffenden Übeltäter in der Schule dem Lehrer oder dem Pfarrer zur Bestrafung anzuzeigen. So verhinderte ich auch durch das Androhen manche vereinbarte Untat. Noch nicht flügge Vögelchen, die aus dem Nest gefallen waren, pflegte ich, bis sie fliegen konnten. Einmal hatte ich dadurch einen jungen Sperling im Käfig und fütterte ihn eifrig. Leider nahm er nur wenig zu sich. Da traf ich eines Morgens einen ausgewachsenen Sperling bei ihm in der Küche und entdeckte so, dass dieser immer nachts durch den Küchenabfluss hineingekrochen kam und dem Jungen Nahrung brachte. Der Kleine hatte aber wohl seine Flügel verletzt, denn er brachte es nie zum Fliegen und starb eines Tages. Ich malte ihn auf Papier ab, schrieb seinen Lebenslauf als »Rotschnabels Lebensgeschichte« darauf, legte ihn damit in ein Kistchen und begrub ihn im Garten.

Ähnlich begrub ich zwei tote Hühnchen, einer Katze legte ich ein Gedicht ins Grab. Einem verstorbenen Distelfink setzte ich einen Grabstein. Bei seiner Beerdigung spielte ich den Pfarrer und andere Kinder sangen dazu Kirchenlieder. So begrub mein Bruder Fritz später einmal im Hof feierlich sein Silberkaninchen, das ein Geschenk meines Freundes war.

Manche Tiere wie Kröten, Eidechsen, Blindschleichen brachte ich mit nach Hause in den Garten und legte ihnen dort einen kleinen Teich an, in dem sie auch gedeihlich weiterlebten.

An einem Sonntagmorgen war ich mit Papa und Otto spazieren gegangen. Da fanden wir auf einem Steinhaufen eine tote Ringelnatter. Ich legte sie mir um den Hals und nahm sie mit heim. Wir hatten noch ein altes Ellenmaß, das legte ich an, und was von der toten Ringelnatter über diese Elle hinausragte, schnitt ich an ihr ab.

Aus frühester Jugend erinnere ich mich noch eines Meerschweinchens, das meinem Bruder Karl gehörte. Dieser zog mit Vorliebe Kaninchen auf, aber meistens wurden sie ihm von Wieseln getötet.

Eine zwölf Jahre alte Katze unseres Hauses hatte zur Gewohnheit, ihre eigenen Jungen aufzufressen. Eines Abends rief mein Bruder Otto aus dem Bett, wer da eine Zwetschge hineingelegt habe. Mama leuchtete danach und sah: Es war ein Katzenkopf. Die Katze hatte ihre Jungen im Bett aufgefressen und diesen Kopf übrig gelassen.

Einmal fand ich im Wald ein junges Kätzchen, das dort ausgesetzt worden war. Es schrie jämmerlich und ich nahm es mit nach Hause. Mutter aber hatte schon eines und auch andere Leute wollten es nicht aufnehmen. Da entschloss ich mich, zusammen mit einem Kameraden, seinem Elend ein Ende zu bereiten. Wir ließen einen großen schweren Stein auf es fallen, der es augenblicklich zermalmte.

Eine andere sehr anhängliche Katze hörte auf den Namen »Puffy«. Wegen einer Katzensperre schenkte sie Mama der Familie ihres Bruders in Hefersweiler. So oft ich dahin kam und nach ihr rief, lief sie sofort aus irgendeinem Winkel freudig herbei.

Auch einen jungen Dackel zogen wir groß, unseren »Wolly«. Otto und Karl hatten ihn daran gewöhnt, bei den Kaninchen zu wohnen, doch eines Tages hatte er eines aufgefressen. Später mussten wir ihn nach Niederkirchen verkaufen, da wir kein Futter mehr für ihn hatten. Aber er kam fast jede Nacht den weiten Weg zurückgelaufen und Karl musste ihn zu seinem großen

Leidwesen dorthin zurückbringen. Er wurde an die Kette gelegt, die er aber oft noch zerriss. Noch nach Jahren, wenn ich zu Besuch kam, erkannte er mich sofort und konnte sich nicht genug tun, seiner Freude Ausdruck zu verleihen.

Von Verwandten in Nussbach brachte Bruder Karl eines Tages einen großen Hund mit heim. Nur er konnte mit »Barry« umgehen, jeden anderen biss der Hund. Wenn die Kinder aus der Schule kamen, sprang Barry über das hohe Hoftor, warf alle Kinder auf der Straße um, bis er bei Karl war und begleitete ihn nach Hause. Da er aber zu viel Futter brauchte und niemanden außer Karl litt, wurde er auf den Ausbacherhof verkauft, wo er als Kettenhund sehr verbitterte und nach langen Jahren von seinem Herrn erschossen wurde.

Ein Hund aus der Nachbarschaft, der »Tell«, verstand es, mit seiner Pfote die Türen zu öffnen und schleppte so manches Brot oder Stück Fleisch aus den Häusern. Eines Morgens, als ich im Bett lag, öffnete er die Tür, schaute sich im Zimmer um, fand aber nichts Geeignetes und ging wieder.

Von unserem Wolly sowie von unseren Katzen, Hasen, Hühnern und Kühen handelten meine ersten Gedichte.

So weit deine Erinnerungen. Bei manchem bin ich skeptisch. Da bist du vielleicht das eine und andere Mal wie später auch ich auf die Ausflüchte der Erwachsenen hereingefallen. Ich hatte im Haus meiner Großmutter ein Huhn, das sich, wenn man auf es zukam und mit Namen rief, duckte, um sich hochnehmen zu lassen. Ich konnte mit ihm spielen und es gibt ein Foto, auf dem ich aus einem Fester des Gartenhäuschens in Großmutters Garten herausschaue, im einen Arm das Huhn, im anderen Arm einen jungen Mischlingshund haltend. Eines Tages war das Huhn verschwunden. »Die Zigeuner haben es mitgenommen«, sagte man mir, und tatsächlich kamen in dieser Zeit ab und zu Zigeuner vorbei, deren Wohnwagen von Pferden gezogen wurden. Sie boten sich an, die Messer zu schärfen und die Kessel zu flicken. Ich glaubte die Geschichte vom Hühnerdiebstahl und erzählte sie oft, auch noch als Erwachsener, bis mich eine Freundin fragte: Sag mal, das war doch bestimmt geschwindelt, das Huhn ist im Suppentopf gelandet und die Zigeuner wurden als Vorwand benutzt zu deiner Beruhigung.

Da fiel es mir wie Schuppen von den Augen. Hatte man mich so nicht auch dazu bringen wollen, von meinem Lieblingshasen zu essen, der als Sonntagsbraten auf dem Tisch stand? Das sei nicht mein Hase, das sei ein Spanferkel vom Metzger, sagte man mir. Dabei hatte ich doch am Tag zuvor mit eigenen Augen beobachtet, wie mein Urgroßvater, der Großvater meiner Mutter, den toten Lieblingshasen kopfüber hinter dem Haus an eine Leiter hängte und ihm das Fell abzog. Noch heute sehe ich die bläulichrote Haut und höre das ratschende Geräusch, mit dem sich das Fell vom Hasenkörper trennte.

Ich denke, so wurde auch dir und deinen Geschwistern vorgeschwindelt, dass eines Tages der Dackel das Kaninchen gefressen haben soll, dass immer wieder Wiesel die Hasen töteten und dass die Katze ihre eigenen Jungen fresse. Wahrscheinlich landeten auch diese Kaninchen alle im Kochtopf. Und die Katzenjungen wurden ertränkt, vielleicht bis auf dieses eine. Fand die Katze es tot, fraß es auf und legte deinem Bruder den Kopf als stummen Protest ins Bett? Oder wurde sie neurotisch, weil man ihr jeden Wurf wegnahm und tötete? All das wäre ja möglich gewesen …

Eure Armut nach der Zwangsversteigerung, die ihr vor eurem Vater ja ängstlich und stolz geheim halten wolltet, war so groß, dass nicht nur der Hund weggegeben werden musste, weil kein Geld für Futter da war, sondern es traf euch auch direkt. An einer Stelle schreibst du: Auch wir Kinder hatten während jener unglücklichen Zeit des Vermögenssturzes viel zu ertragen. Wie manches Mal mussten wir Hunger leiden. Einmal hatten wir drei Tage lang nichts zu essen. Da sah ich Fritz auf dem Dach vor Müdigkeit eingeschlafen liegen, wo er versucht hatte, die noch unreifen Königspflaumen vom Baum zu pflücken.

Du hast in deiner Kindheit erfahren müssen, was Mangel heißt. Deine Mutter und deine Schwester hatten während des Krieges einen schweren Stand, notiertest du einmal; sie hatten für ihre fünf Angehörigen, die alle Soldaten waren, zu sorgen. Anfangs wurde das Geld des Schwagers, das er aus Afrika mitgebracht hatte, verbraucht, und dann schickte Bruder Fritz jeden Verdienst heim, den er sich als Dreher in einer Fabrik, in der er Granaten für die Front herstellte, durch Hungern und Entbehren ersparen konnte. Dazu kam dann noch Mitte 1916 Bruder Ottos Gehalt. Deine Mutter hielt tapfer aus und war nur dankbar, dass ihre fünf »Krieger« am Leben blieben.

Für dich bedeutete dies auch später: Geld war etwas Besonderes. Es für Lebensmittel auszugeben war Verschwendung. Geld war dafür da, um schöne Dinge zu kaufen. Weil deine Hosenträger Flicken auf Flicken auswiesen, an manchen Stellen nur noch an wenigen Gummifäden hingen, schenkte dir Mutter zum Geburtstag ein Paar neue Hosenträger, die sie beim Klärchen gekauft hatte. Das Geld musste ich mit dem Büchlein bei Wolle Mäd holen, weil du ihr nie Geld in die Hand gabst.

Als sie dir die neuen Hosenträger mit Glückwünschen zum Geburtstag strahlend überreichte, hast du getobt. Das wären Bauernhosenträger, die wären ja so breit wie ein Pferdegeschirr. Und die alten wären noch lange gut genug. Mutter musste sie wieder zum Klärchen zurücktragen und dir das Geld abliefern.

Der Mann, der im Armenhaus wohnte, mit seiner Familie und seinen sechs Kindern von der Gemeinde unterstützt wurde, brachte einen großen Korb mit frisch gepflückten Himbeeren. Eine Mark wollte er dafür. Ob die Frau Doktor sie ihm abkaufen würde. Sie hatte Mitleid, sagte, sobald du nach Hause kämest, würde sie das Geld schicken. Mutter hatte sich gefreut, die Himbeeren gewaschen und wollte sie einkochen. An das Theater und die Tränen von Mutter erinnere ich mich noch. Ich musste die Himbeeren ins Armenhaus zurücktragen und sagen: »Mein Vater erlaubt es nicht.« Der Mann im Armenhaus hat genickt und die Himbeeren wieder zurückgenommen. Wortlos.

Nach der Währungsreform bekamst du eine Entschädigung für das verfallene Reichsmarkvermögen in D-Mark. Neunhundertfünfundvierzig Deutsche Mark. Ein Geldsegen, denn wir wohnten in einem Bauernhof in Oerel bei Bremervoerde, und in dem umgebauten Schafstall hattest du deine Praxis. Auf der Flucht vor den Franzosen waren wir in Niedersachsen gelandet. Die Franzosen hatten den alten Haftbefehl aus der Separatistenzeit wieder ausgegraben und wollten dich die fünf Jahre Zuchthaus aus den Zwanziger Jahren absitzen lassen. Das neue Geld hätte für die notwendigsten Anschaffungen gereicht. Deine Tochter war gerade auf die Welt gekommen. Die Kleider, die Verwandte in Care-Paketen aus Amerika und Australien für mich schickten, waren zu eng. Die Zigaretten aus diesen Paketen reichten als Tauschobjekt gerade für den Lebertran, der mich am Leben erhielt.

Du kamst strahlend aus der Kreisstadt zurück. Mit ziemlicher Verspätung. Für die neunhundertfünfundvierzig neue Deutsche Mark hast du ein schönes Mikroskop gekauft und zwei Ölbilder, die das Teufelsmoor bei Worpswede darstellten. So wäre das Geld besser angelegt als in Kleidern, die doch wieder verschlissen werden, hast du erklärt.

Die Zeit, in der du deine Uniformen mit dem Ärmelband RFSS für »Reichsführung SS« beim besten Berliner Schneider machen ließest, war vorbei. Damals hattest du im Diplomatenviertel die möblierte Wohnung einer Gräfin gemietet. Du warst noch Junggeselle, und deine Schwester Anna führte dir den Haushalt. Wenn dein Chef, der Reichsführer SS, zusammen mit seiner Frau zum Abendessen kommen sollte, hast du deine Schwester weggeschickt, Blumen zu kaufen. Sie musste mehrere Straßen weitergehen, weil du dort ein Blumengeschäft wusstest, in dem die Gebinde erheblich billiger waren. Deine Mutter hattest du für einen dieser Abende aus Einöllen kommen lassen. Am nächsten Vormittag war eine der großen Paraden. Deine Mutter saß auf der Ehrentribüne, neben deinem früheren Kompanieführer Rudolf Heß. Zwei Tage konnte deine Mutter nicht sprechen. Sprachlos über diese Ehre, die einer Bauersfrau aus Einöllen zuteil wurde. Dir machte es nichts aus, dass ihr Sonntagsstaat, der in Einöllen beim Sonntagsgottesdienst völlig in Ordnung war, hier ziemlich deplatziert wirkte. Sie hatte kein Geld für einen neuen Mantel. Sie brauche keinen, hast du gesagt, für diesen einen Tag in Berlin wäre das Verschwendung.

Was ich als Demütigung empfand, hast du für eine blendende Idee gehalten. Ein Stadtschloss im Hunsrück, das einer deiner Vorfahren erbaute, war damals das »Schlosshotel«. Du wolltest es fotografieren, wurdest vom Hotelier herumgeführt. Ich könne mich ja so lange in den Speisesaal setzen und eine Limonade trinken, hast du gesagt. Es war Mittagszeit, und ich setzte mich an den letzten noch freien Tisch.

Die Bedienung legte mir die Speisekarte vor. »Ich warte noch auf meinen Vater«, sagte ich, »bringen Sie mir bitte eine Limonade.« Ich studierte die Speisekarte, deren Preise mir astronomisch vorkamen.

Ob ich inzwischen gewählt hätte, fragte die Bedienung, als sie die Limonade brachte. »Nein, sagte ich, ich warte noch ein wenig, bis mein Vater kommt.«

Vater wurde draußen vom Hotelier durch die alten Rittersäle geführt.

»Einer unserer Vorfahren hat im sechzehnten Jahrhundert die Tochter des Kirchberger Amtmannes Johann von Eich geheiratet«, erklärtest du gerade stolz dem Hotelier. »Und dessen Urgroßvater mütterlicherseits war der Erbauer dieses Schlosses. Mein Sohn hier«, du zeigtest strahlend auf mich, der ich gerade neben dich trat, »ist also ein direkter Nachkomme des früheren Schlossbesitzers.« Ich genierte mich furchtbar, zupfte dich am Ärmel und flüsterte, ich müsse etwas zu essen bestellen, die Bedienung wäre schon mehrmals an meinem Tisch gewesen und habe nachgefragt. Du zogst die Augenbrauen hoch, holtest deinen Geldbeutel heraus und gabst mir ein Fünfmarkstück. Ich ging zum Tisch zurück und studierte voller Sorge die Speisekarte.

Die Bedienung kam.

»Ich hätte gerne ein Spiegelei mit Kartoffeln«, sagte ich unsicher. Es war das billigste Essen. Die fünf Mark reichten gerade. Und ich hatte Hunger.

»Ein Spiegelei der Herr, bittesehr«, wiederholte die Bedienung.

Ich hatte das Gefühl, alle Wände des Speisesaales würden das Echo dieser Worte zurückwerfen, als hätten alle Gäste nur darauf gewartet, was ich als Nachkomme des früheren Schlossherren bestellen werde und würden mich jetzt grinsend beobachten. Ich hatte kein bisschen Appetit, mein Mund war ausgetrocknet, und ich würgte das Spiegelei und die Salzkartoffeln herunter.

Ich hatte das Gefühl, neben mir zu stehen und mich zu beobachten. In den Kleidern aus dem Schlussverkauf, die ich seit vielen Wochen täglich trug, die ausgebeult und unansehnlich waren. Wie ich da zwischen so vielen Leuten auf dem Präsentierteller saß, zum ersten Mal als Vierzehnjähriger zwischen lauter gut angezogenen Leuten, ungeschickt mit Messer und Gabel hantierend. Daheim hatten wir nie Gäste. Wir gingen zu keinen Veranstaltungen, wurden nie eingeladen und aßen nie in Restaurants.

Ich erinnere mich an ein einziges Mal, da du aus dieser selbstgewählten Isolation ausgebrochen bist; für Minuten. Im Auto hast du den Pfarrer von Einöllen mitgenommen. Nachdem du zu Patientenbesuchen bisher immer das Fahrrad genommen hattest, fuhrst du zum ersten Mal wieder im eigenen Wagen vor, einem gebrauchten Volkswagen.

»Komm, wir machen unseren ersten Ausflug, nach Wolfstein ins Café«, hast du zu mir gesagt.

An der Haltestelle stand der Pfarrer und wartete auf den Omnibus. Er wollte ebenfalls in das benachbarte Städtchen. Du hast ihn generös eingeladen, mitzufahren, hast stolz die Komplimente zum neuen Auto entgegengenommen.

Auf halbem Weg blieb der Volkswagen stehen. Er sprang nicht mehr an, obwohl du dich minutenlang um den Anlasser bemühtest. Inzwischen fuhr der Omnibus an uns vorbei, mit dem der Pfarrer eigentlich fahren wollte. Nervös schaute er mehrmals auf seine Uhr.

»Das macht gar nichts, das kleine Stück kann ich noch laufen«, sagte er freundlich, stieg aus und wünschte uns beiden noch viel Glück.

Ich schob den Wagen, bis es bergab ging und du ihn in den Ort rollen lassen konntest.

So wie du an allen Abhängen den Motor ausgeschaltet hast und das Auto, um Benzin zu sparen, einfach rollen ließest. Du wolltest dem Pfarrer zeigen, wie »vornehm« wir sind: Dass wir ein Auto haben und er nicht.

Du kamst mit dem Hotelier zurück, an meinen Tisch. »Bist du mit dem Essen fertig?«, hast du gefragt. Ich konnte nur nicken.

»Auf Wiedersehen, Herr Doktor«, sagte der Hotelier, »auf Wiedersehen, junger Mann.«

Mit weichen Knien folgte ich dir aus dem Speisesaal. Du hast nichts gegessen, du hast bei Ausflügen, die immer auf Burgen und Schlösser führten, die irgendwelchen unserer Vorfahren einmal gehörten, nie etwas gegessen, nur eine Tasse Kaffee getrunken. Wenn es irgendwo den Kaffee nur im Kännchen gab, hast du mich angesehen und die Augenbrauen hochgezogen und deine typische Miene aufgesetzt, halb ironisch, halb beschämt. Ich bekam das Gefühl, die hohen Kosten für dieses Kännchen würden uns noch an den Bettelstab bringen. Wir tranken dann nur eine Limonade und sagten, wir hätten keinen Hunger. Auch wenn uns der Magen auf den Knien hing.

Als wir die Stufen des Schlosshotels heruntergingen, sagtest du begeistert, der Hotelier sei ganz beeindruckt davon gewesen, dass wir direkte Nachkommen des Schlosserbauers seien. Du hieltest das für eine blendende Idee.

17

Von Johann Jakob Gauch, der 1731 die Tochter des Einöller Amtsschultheißen geheiratet habe, würden alle Gauch in Einöllen abstammen; er sei ebenfalls Amtsschultheiß über das Dorf und ein halbes Dutzend Nachbargemeinden geworden, werde in einem Gerichtsbuch als der reichste Bauer des Dorfes, als Guts-Besitzer bezeichnet; das erzähle ich meinen Verwandten, die ich jetzt in mehreren Häusern aufsuche. Meine Großmutter war eine Gauch geborene Gauch, auch die Mutter meines Großvaters; alle Gauch hier sind miteinander verwandt, sage ich.

Ute, meine Cousine zweiten Grades (»Geschwisterenkel« sagt man hier), hat auch wieder einen Gauch geheiratet, aus der entfernteren Verwandtschaft, der sogenannten »Freundschaft«.

Als Kind wusste ich nicht, wie viele Leute im Dorf Gauch heißen. Die Familien trugen einen Übernamen, um sie zu unterscheiden. Dass Schneiders Adam der Schneidermeister Adam Gauch war, dass Wagners Elsje die Frau des Wagenbauers Jakob Gauch war, dass mein Freund Korbe Willi eigentlich Willi Gauch heißt, seine Großmutter eine geborene Korb war – all das ist mir erst Jahre später klar geworden. Vater heißt im Ort »Peters Hermann«, weil Peter Gauch 1830 das Haus erbaute, in dem er geboren wurde.

An die meisten Gesichter kann ich mich wieder erinnern; früher waren es Wildfremde für mich, jetzt gehören diese Gesichter nahen Verwandten. Erstmals empfinde ich diesen Menschen gegenüber freundschaftliche, ja herzliche Gefühle: In ihnen entdecke ich auf einmal Züge meines Vaters wieder, seinen Ausdruck, seine Augen, seine Hände. Aus einem Stammbuch, das mein Großonkel aus der »guten Stube« in die Küche hereinholt, suchen wir die verwandtschaftlichen Zusammenhänge heraus.

»Dein Vater hat sich schon früh für die Familienforschung

interessiert«, sagt mein Großonkel. »Aber nicht nur dafür. Ich weiß noch, wie er mal an Weihnachten hier eine Parteiversammlung abgehalten hat, für die NSDAP. Das war 1923, damals wusste eigentlich noch keiner was von den Nazis. Die meisten Leute hier sind ja Sozialdemokraten. Da ging es hoch her, und die SPD hat dann gleich an Silvester eine Gegenversammlung gemacht und deinen Vater zur Diskussion eingeladen. Als Redner hatten sie einen aus der Stadt geholt, einen Schriftleiter von der Zeitung. Da hat es geheißen, die Nazis wollten dasselbe wie die Zentrumspartei und die Kommunisten, ihr Programm wäre Bauernfängerei. Wenn man das verwirklichen würde, dann gäbe es nur wieder einen neuen Krieg.«

»Das hat man schon damals erkannt?«, frage ich ungläubig, »1923?«

»Damals schon, Sieschfried«, sagt Onkel Jakob. »Die Nazis wären wie Tiere, hat es dann in der Zeitung geheißen. Dein Vater war noch Student, in München glaube ich. Und gleichzeitig hat er hier gegen die Separatisten gekämpft. Die Franzosen haben ihn ja steckbrieflich gesucht, haben Hausdurchsuchungen gemacht.«

»Und ihn später zu fünf Jahren Gefängnis verurteilt, ergänze ich, als Terroristen.«

Mein Onkel stutzt. »Das war in dieser Zeit doch etwas ganz anderes«, sagt er, »da hatte man noch gewusst, wogegen man kämpft, da hatte man noch die gesamte Bevölkerung der Pfalz auf seiner Seite. Und diese fünf Jahre Gefängnis, dazu wurde dein Vater in Abwesenheit von einem französischen Militärgericht verurteilt. Rechtsrheinisch hat das niemanden interessiert. Da konnte er sogar frei praktizieren. Das Rote Kreuz hatte ihm eine Praxis besorgt, und später wurde er ja amnestiert!«

Ich zeige meine Betroffenheit, sage, dass es ein merkwürdiges Gefühl sei, den Vater gern zu haben und politisch auf einer ganz anderen Seite zu stehen.

»Ich konnte darüber mit Vater nie diskutieren«, sage ich, »als ich jünger war, hielt er mir lange Monologe; später, als er sah, dass ich anders dachte, verstummte er. Erst in den letzten

Jahren, als er vor allem seinen Erinnerungen lebte, erzählte er wieder davon, aber da habe ich nur zugehört, um ihn verstehen zu lernen, um vielleicht einmal den Roman seines Lebens zu schreiben.«

Betroffen bin ich vor allem über den prophetischen Charakter dieser Versammlung.

Im »Völkischen Beobachter« vom 6. Januar 1923 stand darüber: »Parteigenosse Gauch versicherte der Versammlung, dass die Partei nie und nimmermehr Ursache eines Krieges mit Frankreich sein könne und werde. Ein Teil unserer Beweise durfte nicht mehr vorgetragen werden. Aber der Funke hatte gezündet. Der Redner der Sozialdemokratie ging in höchst verlegener Rede auf nichts mehr ein und bezeichnete alle unsere Beweise als Lügen und die Redner der Aussprache als Lügner, konnte aber keine Fälle dafür anführen, und nannte die Führer und Vertreter unserer Bewegung Menschen mit vertierter Bildung und Moral. Er erregte in der Versammlung, auch in den Reihen der sozialdemokratischen Ortsgruppe, heftigen Widerspruch und Lächerlichkeit, die Redner der Nationalsozialisten aber hatte starker Beifall gelohnt.«

Ich behalte meinen Verdacht für mich, der »Parteigenosse Gauch« selbst könnte diesen schmeichelhaften Bericht für den »Völkischen Beobachter« verfasst haben.

»Wie hat denn der Redakteur darauf reagiert, der als Redner der SPD anwesend war«, will ich wissen.

»Der hat natürlich in seiner Zeitung getobt«, sagt Onkel Jakob, »dein Vater würde die ganze Gegend unsicher machen, und bestimmt hätte er auch jüdische Vorfahren. Vielleicht hat sich dein Vater deshalb so für die Familienforschung interessiert?«

Wenn Vater zu erzählen anfing, war das meist im Café. Auch später, als wir schon in die Stadt gezogen waren und ich nicht mehr im Internat wohnen musste, trafen wir uns nach der Schule im Café. Dort musste ich die Hexameter des Homer ins Deutsche übersetzen, und er hörte mich lateinische Vokabeln ab.

Dass dadurch alle Kaffeehausbesucher an meinem Wissen oder besser Nichtwissen teilnehmen konnten, störte ihn nicht. Dass ich oft vor Wut oder Scham Tränen in den Augen hatte, konnte er nicht sehen: Er schaute in die lateinische Grammatik. Dass ich lieber Brecht las und François Villon, Elias Canetti und Peter Weiss, merkte er wohl; aber er reagierte nicht darauf, sondern erzählte stattdessen von dem, was er früher gelesen habe.

Dass er in einem Semester in Köln die ganze indogermanistische Bibliothek durchgearbeitet habe und dann einen Aufsatz über Runen verfasste; dass er dort in der »Deutschen Zeitung« einen Artikel gelesen habe von einer Versammlung in München, zu deren Schutz zwei Hundertschaften aufmarschierten, die rote Fahnen mit einem Hakenkreuz auf weißem Feld trugen und sich nationalsozialistische Sturmabteilung nannten.

»Wann war denn das?«, frage ich, dankbar, ihn so von den Vokabeln ablenken zu können.

»Im Spätsommer 1922«, sagte er.

Damals hatte auch Brecht in München studiert, dachte ich, und zur gleichen Zeit wie Vater besuchte Brecht ein Gymnasium in Augsburg. Vater das Sankt-Anna-Kollegium, Brecht das Realgymnasium.

»Hast du Brecht eigentlich nicht gekannt?«, frage ich ihn.

»In Augsburg habe ich niemanden gekannt«, sagte Vater unwirsch, »da habe ich in meiner Freizeit nur gelernt; aber als ich dann in Köln diesen Artikel las, da sagte mir eine innere Stimme, dass das die Bewegung der Zukunft sei. Ich packte meine Sachen und reiste mit Semesterbeginn gleich nach München. In den Semesterferien hatte ich als Hilfsarbeiter auf dem Bau gearbeitet. Ich musste dort ununterbrochen Kies in Schubkarren fahren; dabei hatte ich mir am Arm eine Sehnenscheidenentzündung geholt. Das Geld, das ich verdiente, und das Krankengeld für diese Entzündung reichten dann gerade für die Fahrkarte nach München.«

»Hast du dort auch Hitler kennengelernt?«, fragte ich.

»Sicher«, sagte Vater abwinkend, »aber das war erst später. Zuerst einmal ging ich in die Corneliusstraße 12, ins Parteibüro der NSDAP. Dort zeigte ich meinen Ausweis als Bauhilfsarbeiter und fragte, ob sie mich nehmen wollten, eigentlich wäre ich Arbeiter ja nur nebenberuflich. Ich dachte nämlich, eine Arbeiterpartei wäre nur für Arbeiter. Aber die lachten mich aus und sagten, als Student müsse ich ja auch arbeiten.«

»Und dann hast du Hitler getroffen?«, frage ich ihn noch einmal.

»Ja, bei der nächsten Versammlung«, sagte er. Vater sprach ziemlich laut, und die Leute, die im Café am Nebentisch saßen, hatten schon längst ihre Gespräche eingestellt. Sie bemühten sich, interessiert zum Fenster hinauszuschauen und setzten ihre Kaffeetassen ganz leise auf die Unterteller zurück. Vater merkte nichts davon.

»Ich war zur zweiten Hundertschaft der SA eingeteilt worden, die gerade erst aufgebaut wurde«, sagte er. »Hitler sprach im großen Saal des Hofbräuhauses. Ich war an der Treppe zum Saal eingeteilt und sollte niemand mehr hinauflassen, da der Saal wegen Überfüllung schon polizeilich gesperrt war. Da wollte sich ein älterer Mann an mir vorbeidrängen. Ich begann schon ein Handgemenge mit ihm, weil er sich nicht abweisen lassen wollte, bis er sagte: Ich bin Dietrich Eckart.« Vater schmunzelte in der Erinnerung.

»Und wer war das?«, fragte ich.

Vater schaute erstaunt und ärgerlich; ich fühlte einen Stich in der Magengegend und bekam ein schlechtes Gewissen.

»Das weißt du nicht? Was lernt ihr eigentlich in der Schule? Eckart war Schriftsteller und Hauptschriftleiter des ›Völkischen Beobachters‹.« Eckart interessierte mich weniger. »Und Hitler?«, fragte ich.

»Mit Hitler persönlich kam ich dann im Dezember 1922 zusammen«, sagte Vater. »Er sollte in Göppingen sprechen. Bei der Abfahrt ließ er uns, die wir als Saalschutz eingeteilt waren, noch einmal in München in einer Gastwirtschaft um sich herum antreten. Er ging von einem zum anderen, gab jedem die Hand und schaute mir so fest in die Augen, dass ich ein ganz komisches Gefühl dabei bekam. Hitler sagte dann, auf einem Bierfass stehend, in einer Rede zu uns: Heute Abend wird es hart hergehen, und wer auch nur einen Schritt zurückweicht, dem reiße ich persönlich die Abzeichen herunter!«

»Und in Göppingen?«, fragte ich.

Die Leute am Nebentisch sahen mehrmals auf ihre Uhr, machten aber keine Anstalten zu gehen. Vater war in Fahrt geraten, aber ich wagte nicht, ihn zu bitten, leiser zu sprechen.

»Die Kommunisten waren schon lange auf Lastwagen nach Göppingen geschafft worden«, sagte er, »aber in letzter Stunde verbot dann die württembergische Regierung die Versammlung. Daraufhin marschierten wir auf die andere Seite der Donau, um einen Sprechabend abzuhalten. Schon auf dem Weg zur Brücke wurden wir von den Kommunisten mit Pflastersteinen beworfen, und als wir auf der Brücke waren, fingen sie zu schießen an. Ohne Rücksicht. Verwundete und Krankenschwestern wurden noch einmal extra niedergeschlagen.«

Später finde ich in Vaters Papieren, dass eine dieser Krankenschwestern »Schwester Pia« war, die auch am 9. November 1923 in München am Marsch auf die Feldherrnhalle teilgenommen hatte. Nach dem Krieg war die SS-Oberführerin eine Ikone der Nationalen, die Autogrammkarten verteilte, auf denen Hitler mit beiden Händen ihre Hände umfasst. »Schwester Pia, die einzige Trägerin des Blutordens, darf dem Führer persönlich Glück wünschen«, steht darunter gedruckt. Beim legendären Sturm auf den Annaberg in Oberschlesien wurde sie verwundet; bekam beim Bergen eines Verletzten aus einem Kornfeld einen Oberschenkelschuss. Schwester Pia alias Eleonore Baur soll im Konzentrationslager Dachau Furcht und Schrecken verbreitet haben und bei medizinischen Experimenten besonders grausam vorgegangen sein, weshalb sie als »Blutschwester Pia« oder »Engel von Dachau« bezeichnet wurde, wie es in einem Bericht über »Hitler und die Frauen« heißt. Von ihr gibt es eine Reihe von Briefen an Vater aus der Zeit um 1974. Sie erinnert sich an die »Schlacht« von Göppingen, an den SA-Mann, den sie mit einem Lungenschuss ins Krankenhaus geleitete und drei Tage später mit der Bahn wieder nach München brachte, wo Hitler,

Rudolf Heß und Anton Drechsler sie am Bahnhof begrüßten. In der NSDAP hatte sie die Mitgliedsnummer 9, schreibt sie. Zu ihrem 89. Geburtstag sei ein Meer von Blumen gekommen, Dönitz gratulierte und die in Italien inhaftierten Kriegsverbrecher Walter Reder und Herbert Kappler »gedachten meiner«. Hitler war für sie immer noch einer der »großen Männer der Weltgeschichte«, ein »Krieger für die Menschlichkeit« und ein »Reformator von höchstem Rang«, den die Vorsehung leider in einer Zeit unvorstellbarer Brutalität habe wirken und schließlich erschlagen lassen.

»Mein rechter Nebenmann erhielt einen Beinschuss«, sagte Vater im Café, »der SA-Mann, der links von mir lief, einen Brustschuss.« Es war derselbe, von dem Schwester Pia schrieb.

»Hat denn die Polizei nicht eingegriffen?«, wollte ich wissen.

»Ach, die Polizei«, sagte Vater, »die rief doch nur von weitem ihr Sprüchlein: Im Namen des Gesetzes... Als dienstältester Frontsoldat musste ich dann die Hundertschaft übernehmen; sie bestand hauptsächlich aus Studenten, weil die sich leichter für solche Unternehmungen frei machen konnten als die Arbeiter. Ich übernahm dann die Außensicherung, bis die Polizei aus drei Städten anrückte und uns zum Bahnhof brachte. Sie ließ uns ungehindert abfahren, aber in Ulm wurden wir dann doch noch festgenommen und wegen Landfriedensbruchs angeklagt. Sie durchsuchten uns gründlich nach Waffen, ich aber hatte meine Pistole auf den Bauch geschnallt. Weil sie diese nicht fanden, wurde ich von der Anklage wegen ›Bildung bewaffneter Haufen‹ freigesprochen.«

»Damals war die Pfalz doch unter französischer Regierung«, sagte ich. »Gab das keine Schwierigkeiten?«

»Was heißt da Schwierigkeiten?«, fragte Vater ironisch zurück. »Wir kämpften unablässig gegen die Separatisten, bestreikten ihre Eisenbahnen, lockerten die Schwellen der Bahnschienen, um ihre Transporte verunglücken zu lassen, und gingen illegal mit gefälschten Papieren über die Zollgrenzen am Rhein. Meist war ich mit meiner ganzen Kriegsausrüstung unterwegs, mit Pistolen, Munition und Handgranaten. Außerdem schmuggelte ich gefälschte Papiere und war als Kurier eingesetzt. Die französische Besatzung bestand fast immer aus Kolonialsoldaten und sprach selbst nur gebrochen französisch. Da gab ich mich immer als Franzosen aus, meinen Akzent hörten sie ja nicht, und kam so durch die Kontrollen. Einmal aber half mir die ganze französische Rederei nichts, ein Posten war misstrauisch geworden. Ich musste meinen Koffer öffnen, in dem sich oben meine Wäsche und die persönlichen Sachen befanden, darunter aber die ganzen Waffen. Er begann Stück um Stück herauszunehmen und ich überlegte mir schon, ob ich ihm sein Gewehr entreißen sollte, um ihn zu erschießen. Da hatte er bereits die Verbandspäckchen in der Hand, die wir ja nach den Schießereien oder Saalschlachten immer brauchten. Qu'est-ce que c'est que ça?, fragte er. Ich antwortete, das seien Verbandspäckchen, die ich als Arzt immer bei mir tragen müsse. Vous êtes médecin?, fragte er dann ehrfürchtig, und als ich Oui, monsieur, sagte, klappte er meinen Koffer wieder zu.«

»Warst du nicht damals auch dabei, als der Präsident der Pfalz erschossen wurde?«, wollte ich wissen.

»Bei der Erschießung selbst nicht«, sagte Vater. »Dafür hatten wir Freikorpsmänner geholt. Sie sollten als Nichtpfälzer die Vollstreckung des Todesurteils vollziehen, das wir gefällt hatten. Wir waren damals, Ende 1923, acht Mann im Heidelberger Hof in Heidelberg; dort arbeiteten wir den Plan seiner Erschießung aus. Vorher aber sollte mein Bruder Karl noch seinen Hof in Orbis in Brand stecken, als flammendes Signal sozusagen. Er hatte sich den Kopf mit weißen Binden umwickelt und diese mit Hühnerblut angestrichen. So fuhr er auf dem Fahrrad in den Hof von Franz Josef Heinz, der sich als Präsident der Autonomen Regierung der Pfalz Heinz-Orbis nannte und sagte zu dessen Schwester, Nazis hätten ihn so misshandelt, und er sei ein Anhänger ihres Bruders. Sie hat ihn bewirtet und bot ihm dann ein Bett zum Übernachten an. Er sagte aber, er wolle lieber im Heu in der Scheune schlafen, dort sei er vor den Freikorpsleuten sicherer. In der Nacht hat er dann den Hof angesteckt und ist geflüchtet.«

Vaters Gesicht strahlte. Er war lebhaft und laut wie selten. Ich schaute ab und zu ängstlich um mich, erwartend, dass am Nebentisch jemand aufspringe, sich empöre. Aber in der Pfalz schien man diese Geschichten immer noch zu genießen.

»Auf dem Steckbrief, den die Franzosen dann herausgaben«, sagte Vater, »stand als Beschreibung meines Bruders Karl: Schmales Gesicht, weißblondes Haar, blaue Augen, schmale Hände, gepflegte Fingernägel, spricht hochdeutsch, vermutlich Student.«

Heinz-Orbis, der Präsident, habe damals nach dem Brand orakelt: Jetzt weiß ich, dass auch die Kugel für mich schon gegossen ist.

»Und so war es auch«, sagte Vater, »zwei der Freikorpsmänner sind bei dem Attentat umgekommen, aber Heinz-Orbis auch. Doch, um es nicht zu vergessen: Entspricht einem Nebentempus im übergeordneten Satz bei Vorzeitigkeit im abhängigen Satz der Konjunktiv Imperfekt oder der Konjunktiv Plusquamperfekt?«

Die Leute am Nachbartisch riefen nach der Bedienung, um zu zahlen.

In Einöllen erzähle ich nichts von den widersprüchlichen Gefühlen meiner Schulzeit. Da hatte ich einen Vater, der mehr erlebt hat als andere Väter, mit denen die Söhne im Gymnasium renommierten, deren Sozialprestige wohl zu einer Art Rangskala in der Gymnasialklasse führte, obwohl mir das damals nicht bewusst war. Da hatte ich einen Vater, der mehr erlebt hat als andere Väter, doch unter seinen Erlebnissen war keines, über das man sprechen konnte.

Ich bemühe mich, diese Gedanken wieder zu verdrängen. Auf dem Heimweg von Einöllen komme ich an Meisenheim vorbei. Ich werfe keinen Blick auf die Fenster des Internats, die jetzt noch hell erleuchtet sein müssen; die einzelnen Bauten müssen als weit gefächerte Anlage zu sehen sein. Vor meinen Augen überlagern sich die Gesichter und Gesten der Einöller Verwandtschaft mit dem Bild von Vater.

18

Die Freiheit, die ich im Schülerwohnheim in Kaiserslautern genoss, stand im krassen Gegensatz zu den Zwängen in Meisenheim. Das musste auch Vater aufgefallen sein, denn als ich in die Pubertät kam, versuchte er, meine Freizeit nicht grenzenlos werden zu lassen.

Zunächst gab es seinen vergeblichen Versuch, mein Interesse für die nichtkonfessionellen Pfadfinder zu wecken. Er meldete mich dort einfach an, nannte mir den Termin des ersten Treffens. Mir kam es so vor, als sei dies die Fortsetzung von Unterricht: Man saß brav im Kreis und sang Fahrtenlieder. Nichts für mich, dachte ich, ich kann nicht singen, keinen einzigen Ton halten. Schon im Internat in Meisenheim hatte ich vorsorglich eine Solistenrolle in Paul Hindemiths Singspiel »Wir bauen eine Stadt« abgelehnt. Zu den Pfadfindertreffen ging ich kein zweites Mal.

Dann wurde die Deutsche Reichspartei erfolgreich. Seinerzeit hatte zum Verbot der Sozialistischen Reichspartei im Jahr 1952 ein Aufsatz von Vater über alliierte Kriegsverbrechen in deren Parteizeitung beigetragen. Jetzt gab es eine neue rechte Partei. Wieder gehörte Vater zum engeren Kreis des Landesverbandes. Er nahm mich zu Veranstaltungen mit, schickte mich zu deren Jugendorganisation.

Ich erinnere mich: »Das ist mein Sohn«, sagte Vater. Ich spürte, dass er stolz war und aufgeregt. Ich gab dem Mann die Hand und sah ihm aufmerksam in die strahlendblauen Augen. Braun gebrannt, wettergegerbt, sah er aus wie der Bergsteiger Luis Trenker. So also sieht ein Held aus, dachte ich. Hunderte hatten ihm eben in der Landwirtschaftshalle in Kaiserslautern zugejubelt. Von seiner Rede verstand ich nicht viel. Aber mein Freund Armin stand auf der Empore und blies die Fanfare. Einen Marsch. Die Trommler und die Fanfarenbläser spielten zu Beginn und am Ende der Veranstaltung. Das Deutschlandlied wurde gesungen, mit allen Strophen. Der Fanfarenzug trug Braunhemden und schwarze Halstücher, einen Gürtel mit Koppelschloss und Schulterriemen. Auf dem Hemdärmel war eine weiße Odalsrune in schwarzem Kreis aufgenäht. Auch die schwarzweißroten Wimpel, die an den Fanfaren hingen, trugen die Odalsrune. Es war die Jugendgruppe der Deutschen Reichspartei.

»Guten Tag«, sagte ich und sah den Mann aufmerksam an.

Es war der Fliegeroberst Hans-Ulrich Rudel. Ein Held des letzten Krieges. Aus seinem Stuka-Flugzeug heraus hatte er Gegner um Gegner abgeschossen. Hitler verlieh ihm dafür das Ritterkreuz mit goldenem Eichenlaub und Schwertern und Brillanten.

»Die höchste Tapferkeitsauszeichnung«, hatte Armin vor Beginn der Veranstaltung ehrfürchtig geflüstert, »der Führer hat sie nur ein einziges Mal vergeben, an den größten Helden des Weltkrieges.«

Armin schaute den Mann jetzt mit glänzenden Augen an, aber die Hand durfte er ihm nicht geben.

»Der genialste Heerführer kann nicht berühmt werden, wenn er nicht über Soldaten gebieten kann, die den Plan einer Schlacht mit ihrem Einsatz, ihrem Mut und ihrer Tapferkeit in die Tat umsetzen würden«, rief inzwischen ein anderer Mann in das Mikrofon. »Auf die Frage nach den berühmtesten Feldherren des Zweiten Weltkrieges bekäme man von vielen Seiten viele Antworten; aber fragt man nach dem auf Grund seiner persönlichen Leistungen als Kämpfer berühmtesten Soldaten, dann wird in Deutschland wie vor allem auch im Ausland immer nur ein Name genannt werden, der Name von Hans-Ulrich Rudel!« Dieser lächelte dankbar, als alle Leute in der Fruchthalle aufstanden und ihm noch einmal zuklatschten. Er hob die rechte Hand und winkte.

»Der da spricht ist Adolf von Thadden«, flüsterte Armin jetzt, »der Führer der Deutschen Reichspartei.«

Bei den nächsten Sätzen passte ich schon nicht mehr auf, aber es ging um Deutschland und um Treue und um Soldatentum. Es war Wahlkampf, die Partei hatte Sitze in verschiedenen Landtagen erhalten. Der Zweite Weltkrieg war seit vierzehn Jahren vorbei.

Um Nation und Treue und Soldatentum ging es auch an den Abenden im Wohnzimmer des ehemaligen Buchhändlers, der aus Schlesien stammte und jetzt einen Kiosk am Hauptbahnhof betrieb. Die Jugendgruppe der Partei versammelte sich bei ihm und Vater hielt manchmal »Schulungsabende« ab. Über die Juden und wie sie immer noch an den Schalthebeln der Macht in aller Welt säßen; über die Konzentrationslager und dass die Zahlen über die Vergasung von sechs Millionen Menschen erlogen seien, er habe sich die Maße der Gaskammern besorgt und mathematisch errechnet, wie viele Menschen hineingingen und wie viele man an einem Tag überhaupt töten könne.

»Alles Schwindel«, sagte er.

Er sprach über die Hexenverfolgung und war überzeugt, dass die Hexen »weise« Frauen waren, »Hagedisen«, die die germanische Religion heimlich weiter gelehrt hätten und dafür von der Kirche des Papstes zu Rom verbrannt worden seien. Er sprach von den Geheimbünden, in denen die germanische Heilslehre überliefert werde bis auf den heutigen Tag und nur unter strengster Geheimhaltung weitergegeben werde, von den würdigsten und heldischsten Angehörigen einer Generation zur nächsten.

Ich erinnere mich: An den Wochenenden nahm Armin mich mit seiner Partei-Jugendgruppe mit. Wir schulterten den Rucksack, unseren »Affen«, mit Wolldecke und Zelt, hingen uns Wasserflasche und Brotbeutel um den Hals, schnallten den Fahrtendolch an das Koppel und wanderten in den Pfälzer Wald. Nichts unterschied uns von der Hitlerjugend bis auf die Abzeichen. Das Braunhemd und die übrigen Uniformteile waren aus den Katalogen der Pfadfinder unverändert zu bestellen. Über die Pfadfinderlilie auf dem Dolch hatte Armin das Abzeichen der Hitlerjugend geklebt, das exakt in die rautenförmige Aussparung hinein passte, und alle lachten bewundernd.

Die Marschlieder aus dem Liederheft wurden gesungen, außerhalb der Stadt wagte Armin auch andere Lieder anzustimmen, »Es zittern die morschen Knochen« oder »Die Fahne hoch«. Ich konnte nicht mitsingen, brummte nur ein wenig, bewegte die Lippen.

Künftig nahm ich an allen Veranstaltungen teil, die im Nebenzimmer eines Gasthauses stattfanden. Wenn wir danach durch den Wirtssaal in unseren Uniformen heimgingen, dann hörte ich schon einmal Gäste, die uns nachriefen: »Ihr Kinner, der Kriesch is doch schun vorbei!« Aber stolz überhörten wir dies, Armin hatte uns fest im Griff, er war mein bester Freund. Warum war ich sein Freund? Ich ordnete mich ihm unter. Vor allem aber: Ich war der Sohn eines Mannes, der aus dem Kreis um Hitler und Rudolf Hess kam und Adjutant bei Heinrich Himmler gewesen war. Und wenn Armin mich daheim besuchte, ließ er sich die »Devotionalien« zeigen: Die Uniformabzeichen und die Hakenkreuzarmbinde mit den Metallbuchstaben »520« für die SA-Kompanie von 1922, die Briefe von Bormann und Hess und Himmler. Und die Bücher und Bildbände aus der Nazizeit. Auch die Bücher meines Vaters. Er lieh sie sich aus und las uns daraus bei den Treffen vor.

Eines Tages wurden Hausdurchsuchungen bei führenden Mitgliedern der Deutschen Reichspartei gemacht, ein Verbotsantrag stand bevor, die Polizei war auch in unserem Haus in Einöllen. Der Bauernhof stand bis auf die Ferienzeiten leer, doch fand man wohl unter anderem die »Schulungsbriefe« meines Vaters, die an die Mitglieder der Partei verschickt wurden.

Zu dieser Zeit war ich vierzehn Jahre alt. Ich versuche, meiner Erinnerung ein wenig nachzuhelfen, denn als Sechzehnjähriger schrieb ich einen Text über diese Monate, der in der Zeitschrift »Twen« veröffentlicht wurde, unserer Kultzeitschrift der sechziger und siebziger Jahre.

Ich lese meine Erzählung noch einmal nach, sie hilft meiner Erinnerung.

Armin wurde damals zum Jugendführer gewählt. Demokratisch. Mit sechzehn war er der Zweitjüngste, nur ich unterbot ihn noch. Seine ersten Worte nach der Wahl waren: »Mein erster Beschluss ist der, dass ich hier die blödsinnige Demokratie abschaffe, künftig gilt nur noch mein Wort!«

Diese Situation hatte ich vergessen. Jetzt stehen mir die Bilder

der Treffen in dem kleinbürgerlichen Wohnzimmer in Bahnhofsnähe mit seinem wärmenden Holzofen bei der Lektüre wieder unmittelbar vor Augen. Ich lese dort auch, wer alles in dieser Parteijugend war, wobei der Begriff Jugend sehr weit gefasst wurde: Zehn Mann, in einer kleinen Kaschemme im Nebenraum sitzend, Coca-Cola und Bier auf dem Tisch, neben Armin und mir Rolf, fünfundzwanzig Jahre, blond, untersetzt, mit sympathischem Gesicht, Frau und zwei Kindern, von Beruf Hilfsarbeiter, dann der achtundzwanzigjährige Heinz, ein dicker, Bier liebender Abteilungsleiter nebst sieben anderen ebenso ausdruckslosen Dutzendgesichtern, Verkäufern und Büroangestellten, nicht jünger als Mitte zwanzig.

Noch zwei Einzelheiten finde ich dort aufgezeichnet, die ich verdrängt oder tatsächlich vergessen habe. Was denkt, was tut die Gruppe? Die Witze, die wir rissen, lese ich, handelten ausschließlich von und über Juden, in selbst verfassten Zeichnungen traten nur gemeuchelte Juden und heroische SS-Männer auf. Stolz sammelten wir Zeitungsausschnitte über den Landtagsabgeordneten der DRP im rheinland-pfälzischen Landtag und über Hakenkreuzschmierereien auf jüdischen Friedhöfen. Allerdings kam uns nie in den Sinn, selbst Friedhöfe zu schänden oder Gewalt anzuwenden, wir verhielten uns defensiv und zündeten unsere Sonnenwendfeuer dort an, wo uns niemand stören konnte.

Ein weiteres Zitat, das ich mit weniger Scham lese: Ich fragte ein erwachsenes Parteimitglied nach dem so groß herausgestellten Unterschied zwischen Nationalsozialisten und »nationalen Sozialisten«, da sich die Deutsche Reichspartei nur zu letzteren zähle.

»Ja mein Junge«, sei mir gesagt worden, »der Unterschied ist der, dass wir, wenn wir uns Nationalsozialisten nennen würden, sofort verboten würden, nationalen Sozialisten allerdings können sie nichts machen.«

Und eine Belehrung folgt: »Zeig das, was du denkst, nicht zu offen, Kamerad, die könnten uns sofort einen Strick daraus drehen!«

Mit »die« ist der Verfassungsschutz gemeint, und in Wirklichkeit ist es der arbeitslose Hilfsarbeiter mit den zwei kleinen Kindern, der in die Gruppe eingeschleust wurde. Vermutlich war es nicht allein das, was er an Material aus unserer Gruppe weiterreichen konnte, das zu dem Verbotsantrag gegen die DRP führte. Zweifellos gaben die »Schulungsbriefe« meines Vaters wieder einmal eine eindeutige Handhabe, denn unvorsichtiger und eindeutiger verhielt sich sonst niemand.

Wie endete alles? Ich versuche mich zu erinnern: Die Gruppe fiel auseinander, ich war nicht lange dabei, die Bücher, die mir meine Mutter zu lesen gab, immunisierten mich: Hölderlin, Dostojewski, Tolstoi. Ich las sie als Fünfzehnjähriger und die Stücke von Bertolt Brecht mit sechzehn.

Ein Teil der jungen Leute trat, als die Deutsche Reichspartei verboten werden sollte, der »Wiking-Jugend« bei, die schon seit mehreren Jahren überregional agitierte und bei ihrem Verbot 1994 als stärkste neonazistische Jugendorganisation galt. Armin, mein Klassenkamerad, drehte sich nicht lange danach in seiner Weltanschauung um hundertachtzig Grad und begeisterte sich für kommunistische Organisationen. Er warb für die Deutsche Friedensunion, lauschte den DDR-Sendern und reiste öfter in die DDR. Bei den Weltjugendfestspielen in Ostberlin war er regelmäßiger Besucher, und einmal begleitete ich ihn sogar, aus Neugier.

Aufgewühlt von einer großen Farbreportage »Junge Juden in Deutschland« schrieb ich die erwähnte Erzählung für den »Twen«. Bald nach ihrer Veröffentlichung gab ich sie mit klopfendem Herzen Vater zu lesen. Er sagte nichts dazu, sprach aber tagelang nicht mehr mit mir. Und als dann mit einer Postanweisung siebzig Mark an Honorar kamen, nahm er das Geld vom Postboten in Empfang, gab es mir und sagte: »Qui mange du juif y mort.« Wer vom Juden isst, der stirbt daran.

19

Zum 1. September 1939 hast du dich wieder freiwillig zur Wehrmacht gemeldet. Zur Luftwaffe dieses Mal. Beim Heer warst du im Ersten Weltkrieg, bei der Marine in den Zwanziger Jahren. Du hattest schon alle Uniformen, die in Organisationen der Nazipartei getragen wurden, im Schrank hängen. Du wolltest gerne fliegen lernen. Doch bereits während des Unterrichtes, nach fünf Flügen, als du zum ersten Mal allein in einem Segelflugzeug den Himmel erobern wolltest, hast du dich beim Landen so ungeschickt verhalten, dass das Flugzeug entzwei ging und du mit einem Bruch des vierten Lendenwirbels fluguntüchtig wurdest.

Mit Kriegsbeginn wurdest du Lazarettarzt in Lauterecken, unweit deines Heimatdorfes.

Am 13. Oktober schossen deutsche Jäger das erste englische Flugzeug ab, das sich über den Luftraum der Pfalz verirrte. Es war nach einem Erkundungsflug auf dem Weg zurück nach England. Die »Blenheim« fing Feuer und stürzte über Langweiler ab, unweit von Lauterecken.

Du wurdest telefonisch verständigt und fuhrst mit deinem Fahrer und einem Soldaten an den Absturzort. Drei Engländer bildeten die Blenheim-Besatzung. Zwei der Fallschirme fingen beim Aussteigen Feuer, die Soldaten stürzten wie Steine zur Erde; der dritte blieb am Leben. Er landete in einem Baum. Bauern schnitten ihn aus den Schirmgurten ab und fuhren ihn auf einem Pferdefuhrwerk ins Dorf. Der Überlebende war ein Offizier, Oberst der Royal Air Force, mit erheblichen Brandwunden im Gesicht und an den Händen.

Voller Angst starrte er dich an. Er sah den ersten deutschen Offizier, erwartete von deinem bewaffneten Fahrer vielleicht seine Liquidierung. Du stelltest dich ihm in deinem Schulenglisch als Luftwaffenarzt vor und erklärtest ihn zum Kriegsgefangenen. Mit Ehrenbezeugung natürlich, Offiziere unter sich. Für die beiden toten Soldaten ordnetest du ein Begräbnis mit militärischen Ehren an.

Du hast den Oberst ärztlich versorgt, Notverbände angelegt und ihn dann in deinem Wagen mitfahren lassen. Du saßest vorn neben dem Fahrer, auf dem Rücksitz der Oberst neben dem bewaffneten Begleitsoldaten.

Wieder hatte der Oberst Angst.

In Fischbach-Weierbach im Hunsrück hast du Halt gemacht. Es war der Ort vor Idar-Oberstein, wo es eine große Kaserne mit einem Luftwaffenlazarett gab. Dort wolltest du deinen ersten Kriegsgefangenen abliefern. In Fischbach-Weierbach hatte dein Cousin eine ärztliche Praxis.

Die Brandwunden habt ihr jetzt fachgerecht behandelt und anschließend eine Flasche Wein geöffnet. Offiziere unter sich: Dein Cousin war auch Stabsarzt im benachbarten Lazarett. Bei der einen Flasche blieb es nicht, obwohl du nur Fruchtsaft trankst und aus Höflichkeit an dem Glas Wein nipptest.

Inzwischen hast du den Kommandanten der Kaserne verständigt. »Ein englischer Oberst«, hast du gesagt. Der deutsche Offizier kam persönlich, seinen Gefangenen abzuholen. Er stellte sich als Hubertus Prinz von Preußen vor, Enkel des letzten Kaisers, Nachkomme der Königin Victoria und Cousin des englischen Königs.

Wing-Commander Harry M. A. Day, erster Kriegsgefangener der Royal Air Force auf seinem ersten Feindflug, verstand die Welt nicht mehr. Er begann sie auch bereits recht verschwommen zu sehen, denn der Wein war gut.

Als du gegen Abend von Offizier zu Offizier höflich auf Aufbruch drängtest, fragte Oberst Day vergnügt: »Geht es jetzt ins Hotel?«

Es ging in die Kaserne, aber das Leben im Offizierskasino ließ sich aushalten. Die jungen deutschen Offiziere waren begeistert.

»Wenn das so weitergeht, holt der Führer bald persönlich den König von England ins Kriegsgefangenenlager«, grölten sie fröhlich.

Oberst Day fühlte sich als Lagerältester verantwortlich für Heldentaten. Er blieb der älteste und ranghöchste englische Offizier in der Gefangenschaft. Für den Nachkommen berühmter englischer Krieger war es schon blamabel, beim ersten Feindeinsatz erwischt zu werden. Er organisierte immer wieder Ausbruchsversuche, die meist misslangen. Als er doch einmal ausbrechen konnte, war er froh, nach zwei Tagen wieder eingefangen zu werden.

Er kam in immer besser bewachte Lager, nach Dachau, nach Sachsenhausen. Immer war er Lagerältester der Kriegsgefangenen, und es ging ihm nicht schlecht. Den Sohn von Stalin lernte er kennen, der ebenfalls Gefangener war, die Widerstandskämpfer des 20. Juli 1944. Er sah, wie ihre Leichen nach der Hinrichtung auf Schubkarren an seinem Zellenfenster vorbeigekarrt wurden, den Klavierdraht noch um den Hals, mit dem man sie strangulierte.

Nach Kriegsende hatte er sich bei dir schriftlich »für die menschliche Behandlung nach meinem Abschuss« bedankt. Diesen Brief hast du 1949 als Entlastungsmaterial beim Entnazifizierungsverfahren verwendet und sogar in einer Zeitung publizieren lassen.

Dreißig Jahre nach seinem Abschuss stand er wieder vor deiner Haustür. Er war jetzt stolzer Held einer Biografie, die einer seiner Kameraden, nach dem Krieg Redakteur bei Paris Match, über den »Ausbrecherkönig« aus deutschen Lagern geschrieben hatte. Dieser Redakteur war wenige Jahre zuvor bei dir, recherchierte, und ich fuhr ihn durch die Gegend, nach Langweiler, an den Abschussort, nach Fischbach-Weierbach, zur Familie deines inzwischen verstorbenen Cousins. Ich dolmetschte und er schrieb mit. Er notierte sich die Aufschrift eines Flaschenetiketts des Weines, den wir in Fischbach-Weierbach vorgesetzt bekamen. In dem Buch über Oberst Day findet er sich wieder, nur dreißig Jahre zurückdatiert: Deidesheimer Linsenbusch 1937.

Der Oberst stand vor deiner Tür, stellte sich vor und erklärte, er wolle den dreißigsten Jahrestag seines Abschusses über Langweiler feiern. Er blieb zum Nachmittagskaffee da, und wir wussten nicht, was wir ihm vorsetzen sollten. Du hattest nichts zu essen im Haus.

In einem Winkel einer Küchenschublade fanden wir alte ausgetrocknete Teebeutel. Engländer trinken immer Tee, sagte ich und brühte ihn auf.

Er schmeckte nicht nur mir abscheulich.

Ob der Herr Oberst etwas anderes vorzöge, fragte ich. Wein tränke er gerne, antwortete er.

Ich ließ mir von dir Geld geben und kaufte rasch eine Flasche im nahegelegenen Tante-Emma-Laden, der von zwei Freunden geführt wurde. Auch ein kleines Fläschchen Whisky brachte ich mit, ein Probefläschchen, das ich auf dem Regal entdeckte.

Engländer trinken immer Whisky, dachte ich. Der Oberst a. D. sah das Fläschchen und schüttelte sich. Ich spülte ein Zahnputzglas aus und schenkte ihm den Wein ein. Niemand trank mit. Er stutzte und trank auf unser Wohl.

Du erzähltest und wolltest ihm eine Stelle in einem Buch zeigen. »Ich kann es leider im Moment nicht finden«, sagtest du.

»Ach, das ist doch kein Problem«, sagte ich, »das muss hier im unteren Regal liegen.«

»Das spielt jetzt keine Rolle«, sagtest du, »lass nur.« Aber ich kramte bereits im Regal und zog Buch nach Buch heraus.

»Lass doch«, sagtest du etwas lauter, »das liegt da nicht!«

Ich suchte weiter, und als du noch lauter darum gebeten hast, mit dem Suchen aufzuhören, verstand ich: Bücher mit knallrotem Umschlag und dickem schwarzen Hakenkreuz in weißem Kreis lagen plötzlich auf dem Boden des Wohnzimmers.

Mit einem schnellen Seitenblick auf den Obersten, der wohl immer noch nach dem Mischungsverhältnis von Zuckerwasser und Essig in dem eben getrunkenen Wein suchte und nichts bemerkt hatte, warf ich den verräterischen Stapel rasch wieder in den Schrank zurück.

Dein Blick war finster. Du kamst dir blamiert vor.

Der Oberst lehnte es ab, sich nachschenken zu lassen. Von dir aus fuhr er weiter nach Fischbach-Weierbach, wo er etwas gastfreundlicher aufgenommen wurde.

Am 13. Oktober des folgenden Jahres war er wieder da. Er wollte den einunddreißigsten Jahrestag seines Abschusses feiern, sagte er.

Dieses Mal wohnte er im Hotel und lud uns zu sich ein. Im Restaurant wählte er den Wein aus. Du hast höflich genippt. Du warst weniger schweigsam als sonst und hast dein Schulenglisch wieder ausgekramt.

In Days Biografie bist du beschrieben als »an elderly, kindly man«; ein »strongly accented English« habest du gesprochen.

Am 13. Oktober des folgenden Jahres war Oberst Day wieder da. Er wolle den zweiunddreißigsten Jahrestag seines Abschusses feiern, sagte er. Aber dieses Mal in ganz großem Stil.

Ganz Langweiler war auf den Beinen. Der Landrat erschien und der Ortspfarrer; Vertreter der französischen, englischen und amerikanischen Militärattachés; der deutsche Luftwaffengeneral aus Idar-Oberstein, wo jetzt die Bundeswehr stationiert war.

Es wurden Gedenkreden und Dankreden gehalten. »Als ich unfreiwillig auf Ihr Land fiel«, sagte der Oberst, »hatte ich zwar damit gerechnet, korrekt behandelt zu werden, aber doch mehr mit militärischer Strenge als freundschaftlicher Wärme.«

Du warst einer der Ehrengäste. Du warst aufgekratzt und hast so viel geredet wie sonst das ganze Jahr über nicht.

Auf einer Ehrentafel hat der Oberst die Namen der Leute eingravieren lassen, an die er sich freundschaftlich erinnert.

Darunter war auch der Name eines KZ-Arztes, mit dem er sich angefreundet hatte. Für dich ein Beweis, dass die Behandlung in den Konzentrationslagern korrekt war und alles Holocaust-Gerede Lüge sei.

Auch dein Name war eingraviert.

Du wurdest fotografiert, erwähnt, warst im Mittelpunkt. »Er ist Reserveoffizier«, hast du zu dem Luftwaffengeneral mit leuchtenden Augen gesagt, als du mich ihm vorstelltest.

Du hast mich am Ärmel gezogen.

»Komm mal mit, ich will dich dem Herrn General vorstellen«, hast du zu mir gesagt.

Du hast dich in die Runde gestellt, in der sich der General gerade unterhielt. Du hast dagestanden wie ein Schüler, der seinem Lehrer etwas Wichtiges erzählen will und es nicht abwarten kann, bis er an die Reihe kommt. Du hast zum General emporgeblickt, der mehr als einen Kopf größer war als du, und deine Stimme hat gebebt. »Das ist mein Sohn«, hast du gesagt, »er ist Reserveoffizier.«

Der General hat müde gelächelt. Wir haben uns beide einige höfliche Randbemerkungen abgequält. Du warst es zufrieden, sehr zufrieden. Fängt der Mensch doch erst beim Leutnant an...

Im folgenden und im darauf folgenden Jahr begann die Familie bereits im September voller Besorgnis dich auszufragen, ob du schon etwas vom Oberst Day gehört habest.

Wenn dann die Postkarte in einer durch Parkinson kaum leserlichen Handschrift eintraf, aus Kent oder von Malta, wurden eilends Pläne geschmiedet.

»Wer ist in diesem Jahr bereit, sich zu opfern?«, hieß es. »Wer spielt den Fahrer, verständigt die Luftwaffenkaserne, von der der Oberst ein Dienstfahrzeug mit Fahrer erwartet?«

Dir war unser Spott, unsere Unwilligkeit gar nicht so recht. Du hast dich auf diese Tage gefreut.

Dann warst du wieder der Oberfeldarzt a.D. und zusammen mit dem englischen Oberst a.D. unter schicken Uniformen. Unter Menschen also.

Von Jahr zu Jahr, wenn am 13. Oktober H. M. A. Day aufkreuzte, um sich feiern zu lassen, nahm dessen Parkinsonsche Krankheit zu. Es genügte nicht mehr, ihm den dritten doppelten Whisky einzuschenken, um das Zittern seiner Hände verschwinden zu lassen.

Im letzten Jahr, in dem der Oberst seinen Abschusstag feierte, warst du zusammen mit meiner Frau ins beste Hotel der Stadt eingeladen. Ich war verhindert, und ausnahmsweise hast du die Anwesenheit meiner braunäugig-braunhaarigen Frau akzeptiert.

Mister Day war mit einer befreundeten älteren Amerikanerin

gekommen, und für euch vier war ein Tisch zum Abendessen bestellt.

Es wurde Wein getrunken, viel Wein, und du hast aus Höflichkeit an deinem Glas genippt.

Es sollte eine richtige Weinprobe werden. Der Oberst war guter Laune, und er führte seiner ziemlich aufgebrezelten Freundin die verschiedenen Weinlagen vor. Wenn ihr einer nicht schmeckte, kippte sie das gefüllte Glas über die Schulter auf die Hotelvorhänge.

Der Oberst hat dem Harmoniumspieler Geld zugesteckt, damit er alte Fliegermärsche spiele. Er wollte dir zeigen, wie gut er noch den englischen Parademarsch beherrscht. Er hat ihn dir auf dem roten Läufer vorgeführt, der in der Mitte des Speisesaals lag.

Die Gäste an den Nachbartischen waren mit Damen gekommen. Er sei ein Frauenkenner, hat der Oberst gesagt. Gelbe Nelken, die er aus der Vase nahm, die als Tischschmuck diente, verehrte er den Damen an den anderen Tischen. Er fiel dazu auf die Knie und zeigte sich als vollendeter Kavalier.

Zu dritt musstet ihr anschließend die Amerikanerin ins Taxi schleifen.

Im folgenden Jahr kam eine Karte, sein altes Auto sei zusammengebrochen, er könne nicht kommen. Für die Familie war das wie ein vorgezogenes Weihnachtsfest. Dann hörte man nichts mehr von ihm.

Durch Zufall erfuhr ich von einem Freund, dass das ZDF diese Geschichte verfilmen wolle. Er bekam es im Vertrauen erzählt, und da er annahm, ich sei der Autor, beglückwünschte er mich. Ich hatte ihm unsere grotesken Erlebnisse früher schon ausführlich geschildert.

Du hast erfahren, dass es der Schwiegersohn deines Cousins aus Fischbach-Weierbach ist, der als Fernsehautor arbeitet. Weiter hast du dich dafür nicht interessiert. Inzwischen war es dir gleichgültig geworden.

Du lebtest nur noch in der Vergangenheit, erzähltest, dass du in Berlin Akten mit dem Rotstift abzeichnen musstest, der in der

Rangfolge direkt nach dem Grünstift des Ministers gekommen sei. Noch im Jahr vor deinem Tod hast du damit gegenüber alten Kämpfern geprahlt wie zum Beispiel bei dem rechten Autor Rudolf Mund: Als Himmlers wissenschaftlicher Referent zeichnete ich mit Rotstift, nächst dem Grünstift der Reichsleiter und Reichsminister, stand also funktionell in zweiter Rangfolge des Reiches, hast du an Rudolf Mund geschrieben.

Das ist immer schon Brauch in den Regierungen, auch heute noch: Der Minister zeichnet mit Grün, sein Stellvertreter mit Rot, der Abteilungsleiter mit Blau, der Referent mit Schwarz. So sieht man gleich die Vorrangigkeit eines Randvermerkes.

Dass du damit Stellvertreter Himmlers gewesen sein sollst, ist Unsinn. Vielleicht musstest du seinen Vertreter in dieser Zeit einmal vertreten. Mund jedenfalls war beeindruckt und schrieb zurück: Ich habe gar nicht gewusst, dass die Hierarchie im Dritten Reich bis zur Farbe der Bleistifte durchorganisiert war. Da muss ich aufpassen, dass ich nicht in den Geruch der Anmaßung komme; ich nehme immer den Kuli, der gerade am nächsten liegt.

Damals hast du dir einen Maßanzug machen lassen mit aufgesetzten Taschen, im Grün der alten Wehrmacht. Deine letzte Uniform.

20

»Mach dich frei von ihm«, sagt Herbert am Telefon, als er von Vaters Tod hört.

Herbert lebt seit vierzig Jahren in London. Er hatte Deutschland noch nicht verlassen, als Vater von Walter Darré, Heinrich Himmler, Rudolf Heß und Alfred Rosenberg nach Berlin geholt wurde. Ich bin an diesem Abend erschöpft von den vielen Gesprächen in Einöllen, habe keinen Appetit und den Wunsch, mit jemandem zu reden, der diese Zeit aus einer anderen Perspektive kennt.

Herbert war so alt wie Vater damals, als der Krieg zu Ende war, und hat es abgelehnt, zurückzukommen. Man hat ihm lukrative Posten angeboten, die Übernahme eines Forschungsinstitutes, aber er hat es vorgezogen, freiberuflich mit viel geringerem Einkommen in London zu bleiben.

»Dein Vater hielt sich für einen dieser großen Idealisten«, sagt Herbert, »die an das glaubten, was sie sagten oder schrieben. In Wirklichkeit war er aber wohl ein unbelehrbarer, verstockter Nazi bis zu seinem Tod.«

Ich protestiere nicht.

»Das klingt heute hart, mein Lieber«, sagt Herbert, »aber vergiss nicht: Es gab damals auch andere Deutsche. In Berlin haben über viertausend Juden die Schreckensherrschaft der Nazis überlebt. In Berlin! Während des ganzen Krieges! Sie wurden versteckt, in Wohnungen, auf Speichern, und diese ununterbrochene Todesangst hatten nicht nur die, die versteckt wurden, sondern ebenso die, in deren Häusern sie lebten, von deren armseligen Lebensmittelkarten.«

»Ja«, sage ich leise, »diese Todesangst, an der Vater mitschuldig war.«

Es tut gut, Herberts Stimme zu hören, auch wenn sie die eigenen Schuldgefühle, die stellvertretenden, nicht mindert.

Vater war Ende 1933 Marinearzt. Die Kassenarztpraxis, die ihm das Deutsche Rote Kreuz nach seiner Verurteilung durch ein französisches Militärgericht im Rahmen der Rhein-Ruhr-Hilfe vermittelte, musste er wieder aufgeben. Auch dort, in der Nähe von Bremen, war er als Redner und »Propagandist« für die Nazis tätig.

Eine Zeitung schrieb 1926, der kleine Ort zeichne sich »durch einige sehr hakenkreuzlerische Honoratioren aus; damit nicht genug, gibt es einen (vom preußischen Staat bezahlten) Schularzt Dr. Gauch, der nicht weniger völkisch verseucht ist.«

So wurde er Marineoffizier, ohne in seiner politischen Agitation nachzulassen, als Parteiredner, als Mitarbeiter der dortigen Hochschulblätter. Weil er auch der Kontaktmann für die SA war und Berichte über Marineinterna an die Partei weitergab, wollte die unpolitische Marine noch 1933 ein Hochverratsverfahren gegen ihn einleiten.

»Ende 1933 kam die Reichsregierung zu uns nach Kiel«, erzählte Vater an seinem letzten Geburtstag, »und da unterhielt ich mich mit mehreren Reichsleitern und Reichsministern, vor allem mit Darré, dem Reichsbauernführer, mit Rosenberg, Ammler und Rudolf Heß, meinem ersten SA-Kompanieführer.«

Spontan hätten sie ihm Referentenstellen angeboten, und so ging er dann als volkskundlicher Stabsleiter zu Darré nach Berlin.

Sein Dienstsitz sei dann bald vom Stabsamt des Reichsbauernführers ins Gestapa in der Prinz-Albrecht-Straße verlegt worden, wo das Zimmer des Führerbegleitschutzkommandanten freigeworden war.

»Das Telefon auf meinem Schreibtisch blieb aber weiterhin unmittelbar mit der Reichskanzlei verbunden«, erzählte Vater stolz, »und die Akten zeichnete ich mit Rotstift ab, in der Rangfolge unmittelbar nach dem grünen Stift des Ministers. So saßen wir im Kreise um Himmlers Zimmer herum: Heydrich, der Begleit- und Polizeiadjutant und ich. Himmler ernannte mich zu seinem kulturpolitischen Adjutanten. Ich kann nicht anders sagen, als dass die Ziele ausgesprochen ideal waren«, betonte Vater noch nach mehr als einem halben Jahrhundert. »Darré sagte zu mir: Sie bekleiden meinen wichtigsten Posten.«

»In der Prinz-Albrecht-Straße warst du?«, fragte ich.

Vater verstand meine Frage sofort. »Das ist alles Schwindel, was darüber geschrieben worden ist. Ich ging ja in diesem Gebäude ein und aus; da hätte man doch hören müssen, wenn da unten Menschen geschrien hätten beim Foltern. Aber ich habe nie einen Schrei gehört. Und auch wenn ich den SD-Führer Werner Best dort unten besuchte, habe ich nichts gehört. Einer meiner Freunde, der Meisenheimer Pfarrer von Schweinitz, wurde sogar in diesem Keller eine Nacht lang vernommen, dann konnte er wieder gehen: Man hatte seine Angaben nur überprüft und ihm nichts getan.«

»Das war 1933 bis 1935«, sagte ich, »später warst du ja nicht mehr dort.«

»Ach, das ist doch alles nicht wahr, was heute geschrieben wird«, sagte Vater aufgebracht, »das ist Geschichtsfälschung. Lies doch mal die Briefe, die mir der SS-General Pohl aus dem Landsberger Gefängnis schrieb; der wurde nach den Nürnberger Prozessen aufgehängt, weil ihm das Warschauer Ghetto unterstand. Er schrieb noch aus der Todeszelle, dass das alles Lügen seien. Vor 1933 habe ich den späteren Innenminister Frick gefragt, was man denn nach der Machtübernahme mit den Kommunisten machen werde. Die kommen alle in Sammellager, damit sie keine Revolte machen können, sagte er zu mir.«

»Na bitte«, erwiderte ich, »da haben wir es ja!«

»Was heißt: Da haben wir es ja«, rief Vater, durch eine doppelte Dosis Euphyllin-Spritzen aufgeputscht, »diese ganzen Greuelberichte über die Konzentrationslager stimmen doch gar nicht. Einer aus unserem Dorf war als SS-Wachmann im Konzentrationslager Mauthausen eingesetzt. Als er nach dem Krieg bei Bremen, wo ich wieder meine Praxis eröffnet hatte, als Knecht untergetaucht war, besuchten wir gemeinsam einen der Filme, die die Amerikaner den Deutschen vorführten. Es sollte sich angeblich um Überlebende aus den Konzentrationslagern handeln. Plötzlich wurde der Wachmann ganz aufgeregt: Den kenne ich, und den auch, das sind deutsche Soldaten! Da wurden die halbverhungerten deutschen Kriegsgefangenen als ehemalige KZ-Insassen ausgegeben. Und überhaupt war die ganze Idee der Judenvernichtung von dem Vierteljuden Heydrich ausgegangen, der damit seine jüdische Großmutter vertuschen wollte.«

Vater machte eine Pause, um wieder Luft zu bekommen. »Heydrich war mit Pohl und mir bei der Marine. Dort war schon bekannt, dass er jüdische Vorfahren hatte. Himmler fragte mich eines Tages danach, ob ich an diese Gerüchte glaubte, und ich sagte ihm, dass das in Marinekreisen schon lange bekannt sei. Dann kam er aber eines Tages und sagte, Heydrich hätte ihm alles erklärt, das sei die zweite Frau seines Großvaters gewesen, eine geborene Süß; aber Süß muss ja gar nicht ein Judenname sein, sagte Himmler, sie brauchen ihn ja nur anzusehen, den hellblonden Germanen. So vertrauensselig war Himmler, dass er Heydrich aufs Wort glaubte! Aber Heydrich hatte seinen gleichnamigen Neffen als Adjutanten, der sein Zimmer hinter ihm hatte. Ich vermute, dass dieser ihm bei der Vertuschung seiner Abstammung geholfen hat. Als Heydrich nämlich auf den öffentlichen Vorwurf eines Parteigenossen über seine jüdische Abstammung zur Klage gezwungen war, fehlte die betreffende Seite im Kirchenbuch, und der Magdeburger Grabstein seiner Großeltern war auch verschwunden. Aber das weiß ich nur vom Hörensagen.«

Ich wagte keine Bemerkung, um Vater nicht aus dem Konzept zu bringen. »Pohl, der Himmler damals über Heydrich informierte, schrieb noch aus der Todeszelle, es sei tragisch, dass ausgerechnet der Vierteljude Heydrich der geistige Urheber dieses Völkermordes sei. Canaris war derjenige, der von der Marine her die Abstammungsurkunden Heydrichs besaß; dadurch hielten sich beide erpresserisch die Waage. Und erst als Heydrich ermordet war, konnte der von ihm geschützte Canaris verhaftet werden.«

Später finde ich in seinen Unterlagen, dass er noch bis zuletzt Kontakt hielt zu allen überlebenden alten Kämpfern. Eine ausführliche Korrespondenz führte er bis zu seinem Tod mit dem Schriftsteller Rudolf Mund, dessen Bücher zum Thema NS-Esoterik heute noch von rechten Verlagen vertrieben werden. Nachdem man sich in den ersten tastenden Schreiben mit einigen kryptischen Anspielungen der völkischen Gesinnung des anderen versichert hatte, wurde der Briefwechsel sehr offen geführt. Mund schrieb Vater stolz, er sei mit fünfzehn Jahren der jüngste SA-Mann von Wien gewesen und mit siebzehn in die SS übergetreten. Er schrieb über den von Lanz von Liebenfels, dem »Mann, der Hitler die Ideen gab«, gegründeten Neutempler-Orden. Später lese ich, Mund soll dessen letztes Oberhaupt als Erzprior bis zu seinem Tod 1985 gewesen sein. Er recherchierte in den siebziger Jahren über Karl Maria Wiliguth alias Weisthor, über den er eine Monografie verfassen wollte, auch sie wurde später ein Erfolg der rechtsextremistischen Literatur. Wiliguths Geheimlehre inspirierte Himmler zum Kauf der Wewelsburg, die der Bruder des Reichsbauernführers Darré verwaltet haben soll, heute noch eine Pilgerstätte für Rechtsextremisten, Neonazis und verstärkt auch für Anhänger von New Age und Neuheidentum.

Vater schrieb zurück, mit Wiliguth, der unter dem Pseudonym Weisthor in der SS war, sei er befreundet gewesen, Himmler habe große Stücke auf ihn gehalten. Man habe ihn in SS-Kreisen den »Rasputin des Reichsführers SS« genannt. Mund fragt nach der »esoterischen SS«, einer Arbeitsgemeinschaft innerhalb der SS, die sich mit alchimistischen, magischen, mystischen und anderen Grenzwissenschaften und Geheimwissenschaften befasst haben soll. Vater schrieb, 1975 habe er mit Otto von H. gesprochen, und Mund berichtet in seiner Antwort, Otto von H. habe einem Bekannten gegenüber auf dessen Frage hin geantwortet, »dass er die Nationalsozialisten natürlich wieder erlauben würde, jedoch dürften sie keine Juden mehr umbringen«. Otto von H.s Bücher seien interessant und wegweisend, »er könnte ja fast bei uns gewesen sein«.

Immer wieder ist von Geld die Rede, das ihm fehle, und

irgendwann wird Vater als Ordensbruder angeredet. Ebenso wie im »Bund der Aufrechten«, der Nachfolgeorganisation der Thule-Gesellschaft, die Vater noch das »Reichsbekenntniskreuz« verleiht, mit dem er sich vier Jahre vor seinem Tod stolz fotografieren lässt. Und immer wieder dankt man ihm für Geldspenden, ja, bittet recht unverblümt darum.

So sammelt er auch zu Weihnachten 1974 »bei den ehemaligen Stabsamtsleuten« für die Witwe des ehemaligen Reichsministers D., die nur eine ganz geringe Angestelltenrente bekomme und der es vor dem Winter grause, weil ihre Wohnung sehr kalt sei. Von den Frau D. überwiesenen 1.200 Mark hätten aber vor allem eine Verwandte und er die Hälfte gespendet.

»Himmler«, sagte Vater, »war persönlich sehr gutmütig und nahm nichts übel. Als sein Adjutant kam ich auch mit Hitler wieder zusammen und weiß, dass er die gleiche nordische Weltanschauung und Zielstrebigkeit hatte wie sein weltanschauliches Triumvirat Himmler – Darré – Rosenberg und ich. So fragte mich Rosenberg einmal, ob man künftig die kirchlichen Glocken beibehalten sollte oder nicht, und als ich mich auf dem Umsteigebahnhof Hannover einmal bei Himmler beschwerte, dass an der Porta Westfalica ein Schlageter-Denkmal in Gestalt eines großen Kreuzes errichtet worden sei, sagte er: Regen Sie sich nicht auf, wenn einmal alle Kreuze verschwinden, verschwindet dieses auch. Noch Ende 1943 schickte Rosenberg einen Astronomen zu mir wegen der Kalenderreform.«

Vater brach dann solche Gespräche abrupt ab. Er bekam keine Luft mehr, seine Lippen schwollen blau an, die Augen wurden rot und glasig. Aus der Jackentasche holte er ein Inhalationsgerät, dessen Inhalt er sich in den Mund sprühte. Ich hatte das Gefühl, in einen Abgrund zu stürzen oder einen unheimlichen Film zu sehen. Wie in der Zeit, als der Eichmann-Prozess lief und Vater dem Eichmann-Verteidiger die Landsberg-Briefe Pohls als Entlastungsmaterial zukommen ließ.

Oswald Pohl, vom Marineoberzahlmeister zum Verwaltungschef der Reichsführung SS aufgestiegen, bezeichnete Vater noch 1950 aus der Todeszelle als »lieben, treuen Freund«, schrieb von der »lebensnahen Kraft und hilfsbereiten Güte« und davon, »was in diesen Prozessen an Meineiden zusammengeschworen worden ist, deckt den Normalbedarf von hundert Jahren«. Vater habe, schrieb Pohl, »tiefer und klarer gesehen als die Herostraten, welche die Stunde nicht erkannt haben«; und vor seiner Hinrichtung 1951: »Meinen Sie, dass wir die Welt bessern und unser Schicksal wenden, wenn wir ihr erzählen, was für Schweinehunde die anderen waren? Wir schaffen dadurch leider nicht den großen Völkermord aus der Welt, den wir in der blödesten Art gegen die Juden inszenierten.«

In einem früheren Brief finden sich die von Nazi-Verteidigern viel benutzten Sätze: »In allen deutschen KZ befanden sich 1945 rund 650.000 Mann, nicht 20 Mill. wie die V.V.A. oder 10 Mill., wie der Schwätzer Kogon behauptet. Gestorben sind von 1933 bis 1945, in 12 Jahren, rund 200.000. Die Verluste der deutschen Zivilbevölkerung durch den Bombenkrieg der Menschenfreunde hat Prof. Schramm auf 600 bis 800.000 Frauen, Kinder und Männer in zwei Jahren errechnet. Sapienti sat!« Er bittet um baldige Rückantwort, Vater könne frei schreiben, auch dieser Brief »geht auf verbotenen Wegen«.

Am 13. Februar 1951 erhielt Vater von Pohls Ehefrau einen Brief aus Landsberg am Lech, »ohne viel Worte eine wichtige und eilige Aufgabe für Sie. Bringen Sie rasch diesen Brief in Umlauf, und alle Leute sollen schreiben, auch wenn es schon zu spät ist. Erklärung später! Die Mitteilungen in den Zeitungen sind alle inoffiziell, ohne Rücksicht auf Zeitungsberichte usw. handeln. Sehr herzliche Grüße von Oswald und Dank für alles«.

Ein letzter Rettungsversuch, aber Oswald Pohl wurde als Kriegsverbrecher vier Monate später hingerichtet.

In den sechziger Jahren traf Vater sich im Zusammenhang mit den Prozessen gegen die Kriegsverbrecher mit Überlebenden dieser Zeit auf Autobahnrastplätzen, mit Angehörigen der Täter und deren Verteidigern, hängte wirkliche oder eingebildete Verfolger ab und trug eine geladene Pistole in der Hosentasche.

Als die Zeitungen dann berichteten, der Hauptankläger im

Prozess gegen Adolf Eichmann habe ihn als einen der verantwortlichen Schreibtischmörder bezeichnet, verließ er tagelang das Haus nicht mehr.

»Jetzt wird der israelische Geheimdienst versuchen, mich umzubringen«, sagte er.

Dass Herbert bei solchen Gesprächen, die wir an manchen Abenden in Pubs im Londoner Stadtteil Hampstead führten, nicht mehr zu seiner guten Laune zurückfinden konnte, für die er sonst bekannt war, konnte ich verstehen.

»Wie haben denn die anderen Nazis auf ihn reagiert«, fragte er, »hat ihn Himmler halten können?«

»Nein«, sagte ich, »er legte sich mit allen an. Für Darré führte er eine Kalenderreform durch, in der er alle christlichen Feiertage durch altgermanische ersetzte, sodass sogar der spätere Papst Pius XII., der gerade das Reichskonkordat abgeschlossen hatte, dagegen protestierte. Darré hat daraufhin verfügt, dass der von Vater ›reformierte‹ Kalender künftig nicht mehr erscheine, damit der Minister nicht ›zu Kreuze kriechen‹ brauchte, wie Vater sagte. Für Himmler errichtete er in Verden an der Aller einen Gedenkhain für die von Kaiser Karl getöteten Sachsen und wollte die offizielle Bezeichnung »Karl der Schlächter« einführen, wodurch er sich mit den Historikern überwarf. Darré beantragte für ihn eine Professur, die ihm verweigert wurde. Und seine Dienstgeschäfte in der Prinz-Albrecht-Straße erledigte er manches Mal von einem nahegelegenen Café aus. Dort mussten ihm seine Mitarbeiter die Akten zur Unterschrift vorlegen...«

Später lese ich einmal in einer Beurteilung über ihn aus seiner Zeit bei Himmler und Darré, er habe dort »in völliger Selbstständigkeit« seinen Dienst versehen, will sagen: kontaktarm, teamunfähig, undiplomatisch.

»Nach wenigen Monaten schon nahm er seinen Abschied und zog sich als Kassenarzt in die Pfalz zurück, Herbert. 1939 meldete er sich wieder freiwillig zur Wehrmacht, zur Luftwaffe. Aber in seinen Büchern, die für Schulungskurse zur Pflichtlektüre wurden, versuchte er die nordische Rasse als Endprodukt der Schöpfung hinzustellen«, sagte ich. Obwohl ich mit jedem weiteren Wort befürchten musste, Herberts Freundschaft zu verlieren, redete ich weiter, musste ich weiterreden. Ich musste ihm sagen, wie sehr mich das alles beschäftigte, bedrückte.

»Und das Schrecklichste, Herbert: Viele seiner Theorien werden heute von irgendwelchen obskuren Wissenschaftlern in England und Amerika quasi bestätigt, die durch Genmanipulationen ›höherwertige‹ Menschen züchten wollen. Das waren schon in den zwanziger Jahren Vaters Ideen. Das Jewish Daily Bulletin schrieb 1934 über sein Buch Neue Grundlagen der Rassenforschung: Nazi Pseudo-Scientist Finds Newest Missing Link in Jews. Er hat dort zwischen den nordischen und den nichtnordischen Menschen unterschieden, schreibt, dass der nichtnordische Mensch eine Zwischenstellung einnehme zwischen dem nordischen Menschen und den Menschenaffen; er sei darum überhaupt kein Mensch im eigentlichen Gegensatz zum Tier, sondern eben nur ein Übergang dazu, eine Zwischenstufe, für die man die Bezeichnung ›Untermensch‹ übernehmen müsse.«

Herbert wurde immer stiller. Er trank mehr als sonst und wirkte abwesend. Schweißperlen standen auf seiner blassen Stirn. Er begann, was er sonst nie tat, an den Fingernägeln zu kauen.

»Ist die Genetik, die Rassenunterschiede lehrt, eine Rechtfertigung, andere Rassen auszutilgen«, fragte er, »haben hier nicht minderwertige Menschen versucht, hochwertigere aus impotentem Konkurrenzneid und aus Angst zu beseitigen?«

Ich antwortete nicht direkt. »Auch wenn er sich damit brüstet«, sagte ich, »dass in seinem Rassebuch kein einziges Mal das Wort Jude vorkomme, war dies doch eine der Grundlagen für den ganzen Vernichtungswahn.« Und nach einer Pause: »Und mit einem solchen Über-Ich muss ich leben.«

»Quatsch«, antwortete Herbert ärgerlich, »du musst damit überhaupt nicht leben, er muss damit leben. Versuche du, mit den anderen Deutschen zu leben, die es damals auch gab. Während des Pogroms im November 1938, das man als Reichskristallnacht so schön zu bagatellisieren versucht, stürmte eine

Horde von SA-Leuten unsere Berliner Wohnung. Sie brachen die Tür auf und wollten meinen Vater mitnehmen, der an diesem Abend zufällig nicht da war. Während sie meine Familie bedrohten und verhörten, rief meine Mutter heimlich vom Nebenzimmer aus einen unserer Freunde an, der Inspektor bei der Kriminalpolizei war, ein Gegner der Nazis. Übrigens auch ein Gegner der Roten; später haben ihn die Nazis ins KZ gesteckt und nach dem Krieg die Russen in ein Lager.«

Herberts Gesicht bekam wieder Farbe, obwohl ihn die Ängste der Vergangenheit einholten. »Als er hereinkam, hatten diese Typen gerade mir als kleinem Jungen die Pistole auf die Brust gesetzt und gedroht: Wenn du uns nicht sagst, wo dein Vater ist, erschießen wir dich. Aber ich wusste es wirklich nicht! Sie hatten schon begonnen, unsere gesamte Einrichtung zu zerschlagen, als er sie mit seinem Dienstrang einschüchtern und wegschicken konnte. Acht Tage später wurden wir gewarnt, dass man uns verhaften wolle und wir fliehen müssten. Da standen wir am Abend vor seiner Haustür, alle, die ganze Familie. Er wusste sofort, um was es ging und wurde kreideweiß. Denn das bedeutete, wenn wir entdeckt würden, auch sein Ende und das seiner Familie. Aber er hat uns ohne ein Wort hereingelassen, hat uns so lange dabehalten, bis wir über die Grenze nach England konnten.«

Dann schwieg er eine Zeitlang, sah mir nach langer Zeit wieder in die Augen und wurde lebhaft: »Versuche mit diesen Leuten zu leben und vergiss solche Erzählungen deines Vaters wie die von der jüdischen Abstammung des SS-Häuptlings Heydrich. Dann hätten sich also die Juden selbst umgebracht, wenn Heydrich ›Vierteljude‹ war«, sagte Herbert. »Indem du solchen Stories nachhängst, versuchst du vor dir nur Entschuldigungen zu konstruieren und machst dir selber vor, es seien Erklärungen.«

Beim Telefonat an diesem Abend fallen nur wenige Sätze darüber.

»Mach dich frei von ihm«, sagt Herbert.

Dann erzählt er von gemeinsamen Bekannten, und wir finden unsere gute Laune langsam wieder.

21

Am Wochenende warst du Vater. Du hast gesagt, um drei Uhr wärest du da. Um Punkt drei Uhr sahen wir vom Fenster aus deinen Volkswagen in der Nähe des Hauses stehen. Wir beeilten uns, denn du warst ungeduldig. Du hast uns nie ausgeschimpft, nicht einmal gesagt: Wo bleibt ihr denn.

Nach vier Minuten hast du den Wagen angelassen und bist zehn Meter weiter gefahren.

Nach weiteren vier Minuten bist du weitere zehn Meter gefahren.

Wir rannten herbei und sagten »guten Tag!« Du hast genickt.

»Wohin fahren wir?«, fragte ich.

»Zur Burg Sponheim«, hast du geantwortet.

»Die Grafen von Sponheim waren eure Vorfahren«, hast du erzählt. »Johann II, der Graf von Sponheim-Kreuznach, war der Vater des Walrab von Koppenstein. Dessen Mutter war die Frau eines Ministerialbeamten auf seiner Burg. Und weil sie nicht gleichrangig war, wurden ihre Söhne nur Freiherren. Auf diese Burg fahren wir heute.«

Du hast noch viele Jahreszahlen genannt und die verwandtschaftlichen Zusammenhänge bis zu uns. Wir aber haben uns mehr dafür interessiert, wer neben dir sitzen darf und wer auf den Rücksitz muss. Gudrun hat nicht nachgegeben, aber ich war älter und stärker. Es ging recht lautstark her, während der Fahrt versuchten wir uns gegenseitig vom Vordersitz nach hinten zu zerren und selbst den Platz zu erobern.

Wenn du dann einmal geschimpft hast: »Könnt ihr denn keine Ruhe geben!«, wurde es mucksmäuschenstill. Keiner sprach mehr. Gudrun verzog sich in die Kuhle hinter dem Rücksitz, unserem Lieblingsplatz im Käfer, blieb dort die ganze Fahrt über.

Sie wusste, dass ich jetzt vor Schreck darüber, dir missfallen zu haben, während des weiteren Ausflugs nichts mehr sagen würde.

Sie konnte ungehindert Fratzen schneiden.

Bis zu den Prügeln, die sie dafür vielleicht am Abend beziehen würde, war es noch eine Ewigkeit.

Wir mussten uns vor der Burg Sponheim, die aus wenigen Mauerresten bestand, in Positur stellen, nebeneinander. Aus der einen Hosentasche holtest du deine Leica, aus der anderen Hosentasche den Belichtungsmesser. Die Sonne brauchtest du im Rücken.

»Schaut mal bitte her«, sagtest du, und wir mussten in die grelle Sonne schauen. Die Augen tränten mir, aber ich versuchte, nicht zu blinzeln. Dann hast du den Apparat wieder herabgenommen und die Entfernung eingestellt.

»Schaut mal bitte her«, sagtest du, und wir mussten in die grelle Sonne schauen.

Dann hast du den Apparat wieder herabgenommen und den Belichtungsmesser benutzt. Du hast die richtige Belichtung eingestellt und »schaut mal bitte her« gesagt.

Wir mussten wieder in die grelle Sonne schauen und wagten nicht, eine Träne aus den geblendeten Augen herauszuwischen.

Wir wussten nicht, wann der Auslöser bewegt würde und rührten uns nicht.

Dann hast du die Leica noch einmal herabgenommen und zur Vorsicht noch einmal Entfernung, Blende und Belichtungszeit überprüft.

»Jetzt geht es los«, hast du dann gerufen, und wir mussten vor Schmerz Grimassen ziehen. Du hast jetzt das Ziel anvisiert. Du hast die Leica ganz ruhig gehalten, tief eingeatmet und die Hälfte der Luft wieder ausgeatmet. Du hast die Luft angehalten und auf den Auslöser gedrückt. »So, jetzt haben wir's«, hast du zum Trost gesagt und unsere für Minuten halbblinden Augen nicht bemerkt.

Du hast aus dem Inneren der Bereitschaftstasche einen Zettel herausgezogen, die Nummer des Bildes, das Datum und den Ort notiert. Bis so ein Film voll war, verging gut ein Jahr. Aber im Lauf der Zeit haben sich in den Fotoalben viele Bilder angesammelt von Burgen, vor denen zwei grimassierende Kinder stehen.

Anschließend haben wir eine nahegelegene Gaststätte aufgesucht und eine Limonade getrunken. Du hast eine Tasse Kaffee bestellt und dem Wirt erzählt, dass wir Nachkommen der Grafen von Sponheim seien. Mir wäre es lieber gewesen, der Wirt hätte nichts davon gewusst, denn aus den Hosen und der Jacke war ich schon lange herausgewachsen; sie waren ausgebeult und geflickt, in den Schuhsohlen waren Löcher. Gudruns Kleid war schon viel zu kurz.

Strahlend hast du uns damals die Zeitungen gezeigt, in denen Aufsätze von dir standen über die Grafen von Sponheim. Manchmal standen daneben Gedichte von Gudrun und mir. Gudrun mussten wir einmal verstecken, als ein Ehepaar aus der nächsten Kreisstadt angereist kam und die begabte Dichterin sehen wollte.

Gudrun war erst sieben Jahre alt. Das Gedicht hast du geschrieben.

Die Schüler der Hauptschule mussten eines meiner Gedichte auswendig lernen, das meinen Geburtsort besingt. »Ich grüße dich, du traute Stätte« begann es. Das Gedicht hast du geschrieben und geglaubt, mir damit eine Freude zu machen. Vor einiger Zeit wurde ich auf eines dieser Gedichte angesprochen, das in Heimatjahrbüchern nachgedruckt worden sei.

Das sei doch wohl eine Jugendsünde gewesen, wurde ich gefragt.

»Sind die Mauern auch gefallen deines Turms in Schutt zusammen, lebt dein Gralsblut in uns allen, die von deinem Adel stammen.« Oder: »Deutsches Volk, dem solche Quellen Gralsbluts in den Adern fließen, lass der Ahnen Loblied schwellen und der Enkel Wachstum sprießen!«

Eines Tages kam ein Brief von Hans Ulrich Rudel, dem Fliegerobersten, für den Hitler eigens eine Variation des Ritterkreuzes erfand, mit Eichenlaub, Brillanten und Schwertern. Er bedankte sich für das schöne Gedicht, in dem ich ihn und seine Taten verherrlicht habe.

Du warst enttäuscht, dass ich mich nicht darüber freute. Dein Gesicht war vor Zorn verzerrt, als du erfuhrst, dass ich mich bei

Rudel für den Brief bedankte und ihm schrieb, das Gedicht hättest du geschrieben. Ich wusste ja nicht, dass auch dieses Gedicht mit meinem Namen unterzeichnet war.

Für einige Zeit konntest du am Wochenende kein Vater sein. Ich wurde an der Hand eines Erwachsenen durch die Kreisstadt gezerrt und sah hinter der Scheibe des Cafés dein Gesicht. Du hast mir nachgeblickt, und ich wäre gerne zu dir gelaufen, hätte dich gerne umarmt, hätte mich gerne von dir in die Arme nehmen lassen und geweint. Geweint habe ich dann erst am Abend, unter der Bettdecke. Ich habe meinen Kopf ins Kissen gepresst, damit mein Schluchzen nicht gehört wird.

Du hast mir damals erklärt, wie man ein R-Gespräch anmeldet. Mit Herzklopfen habe ich dem Postbeamten gesagt, ich hätte gerne ein R-Gespräch. Das Postamt befand sich direkt neben der Grundschule, und auf dem Heimweg ging ich manchmal hinein. Ich fürchtete, vom Postbeamten ausgelacht zu werden. Ein R-Gespräch kann man doch nicht kaufen, dachte ich.

Ich hörte, wie der Postbeamte in den Telefonhörer fragte: »Nehmen Sie das R-Gespräch an?« Dann schickte er mich in die nächste Kabine, und ich hörte deine Stimme.

Eines Tages war deine Schwester am Apparat. Sie war gerade aus Afrika zurückgekommen, wo sie viele Jahre lebte. Von R-Gesprächen hatte sie noch nie gehört, und auf die Frage des Beamten, ob sie ein R-Gespräch annehme, hat sie geantwortet: »Ein R-Gespräch? nein, was soll ich denn damit.«

»Das Gespräch wurde nicht angenommen, tut mir leid«, sagte der Postbeamte.

Ich glaubte, du hättest es verweigert.

Verstört lief ich heim, versteckte mich in den Obstfeldern, presste mein in beiden Handflächen verborgenes Gesicht ins Gras und weinte.

Damals hatten wir ein Konto in zwei Geschäften des Dorfes, in dem meine Schwester und ich wohnten: beim Konditor und im Gemüseladen. Wir kauften uns Bananen und Schokolade und sagten: »Der Vati bezahlt's.« Wir mussten sie heimlich auf dem Schulweg essen, denn außer dir und uns durfte das niemand erfahren.

Am Wochenende kamst du und hast alles bezahlt.

Wir haben dieses Konto nicht ausgenutzt, denn wir schämten uns, etwas zu kaufen, ohne es zu bezahlen.

Bald danach kam ich ins Internat.

Eine Situation aus meiner Internatszeit, die unvergesslich bleibt: Jeden Morgen gab man uns ein Pausenbrot mit, in Pergamentpapier eingewickelt. In großen Körben wurden die Brote aus der Küche in den Speisesaal gebracht und ausgeteilt.

Ich stopfte mein Brot in den Ranzen und ließ es dort liegen. Ich konnte es nicht essen, auch wenn ich noch so hungrig war. Ich ekelte mich. Noch heute muss ich Ausreden erfinden, wenn ich irgendwo in Gesellschaft von Freunden sage: Jetzt könnte ich was Gutes essen, und einer zieht ein eingewickeltes Brot heraus, sagt: Hier, beiß mal, da ist echte Hausmacher Leberwurst darauf.

Wenn der Ranzen zu voll wurde und die Brote, obwohl schon steinhart, zu riechen begannen, schob ich sie bei Pausenbeginn unter den Pullover, lief auf die Schülertoilette und warf sie hinein. Viele Dutzend Brote in Pergamentpapier müssen sich da im Laufe meiner Internatszeit angesammelt haben. Zum Glück waren die Schultoiletten noch Plumpsklosetts mit einer großen Abortgrube, da verstopfte nichts.

Aber mit Heißhunger verschlang ich das Brot, das du in deinem Zimmer liegen hattest. Ein Baguette lag da und daneben ein halber Ring Leberwurst. Wenn ich allein in deinem Zimmer war, schnitt ich mir heimlich dünne Scheibchen Brot ab, schmierte ganz dünn die Leberwurst darauf und aß sie mit Angst und großem Genuss. Ich befürchtete, dass du verhungern müsstest, wenn ich zu viel davon äße. Ich wusste, dass Weißbrot und Leberwurst in dieser Zeit deine einzige Nahrung waren. Von einem dieser langen Brote und dem halben Pfund Wurst hast du mehrere Tage gezehrt. Die Tasse Kaffee hast du dann im Rathauscafé zu dir genommen, wenn du mich Vokabeln abhörtest.

Dadurch hatte ich oft Angst, jemandem etwas wegzuessen. Der Familie H. zum Beispiel die Brötchen. Der Lehrer H. gehörte zu deinen wenigen guten Bekannten. Er durfte als NS-Belasteter nach 1945 mehrere Jahre keine Schule halten und gab mir unentgeltlich Nachhilfestunden. Nach den Stunden, die mir Spaß machten und meine Leistungen wirklich verbesserten, kam Frau H. mit frischen Brötchen, Butter, Marmelade und heißem Kakao. Für mich ein Schlaraffenland. Aber meist sagte ich, dass ich keinen Hunger hätte.

Ich bekomme kostenlos Nachhilfestunden, und dann soll ich ihnen auch noch alles wegessen, dachte ich.

Ach, schrieb die heute Achtzigjährige vor einiger Zeit, einmal kam dein lieber Vater zum Annähen eines Knopfes. Ich bat ihn, seinen Rock auszuziehen. Nach vielem Betteln tat er es dann, aber da sah ich, dass sein ganzes Rockfutter ausgerissen war. Mit viel Liebe habe ich ihm den Rock hergerichtet, und wie sehr hat er sich gefreut.

All dies erschien mir selbstverständlich, und ich wusste gar nicht, dass es auch anders sein könnte.

In dieser Zeit warst du am Wochenende mein Vater.

22

Warum warst du nur am Wochenende Vater? Warum hielt dein Auto vor dem Haus und meine Schwester und ich kamen zu dir gelaufen? Habe ich nicht an anderer Stelle, in einem anderen Text, von einem kleinen Jungen erzählt, der mit einigen Kindern am Straßenrand beim Murmelspielen war, als er plötzlich seinen Namen rufen hörte, in ein fremdes Auto blickte und dann zögernd näher trat? In dem Auto sah er seine Mutter, seine Schwester, seine Großmutter und einen fremden Mann. Er musste mitfahren, dachte noch an seine Murmeln, die er zurücklassen musste, saß dann zwischen Schwester und Mutter und verstand die Welt nicht.

Damals war er knapp neun Jahre alt, seine Schwester vier Jahre jünger. Dann fand er sich im Haus seiner Großmutter wieder, dem Haus, in dem er zur Welt gekommen war, das fremde Auto und dessen Fahrer waren von der Großmutter für diesen Coup organisiert worden, Vater war zu dieser Zeit mehrere Tage verreist.

War das die Zeit, in der es daheim zu heftigen Auseinandersetzungen kam? Die Zeit, als Mutter einmal den gefüllten Essensteller auf dem Boden zerschmetterte und es anschließend eine Ohrfeige setzte? Als gebrüllt wurde, sie solle nicht den ganzen Tag auf dem Sofa liegen und Romane lesen? Wurde ich in solche Auseinandersetzungen nicht hineingezogen, wenn Mutter unter Tränen rief: »Geh zum Pfarrer, sag, er soll rasch mal herkommen, er soll das alles mitbekommen!« Und dies dann doch widerrief?

Wurde in dieser Zeit ein kleiner achtjähriger Junge nicht schon einmal aus dem Tiefschlaf geweckt, er möge sich anziehen, ins Dorfgasthaus gehen und seine Mutter abholen? Der kleine Junge ging schlaftrunken hin.

Er sah seine Mutter in einem Kreis anderer junger Leute sitzen, gleichaltrigen Bauernsöhnen, sah sie erzählen und lachen.

Die anderen tranken Bier, sie eine Limonade. Alle sahen auf den kleinen Jungen.

»Du sollst nach Hause kommen«, sagte er.

»Bist du geschickt worden?«, wurde zurückgefragt, »komm mal erst her.«

Und dann wurde der kleine Junge auf den Schoß der Mutter gezogen, weil ihr ein abrupter Aufbruch peinlich gewesen wäre. Damals war sie sechsundzwanzig, Mutter zweier Kinder. Für den kleinen Jungen war dies spät in der Nacht. Aber in Wirklichkeit war es wohl nicht später als neun Uhr. Eine deutsche Frau geht nicht in Wirtschaften, hieß es. Das Thema wurde lautstark diskutiert. Der kleine Junge hörte es nicht mehr, er war gleich danach wieder fest eingeschlafen.

Nach solchen Auseinandersetzungen verschwand Vater für ein paar Tage. Besuchte er Bekannte, Verwandte? Klagte er bei alten Kameraden sein Leid?

Hatte er nicht immer schon eine junge Frau heiraten wollen? Blond, blauäugig, »schmal-hochlangschädelig«, wie er einmal schrieb? Musste sie nicht Jungfrau sein? Allen Ernstes glaubte er, wenn eine der »artreinhohen« germanischen Frauen, »die so leicht den verführerischen dunklen Augen erliegen«, sich mit einem »niederrassigen« Mann einlasse, werde sie »zur Germanenzeugung unbrauchbar«. Unbrauchbar! Germanenzeugung! Er bildete sich ein, im Körper der germanischen Frau führe der Samen des niederrassigen Mannes zu einer genetischen Veränderung der Frau, die dann keine artreinen Germanen mehr zur Welt bringen könne...

War er nicht schon vierundvierzig Jahre alt, als er heiratete? Und das Mädchen, das er zur »Germanenzeugung« zur Frau nahm, gerade erst siebzehn Jahre jung?

Es gibt Erinnerungen an Sätze, die einst zwischen Erwachsenen fielen, die uns Kinder gar nicht interessierten; nur der Tonfall der Erwachsenen war es, der uns aufhorchen und nur scheinbar weiterspielen ließ.

Erinnerungen an Sätze, in denen davon die Rede war, dass das junge Mädchen in einen jungen Mann aus dem Dorf verliebt gewesen sei, der, es war ja mitten im Zweiten Weltkrieg, an der Front war. Dass der Vater dieses Mädchens schon vor langer Zeit nach einem Betriebsunfall in seiner Firma schwer erkrankt und nach längerem Siechtum früh verstorben sei. Dass er seine junge Frau, die später meine Großmutter wurde, mit vier kleinen Kindern unversorgt zurückgelassen habe und das junge Mädchen bei dessen Großeltern aufgewachsen sei. Dass die Mutter dieses Mädchens, fünf Jahre jünger als der künftige Schwiegersohn, froh war über diese offensichtlich gute Partie. Es war immerhin das Kriegsjahr 1943, alle jungen Männer befanden sich an den Fronten, immer mehr von ihnen fielen, die Auswahl an ernsthaften Bewerbern reduzierte sich erheblich.

Da konnte Hartnäckigkeit schon einmal siegen. Der Arzt mit eigener Praxis, der bald danach mein Vater werden sollte, sah sie in der Apotheke hinter dem Abgabetisch stehen. Von da an kam er häufiger als bisher beim Apotheker vorbei. Bald danach stand er mit seinem Auto, wenn Feierabend war, vor der Apotheke und bot dem jungen Mädchen an, es heimzubringen. Ein attraktives Angebot, denn das Haus ihrer Großeltern, mein späteres Geburtshaus, lag weit außerhalb des Dorfes, auf halbem Weg zum nächsten Ort. Und ein Auto besaß fast niemand, erst recht keinen Ford Eifel mit aufklappbarem Verdeck. Dennoch lehnte die junge und ausnehmend hübsche Apothekenhelferin ab, lief zu Fuß. Nach einigen Minuten wurde sie überholt, wieder stand der Ford Eifel am Straßenrand vor ihr, wieder bot man ihr an, einzusteigen. Am Tag darauf das gleiche Spiel. Dann wählte sie einen anderen Heimweg, stieg durch die Weinberge, lief über die Obstfelder. Als sie in der Nähe ihres Hauses wieder die Straße betreten musste, stand sein Auto da. Vielleicht half ihm eines Tages ein plötzlicher Regenguss, ihre Vorbehalte zu besiegen.

Dann wurde wohl erzählt, das junge Mädchen habe nur deshalb in die Heirat eingewilligt, weil man ihr erzählte, ihr künftiger Mann werde an die Front gehen, dort sicher fallen. Und so erhielte sie eine schöne Rente und sei gut versorgt.

Hat sie nicht ihren Ehering, für dessen Herstellung man dem Juwelier Goldstücke übergeben musste, schon als Verlobungsring im Rasen hinter dem Haus verloren und nie wiedergefunden?

Irgendwann stand ein Satz im Raum, der so klang, als habe jemand gesagt: Wie kann ich die Kinder eines Mannes lieben, den ich nie geliebt habe?

Doch dieser Mann war offensichtlich hartnäckig. Er hat es erreicht, sie zur Frau zu gewinnen und mit ihr zwei germanische Kinder zu zeugen. Aber reicht das als Basis aus für ein gemeinsames Leben?

Nein, es reichte nicht aus, und du warst nur an den Wochenenden Vater. Ich vermisste dich, ich wurde dir entzogen. Ich wurde in der vierten Volksschulklasse in einem anderen Dorf angemeldet, Großmutters Heimatort.

»Nimm nichts an von ihm, wenn er dich an der Schule sprechen will, geh nicht zu ihm, er ist ein böser Mann.« Die von ihm eines Tages mitgebrachten Bananen wagte ich nicht zu essen. Und den Klassensaal verließ ich nur, weil der Lehrer mich dazu aufforderte und mit mir nach draußen ging, wo Vater wartete.

Der übliche Rosenkrieg, oder gab es dafür Gründe? Wollte hier jemand verhindern, dass seine eigenen Kinder von »Niederrassigen« verdorben werden? Suchte er eine radikale Lösung? Es gab Rechtsanwälte, es gab Vorladungen, Verhandlungen, Entscheidungen.

Es gab Gespräche zwischen mir und meiner kleinen Schwester: »Oma hat gesagt, wenn der Richter uns fragt, zu wem wir wollen, dann soll ich sagen, zur Mutti; ich werde aber sagen: zum Vati.«

»Ich auch«, sagte meine Schwester. Ich erinnere mich an eine Holzbank, auf der wir im zugigen Flur eines Gerichtsgebäudes saßen und darauf warteten, befragt zu werden. Aber ich wurde nicht hineingerufen.

Ab und zu durfte Vater uns abholen. Dann stand sein Auto vor der Tür. Wir fuhren mit ihm, manchmal auch in sein Haus, in dem seine aus Afrika zurückgekehrte Schwester Anna ihm den Haushalt führte. Eines Tages fand ich in seinem Bücherschrank einen Zettel in seiner Handschrift, auf dem stand: »Soll ich zum Kindesmörder werden?« Das hat mich lange beschäftigt…

Aber hat nicht schon seine schwere Verwundung im Ersten Weltkrieg gezeigt, wie hartnäckig er sein kann? Damals wollte er überleben, und allen Widerständen zum Trotz überlebte er.

Irgendwann, viel, viel später, als er schon ein alter Mann war und von Krankheit gezeichnet, gelang ihm der gleiche Trick ein zweites Mal. Mutters Lebensträume hatten sich auch nach dem Beginn ihres neuen, eigenständigen Lebens nicht erfüllt. Wieder stand die spätere Versorgung im Vordergrund der Argumente, wieder ließ sie sich auf das alte Spiel ein: Den Mann, den sie nicht liebte, ein zweites Mal zu akzeptieren.

Was in ihr vorging, erfuhren wir nicht. Vitamin-B-Spritzen halfen, den massiven Haarausfall zu bremsen, der kurz danach bei ihr eintrat. Wenigstens das Haar schien sich von dem ungewünschten aber akzeptierten Entschluss zu erholen.

Und so hatte er am Ende seines Lebens die Versorgung, die er wollte. Und eine Frau, die resigniert das Leben so nahm, wie es war. Der Sinn des Lebens ist das Leben selbst, sagte sie einmal.

23

Auch an diesem Morgen brauche ich einen Wecker. Ich glaubte, am Tage von Vaters Beerdigung schon im Morgengrauen wach zu liegen; doch hat mich der Wein vom Vorabend so tief schlafen lassen, dass ich mich an keinen Traum erinnere.

Der schwarze Anzug ist schon etwas eng geworden. Als ich ihn kaufte, dachte ich: Eines Tages werde ich ihn bei Vaters Beerdigung tragen. Und dann erschrak ich über meinen eigenen Gedanken. Ich trinke Kaffee und lese die Zeitung wie jeden Morgen. Doch statt zur Schule fahre ich zur Friedhofsgärtnerei, den Kranz abzuholen.

»So einen Kranz wird man in diesem Dorf wohl noch nie gesehen haben«, sagt der Florist, als er ihn stolz zu meinem Auto trägt.

Er besteht aus Lorbeer, mit mehr als dreihundert gelben Rosen. Jetzt laufen mir die ersten Tränen über das Gesicht. »Nun fange ich doch noch an zu heulen«, sage ich. Der Gärtner versucht es zu entschuldigen: Ich brauchte mich dessen nicht zu schämen, ihm sei es beim Tod seiner Mutter ähnlich ergangen.

Insgeheim ärgere ich mich über diesen Satz, denn ich schäme mich überhaupt nicht. Es wundert mich nur, dass mich das Weinen hier überkommt, als ich für Vater wieder einmal ein Geschenk erwerbe, das er nicht braucht.

Das Grab ist fertig ausgehoben, die Leichenhalle offen. In dem kleinen Saal, in den der Sarg erst kurz vor der Beerdigung überführt wird, liegen schon Dutzende von Kränzen. Sie sind nebeneinander aufgestapelt; an jedem Kranz ist mit Draht eine Karte befestigt.

Einige öffne ich; sie sind meist mit Gauch oder geborene Gauch unterzeichnet. Karte um Karte der gleiche Vordruck. Aufrichtige Anteilnahme. Kranz um Kranz identisch. Alle Kränze beim Gärtner des Dorfes hergestellt: Tannenzweige und darauf ein Bouquet aus Plastikblumen. Aus dieser Uniformität heben sich nur die Kränze heraus, die aus München, aus Frankfurt, aus Bremen kommen. Ich registriere, dass kein Kranz so groß, so schön ist wie der, den ich mitgebracht habe. Ich stelle ihn so auf, dass er direkt vor den Sarg zu stehen kommt.

In der Halle ist es eisig kalt. Wir haben noch über eine Stunde Zeit und fahren ans Sterbelager von Tante Klärchen. Ihre Schwester, die so frisch und blühend aussah bei unserem Besuch an der Kerwe, ist abgemagert und verhärmt: Nacht um Nacht wacht sie an Klärchens Bett.

»Es hat sich gar nichts verändert«, sagt sie. »Wollen deine Kinder sie noch einmal sehen?«

Die beiden nicken und gehen mit uns die Treppe hoch. Schweigend betrachten sie Klärchen, die noch so daliegt, wie ich sie sah. Sie sehen zum ersten Mal einen sterbenden Menschen.

Im Wohnzimmer bekommen wir Kaffee vorgesetzt, Brötchen und Wurst. Ich esse mechanisch und zeige Abzüge der Bilder, die ich an der Kerwe aufgenommen habe.

Tief aufseufzend und unter Ausrufen der Trauer betrachtet Klärchens Schwester die Bilder: »Wie schnell das geht, wie schnell das geht, denkt nur, das ist jetzt erst vier Wochen her!«

Auf dem Bild, das ich ihr schenke, sitzt Klärchen und hört Vater interessiert zu, wie er erzählt. Er hat die rechte Hand in Brusthöhe, drei Finger abgespreizt. Man sieht ihm seine Krankheit nicht an. Er wirkt so lebhaft wie selten in den letzten Monaten.

Klärchens Schwester, die nicht mit zum Friedhof kommen kann, mahnt zum Aufbruch: »Ihr müsst jetzt wohl gehen, du willst doch bestimmt dabei sein, wenn dein Vater gebracht wird.«

Beim Einsteigen ins Auto läutet zum ersten Mal die Totenglocke. Sie hallt durch den stillen Ort. Ich spüre, wie sich mein Magen zusammenzieht, wie ein Kribbeln den Körper hochsteigt, auf die Brust drückt. Mehrmals hole ich tief Luft. Dies aus der Kindheit auftauchende Gefühl des Einsamseins; ich unterdrücke die Tränen.

So saß ich oft an meinem Schreibtisch, schaute zum Fenster hinaus. Vater hatte mir einen Fernsehapparat gekauft und ins Zimmer gestellt.

»Damit du nicht mehr so oft mit deinen Freunden weg gehst, sondern für die Schule lernst«, sagte er, als wieder einmal ein Besuch bei meinem Klassenlehrer sein Gesicht verdüsterte.

Damals lag eines Tages ein Zettel in seiner Handschrift auf meinen Büchern: »Der Starke ist am mächtigsten allein (Schiller).« Sonst stand kein Wort da. Er hatte davon erfahren, dass ich eine feste Freundin habe. Braune Augen. Braune Haare. Ganz und gar nicht »artnordisch«, sondern mit den »verführerischen dunklen Augen«, denen die »Artrein-Hohen« so leicht erliegen, wie er einmal schrieb. Dass dieses Schillerzitat auch ein Motto in Hitlers »Mein Kampf« ist, weiß ich zu diesem Zeitpunkt noch nicht.

Auf dem Weg zu dem außerhalb des Dorfes gelegenen Friedhof überhole ich schwarz gekleidete Bewohner des kleinen Dorfes, meist wohl mir unbekannte Verwandte, die einzeln und in Gruppen zur Beerdigung gehen. Sie kommen aus allen Nebenstraßen, laufen wie in einer ungeordneten Prozession.

»Benehmt euch bloß«, schärfe ich meinen Töchtern ein, »macht keine Bemerkungen und keinen Unsinn, dem Opa Hermann zuliebe.«

Der Satz war überflüssig, denn den ganzen Tag bewegen sich die Kinder wie Roboter, stumm und regungslos.

Vor dem Friedhofstor treffen wir auf die nächsten Angehörigen. Meine Schwester trägt eine Sonnenbrille, damit man die Tränen nicht sieht, die sie vielleicht erwartet.

»Mutter ist noch nicht da«, sagt sie, »Horst hat sie zum Schuhmacher ins Nachbardorf gefahren: Beim Aussteigen aus dem Auto ist sie gestolpert und hat sich den Absatz ihres Schuhes abgerissen.«

Auch die Halle ist schon voll mit Menschen. Sie stehen gedrängt an den Wänden. Beim Vorbeigehen höre ich deutlich ein Raunen: »Das ist der Sieschfried.«

Der Sarg steht schon auf den beiden Böcken, hinter meinem großen Kranz. Ich trete zum Sarg, streiche darüber.

Ob hier sein Kopf oder seine Füße sind, denke ich.

Ich habe den Wunsch, mich vorzubeugen und den Sarg zu küssen, unterlasse es aber, weil mir diese öffentliche Geste zu kitschig vorkommt.

Ich sehe bekannte Gesichter, begrüße einige Leute. Eine schwerkranke Cousine meines Vaters ist auch gekommen. Am Abend vorher hieß es noch, sie sei so krank, dass sie den Weg nicht verkraften könne. Sie saß in Wolldecken eingewickelt am flackernden Kohleofen.

Sie ist schon verkalkt und weiß kaum noch etwas, flüsterte mir deren Tochter zu. Aber wir unterhielten uns ganz normal.

Hoffentlich holt sie sich jetzt hier nicht den Tod, denke ich.

Eine alte Frau springt von ihrem Stuhl auf, umklammert meine Hände.

»Ach Sieschfried, Sieschfried«, ruft sie immer wieder, mit Tränen in den Augen, »ich bin ja so krank, hab bis heut morgen im Bett gelegen; denk dir nur, ich konnte noch nicht einmal einen Kranz besorgen für deinen Vater, aber das hol ich noch nach, gell, mein Lieber.«

Als ihr einziger Sohn starb, vor zwanzig Jahren, mussten sie und ihr Mann sich wieder alleine um den ganzen Hof kümmern. Sie wollten sich schon aufs Altenteil zurückziehen, hatten bereits eine Schwiegertochter gefunden. Sie ist schon fast achtzig und hatte den Hof noch so lange gehalten, bis ihr Mann vor wenigen Jahren starb. Sie war immer eine nette, gute Frau, aber auch in diesem Augenblick erinnere ich mich an eine Szene, als nach dem Krieg die ersten Flüchtlinge ins Dorf kamen.

In ihrem großen Bauernhof, in dem viele Zimmer leer standen, sollte eine Familie mit drei Kindern in zwei Mägdezimmern über den Stallungen einquartiert werden. Ihr Mann wehrte sich dagegen. Ich stand als Kind dabei, als der Pferdewagen mit den

Möbeln der Flüchtlingsfamilie ankam. Es gab einen großen Auflauf vor dem Hof, und der Bauer versuchte, mit einer Axt auf die verstörten Leute einzuschlagen. Der Polizeidiener und einige starke Männer fesselten ihn mit einer Kuhkette, um ihn zur Ruhe zu bringen.

Ich setze mich in der ersten Reihe auf den zweiten Stuhl, lasse den anderen für meine Mutter frei. Der Pfarrer erscheint und bittet um etwas Geduld, weil die Orgel noch nicht funktioniere. Sie wird aus dem Nebenraum herausgezerrt, neben den Sarg geschoben. Ein Helfer räumt die Kränze um, wirft einen direkt auf meinen.

Ich ärgere mich, denn jetzt ist von meinem Kranz kaum noch etwas zu sehen. Immer noch drängen sich Menschen in den Saal. Ich blicke zur Tür, die sich einen Spalt weit öffnet.

Ein Stich in der Herzgegend: Die Illusion, Vater träte herein. Der ältere Mann hat Statur, Kopfform und die weißen, schütteren Haare wie Vater.

Endlich kommt Mutter an. Im Arm hält sie einen Strauß weißer Lilien.

»Das war vielleicht ein Abenteuer«, flüstert sie. »Der Schuhmacher, der einzige weit und breit, war krank und lag im Bett. Bis wir den alten Mann herausgetrommelt hatten! Hauen Sie ruhig einen dicken Nagel rein, sagte ich, die Schuhe brauchen nur noch für die Beerdigung zu halten.«

Die Orgel beginnt zu spielen. Während der Predigt schaue ich fast unverwandt auf den Sarg. Der Pfarrer beginnt mit einem Zitat aus den Psalmen. Dass Gott auch die liebe, die ihm ferngestanden haben. Und: Was sei schon eine Karriere wert im Angesicht des Todes.

Während er spricht, schaut er immer wieder zu mir herüber. Er wiederholt an persönlichen Daten, was er von mir erfuhr: Von seinem Spaziergang am Tage vor dem Tod, vom Einschlafen, vom friedlichen Sterben. Hinter dem Klang der Worte höre ich eine Anklage heraus, wenig Verständnis. Aber er macht es sehr dezent, fast unhörbar, und ich nehme es ihm nicht übel; ich suche ja selbst noch nach Verständnis.

Hinter dem Sarg, den vier Mitarbeiter des Beerdigungsinstitutes tragen, gehe ich, meine Mutter bei mir untergehakt. Zum ersten Mal begleite ich einen Sarg in der ersten Reihe, denke ich.

Unterwegs wickele ich die roten Rosen aus dem Papier, die ich an meine Frau, meine Töchter verteile. Nach dem letzten Gebet vor der Grube, in der jetzt mein Vater liegt, tritt der Pfarrer auf uns zu.

Ich stelle ihm meine Mutter, meine Schwester vor. Bald schon umringen mich vier Männer, die einen Kranz im Namen des Reichsarbeitsdienstes niedergelegt haben.

Vater wäre doch ihr erster Gau-Arzt gewesen, nachdem der Arbeitsdienst in der Westmark gegründet worden sei. Er habe an ihren Kameradschaftstreffen immer teilgenommen, und nun hätten sie eine große Bitte an mich. Sie möchten ein kleines Museum aufbauen; ob ich ihnen aus Vaters Nachlass dafür einige Erinnerungsstücke zur Verfügung stellen könnte: Seine Ernennungsurkunde, seine Uniformabzeichen, seinen Schriftwechsel. Wir einigen uns darauf, dass ich ihnen Kopien übersende. Als ich später sehe, dass dies aber vor allem die peinlichen Schriftwechsel wegen seiner antikirchlichen Propagandatätigkeit sind, die zu seiner Entlassung führten, vergesse ich das Versprechen.

Im Gemeindesaal sind die Tische schon gedeckt, es riecht nach Bohnenkaffee, überall stehen Teller mit Streuselkuchen und Kranzkuchen. Von den Frauen, die sich um die Organisation kümmern, werde ich gefragt, ob wir den Pfarrer denn nicht eingeladen hätten.

»Kommt der nicht sowieso?«, frage ich.

Nein, sagen sie, da müsse ich rasch rüber ins Pfarrhaus gehen, er wäre sonst sicher beleidigt.

Eine dicke Katze streicht mir um die Beine, während ich vor der Tür des Pfarrhauses stehe, warte, bis sich oben ein Fenster öffnet, der Pfarrer mit hinüber in den Gemeindesaal geht. Ich bedanke mich für die Predigt, für sein Eingehen auf unsere komplizierte Situation, auch dafür, dass er in so versteckter Weise so deutlich gesprochen habe.

Wer zu hören verstehe, der habe es verstanden, sagt der Pfarrer. Er hört zu, während ich von unserem letzten Besuch bei Tante Klärchen erzähle.

»Jetzt ist sie schon Tage ohne Flüssigkeit«, sage ich, »der Körper muss sich schon selbst zerstört haben. Ohne dies ausgeruhte starke Herz wäre sie schon lange tot.«

Der Pfarrer springt auf, murmelt, er habe noch etwas zu erledigen und geht. Später erfahre ich, dass er am Bett von Tante Klärchen die Sterbegebete sprach. An diesem Abend noch stirbt Klärchen.

An den Tischen sind lebhafte Gespräche im Gang. Man wechselt immer wieder die Plätze, geht von einem zum anderen. Überall werden Erinnerungen ausgetauscht. Viele Leute sehe ich zum ersten Mal: Es sind Nachkommen der Geschwister von Vaters Eltern.

Ab und zu ist auch von Vater die Rede.

Anekdoten aus der Zeit, als er praktizierte, werden ausgetauscht.

Mutters erste Begegnung mit Vater geschah im Wartezimmer. Sie hörte, wie sich ältere Frauen über ihn unterhielten.

»Ein richtiger Barraskopp«, sollen sie gesagt haben, »man merkt, dass er lange beim Militär war. Da kommt doch meine Schwester zu ihm in die Sprechstunde und sagt: Herr Doktor, ich kann überhaupt nicht mehr laufen; gucken Sie sich doch mal meine Füße an, was soll ich denn nur machen? Und der Doktor murmelt was von Verschreiben und gibt ihr ein Rezept. Sie liefert das in der Apotheke ab und denkt sich noch, egal was es ist, hoffentlich hilft's. Der Apotheker liest und grinst nur und sagt: Er könne es ihr nicht mitgeben, der Vorderreifen sei platt. Was könne er ihr nicht mitgeben, fragt meine Schwester ungläubig, der Doktor habe ihr doch bloß etwas verschrieben, weil sie nicht mehr laufen könne. Eben, sagt der Apotheker: Er hat Ihnen ein Fahrrad verschrieben.«

Mutter konnte sich beim Zuhören vor Lachen kaum halten, aber die beiden Frauen bleiben ernst.

»So machte er seine Witzchen mit den Leuten«, sagten sie.

»Unserer Nachbarsfrau ging es ähnlich«, fängt dann die andere an. »Die konnte es vor Kopfschmerzen nicht mehr aushalten, kam zu ihm in die Sprechstunde und sagte: Ich halt das mit den Kopfschmerzen nicht mehr aus, ich häng mich bald auf, Herr Doktor, Sie müssen mir helfen! Ihr hat er auch ein Rezept gegeben, aber diese Doktorsschrift kann ja kein Mensch lesen außer dem Apotheker. Sie also hin in die Apotheke. Und was steht drauf: Ein Strick zum Aufhängen...«

Vater habe ihr irgendwann diese kleinen Scherze bestätigt, sagte Mutter. Es seien Frauen gewesen, die simuliert hätten, um vorzeitig Rente zu bekommen.

Aber auch andere Dinge erfahre ich: Wie er mit einem Blick bei einem kleinen Jungen, der seit Tagen auf Grippe hin behandelt worden sei, eine Hirnhautentzündung diagnostiziert habe und ihm so in letzter Minute das Leben rettete; wie er in einem amerikanischen Lazarett sich Penizillin besorgt habe, das im deutschen Krankenhaus nicht vorrätig war.

Dass er in den letzten Kriegstagen mehr als hundert Soldaten vor der Gefangenschaft bewahrte, die sich bei Rückzugsgefechten in Einöllen befunden hätten. Bevor am folgenden Tag die amerikanischen Panzer in den Ort gekommen seien, hätten die Frauen des Ortes die ganze Nacht über Hakenkreuzfahnen und Betttücher zerschnitten und daraus Rotkreuz-Armbinden genäht. Vater habe mit einer großen Rotkreuzflagge auf dem Schulhaus das Dorf zum Lazarettort erklärt und die Soldaten, die jetzt alle mit Armbinden herumliefen, zu Sanitätssoldaten. In der Schule habe er die verwundeten Soldaten operiert und sogar einen retten können, der von sieben Maschinengewehrschüssen durchsiebt war.

Zufällig sei er in Einöllen gewesen, da er einen Bruststeckschuss auskurierte. Amerikanische Tiefflieger hätten ihn beschossen, als er in einem auffällig gekennzeichneten Rotkreuzwagen auf dem Weg zum Luftwaffenlazarett Meisenheim unterwegs gewesen sei. Das stimmt. »In der rechten zehnten Rippe in der Scapularlinie ein kirschkerngroßer, metallischer Fremdkörperschatten«, heißt es in einem Röntgenbefund, und »ein weiterer mandelkerngroßer Fremdkörperschatten in Höhe des rechten oberen Anteils der Beckenschaufel, anscheinend auf der Schaufel gelegen«. Zwei Splitter der Geschosse, die seine Stirn trafen und später herausoperiert wurden, hat er aufgehoben, auch eines der massiv verformten Geschosse. Die Verwundung geschah zehn Tage vor meiner Geburt. Durch die Verletzung der Stirn sei ihm das Blut so sehr ins Gesicht gelaufen, dass er, vor Schmerzen in der Brust teilweise auf allen Vieren zurück nach Odenbach kriechend, nur tastend das erste Haus erreicht habe, wo man ihm zu Hilfe kam.

Dass er unbestechlich war, erfahre ich. Bauern steckten ihm Eier, Fleisch und Obst zu, damit er ihre Söhne durch Ausstellen falscher Atteste vor der Einberufung zur Wehrmacht bewahre. Obwohl wir selbst nicht genug zu essen hatten, ließ Vater diese Dinge am Bett anderer wirklich Kranker zurück.

Dass er unerbittlich war. Ein armer Mann, der schon sieben Kinder hatte, bat ihn, eine Abtreibung bei seiner Frau vorzunehmen. »Ich bezahle auch gut«, sagte er und legte ein Markstück auf den Tisch, kurz nach der Währungsreform viel Geld für ihn. Dass die Frau dann unter den Händen einer »Engelmacherin« verblutet sei, erfahre ich.

Dass er einem jungen Mann, der sich volltrunken bei einer Schlägerei die Zunge halb durchgebissen habe, diese ohne Narkose wieder genäht habe. Zur Strafe habe ich ihn ohne Narkose genäht, habe er gesagt, denn Vater hat selbst nie Alkohol getrunken; aber vermutlich hat er ihn nur deshalb nicht betäubt, weil bei dem hohen Blutalkoholgehalt eine Narkose zu gefährlich war.

»Man kann sagen, was man will: Der Mann hatte einfach Profil.« Mein Cousin Karl sagt es, dessen Vater und Großvater Karl hießen, dessen Sohn Karl heißt. Er betrachtet die letzten Bilder, die ich von Vater gemacht habe.

Die kalte Luft vor dem Gemeindesaal bringt den Geruch wieder, der meine Kindheit begleitete. Ich registriere ihn ohne Interesse. Wie aus weiter Entfernung die Stimmen der Gäste bei der Feier zu Vaters Tod.

24

Ein guter Arzt seiest du gewesen, sagen die einen, ein hervorragender Diagnostiker. Auf einen Blick hättest du die Krankheit erkannt, die richtige Behandlung empfohlen, nachdem sich zwei, drei Ärzte schon vergeblich abgemüht hätten.

Ein Barraskopp seiest du gewesen, unzugänglich und unfreundlich, sagen die anderen. »Ich habe solche Schmerzen in den Beinen«, jammerte deine Schwester, »die Krampfadern sind ganz schlimm; was kann ich denn nur machen?«

»Amputieren«, hast du gesagt.

»Unser Sohn hat eine so schlimme Erkältung, Herr Doktor«, haben Bekannte gesagt, »er hat schrecklichen Schnupfen und Husten, schon seit drei Wochen; was kann man denn dagegen unternehmen?«

»Nichts«, hast du gesagt.

Sicher, eine Erkältung dauert mit ärztlicher Behandlung und Einnahme von Arzneien ebenso lange wie ohne Behandlung. Aber andere Ärzte hätten harmlose Mittel aufgeschrieben, zur Beruhigung der Angehörigen, sie hätten mehrere Hausbesuche gemacht und kassiert.

Du hast »nichts« gesagt, damit die exakte Behandlungsmethode genannt und nichts dafür verlangt. Dadurch hast du allerdings eine Patientenfamilie verloren. Für einen Hausbesuch am Tag hast du drei Mark genommen und für einen Nachtbesuch fünf Mark, als andere das Zehnfache nahmen. Und dann blieben es die Bauern meist noch schuldig.

Dein Geld hast du nur bekommen, wenn wir uns bei deinem Patienten, dem Friseur, die Haare schneiden ließen und sagten: »Vater verrechnet's«; wenn ich bei deinem Patienten, dem Bäcker, das Brot holte und sagte: »Vater verrechnet's.«

Du hast deine Offizierspension bekommen, deine Rente als Kriegsverwundeter, und warst eher pro forma bei der Ärztekammer als Facharzt für Innere Krankheiten eingetragen. Zu den Kassen hat man dich nicht zugelassen. Du hattest eine Vergangenheit, das vergaß man dir nicht.

Abends um acht lagst du schon im Bett. Du lagst wach und hast dich am Kopf gekratzt. Stundenlang, so kam es mir jedenfalls vor, hörte ich das monotone Schaben der Fingernägel über Kopfhaut und Haare: Langsam – ratsch, langsam – ratsch: Erst langsam über den ganzen Kopf, dann ratsch über den Haarkranz zum Ohr. Langsam – ratsch, langsam – ratsch.

Vor dem Fenster gab es Stimmengewirr; es wurde an die Tür und ans Fenster geklopft. Du bist liegen geblieben.

Du hast es dir eine Zeit lang angehört und dann zu mir gesagt: »Geh mal ans Fenster und frag, was sie wollen.«

»Unser Helmut hat nen Herzanfall, dein Vater soll rasch kommen.«

»Du sollst mal kommen«, sagte ich, »da hätte jemand einen Herzanfall.«

»Frag mal, wer's ist«, hast du geantwortet.

Ich gab die Frage weiter durchs Fenster.

Die Antwort gab ich nach innen weiter.

»Ich bin jetzt klatschnass geschwitzt. Wenn ich jetzt aufstehe, erkälte ich mich, sag das«, fordertest du mich auf.

Ich formulierte um und schwächte ab.

»Ich glaube, es ist dringend«, sagte ich dann zu dir.

Du hast gebrummt und gesagt, ich solle ausrichten, du würdest kommen.

»Der ist nur wieder mal total besoffen«, hast du gesagt, obwohl du wusstest, dass dieser junge Mann einen leichten Herzfehler hat. Allerdings wusstest du auch, dass er gerne trinkt und dass diese Attacken nur vorkommen, wenn er betrunken ist.

Und an diesem Abend war in der Wirtschaft gegenüber wieder allerhand los: Samstagabend.

Ich habe mich wieder hingelegt und gehört, wie du dich angezogen hast; unter der Bettdecke. In dem alten Bauernhaus war das Schlafzimmer nicht unterkellert und ungeheizt. Im Winter waren die dicken Betten eiskalt, und man konnte nur mit

Wärmeflasche hinein. Du bist in der Unterwäsche ins Bett: Unterhemd mit langen Ärmeln, lange Unterhose, Wollsocken. Erst wenn das Federbett einigermaßen angewärmt war, hast du dich auszuziehen begonnen. Zuerst die Strümpfe. Dann, vielleicht eine Viertelstunde später, die langen Unterhosen. Dann, nach einer halben Stunde, das Unterhemd. Du hast nackt geschlafen und warst wirklich Nacht um Nacht nass geschwitzt. Und ein solcher Nachtbesuch konnte wieder neue Asthmaanfälle verursachen.

Das stimmte, aber ich schämte mich, dass die Leute immer erst betteln mussten, bis du kamst.

Vor dem Bett hast du dich dann vollständig angezogen und bist hinüber in dein Sprechzimmer. Es bestand aus deinem Schreibtisch, deinem Bücherschrank mit Manuskripten und Büchern zur Rasseforschung. In einem alten hölzernen Schrank hast du die Arzneien verwahrt, die Ärztevertreter der Arzneimittelfirmen daließen; das Gerät, um den Blutdruck zu messen, Verbandsmaterial, Watte; daneben lagen in anderen Fächern Hammer und Kneifzange, Nägel, Bindfaden, Reitsporen, verschiedene Uniformgürtel. Auf dem Schrank stand das wurmstichige Spinnrad deiner Großmutter.

In einem Glasschrank lagen Dutzende von Scheren, Zangen, Klammern aller Größen und Formen; daneben Heftpflaster und in einem Metallkästchen eine Spritze mit einigen Nadeln.

Für diesen Hausbesuch hast du eine Ampulle herausgesucht, das Metallkästchen mit der Spritze in die Hosentasche, das Sphygmomanometer zur Blutdruckmessung unter den Arm geklemmt. Äther und Watte hast du ebenfalls im Sakko untergebracht. Du hast dir bei deinem Hausbesuch erst einmal kochendes Wasser ausbedungen, um die Spritze darin auszukochen. Die Nadeln hast du dutzende Male verwendet, auch wenn sie schon ziemlich stumpf waren. Mit dieser Spritze hast du noch hantiert und sie ausgekocht, als es schon lange die Einmalspritzen aus Plastik gab.

Neben einem winzigen Bleistiftstummel und einer aufgebogenen Büroklammer, mit der du dir die Fingernägel stundenlang reinigen konntest (so kam es mir jedenfalls vor), hattest du in deiner Jackentasche immer eine Ampullensäge. Für viele Dinge hast du sie benutzt, und bei diesem Hausbesuch auch einmal, um die Ampulle aufzusägen.

Oft habe ich in deinem Sprechzimmer auf der Liege gesessen, die für Untersuchungen gedacht war und mit einem weißen, schon angegrauten und lange nicht mehr gewechselten weißen Tuch bespannt war. Von Patienten wurde sie ja auch fast nie mehr benutzt. Diese Liege, außer den eben genannten Gegenständen Abschluss der Sprechzimmereinrichtung, bestand aus einer alten Truhe, auf die eine Matratze gelegt war. Dein Vater hatte bei seinen Schiffsreisen nach Amerika und Afrika darin seine Habseligkeiten verwahrt. Nach seinem Tod kam sie ins Elternhaus zurück. Wenn du nicht da warst, habe ich heimlich darin gestöbert. Sie war vollgepackt mit Büchern und Zeitschriften. Den gesammelten Werken des Lanz von Liebenfels zum Beispiel, Runenzeitschriften und Belegexemplaren deiner eigenen Bücher: »Neue Grundlagen der Rassenforschung«; »Der germanische Glaube«; »Die germanische Odal- oder Allodverfassung«; »Kalender und Brauchtum«.

Wann du nach dem Hausbesuch in dieser Nacht, in Wirklichkeit war es wohl erst gegen elf Uhr, heimgekommen bist, weiß ich nicht, denn da schlief ich schon. Wie früh du schlafen gingst, konnte ich nur rekonstruieren. An manchen Abenden hörte ich im Radio eine Kabarettsendung aus Berlin: Daaas ist die Baliner Luftluftluft... die »Insulaner«; zum ersten Mal hörte ich etwas über Politik, ein Thema, das zu Hause meines Wissens kein oder nur ein sehr einseitiger Gesprächsstoff war. Diese Sendungen begannen um acht Uhr, und da lagst du meist schon im Bett, gleich nach den Abendnachrichten.

Als Arzt warst du unbestechlich, aber in einen wohl eher illegalen Deal hast du dich eingelassen. Im Dorf lag seit Jahren eine junge Frau unheilbar krank im Bett. Ihr ganzer Körper war ein einziges eiterndes Geschwür. Oft schrie sie vor Schmerzen so laut, dass man es in der gesamten Nachbarschaft hörte. Die Ärzte behandelten sie nicht mehr: Morphium schaffte ihr Linderung, aber das war streng kontrolliert und durfte auf Dauer nicht angewandt werden. Immer wieder kam die alte Mutter dieser Frau weinend zu dir, bat dich, ihrer Tochter Morphium zu spritzen.

»Helfen Sie ihr doch, Herr Doktor«, weinte sie, »das arme Ding hält es ja nicht mehr aus, ach, ich halt's ja auch nicht mehr aus, Herr Doktor.« Sie schleppte Eier an und Fleisch und Wurst. Ab und zu, wenn du einem Patienten guten Gewissens Morphium geben konntest, hast du in der Apotheke mehr besorgt und der jungen Frau davon abgegeben.

Sie hat es sich selbst gespritzt, und für eine Ampulle haben sie dir ein Vielfaches dessen bezahlt, was diese gekostet hat.

Im Laufe der Zeit hast du dich da hineinziehen lassen.

Du hast auf die Namen von verschiedenen Patienten Morphium gekauft und der alten Frau Ampulle um Ampulle verkauft.

Du hast es ungern getan, aber da stecktest du schon in der Sache drin.

Manchmal musste ich die Ampullen hintragen. Dann sah ich die junge Frau in einem blütenweißen Bett daliegen, auf dem Rücken; das Bett war gemacht, als wäre es unbenutzt: Keine Falten im Laken, im Bettbezug. Die junge Frau lag da mit weißgelbem Gesicht, um das die blonden Haare einen Kranz bildeten, die Hände waren über der Bettdecke gefaltet.

Wie eine Tote, dachte ich.

Sie stöhnte leise.

Ich gab die Ampulle ab, immer nur eine, nahm das Fünfmarkstück entgegen und machte, dass ich wegkam.

Ich spürte, dass das alles nicht so recht geheuer war.

Aus deinen Bemerkungen, aus dem Gejammer der alten Frau reimte ich es mir zusammen.

Eines Tages hat dich der Apotheker in Lauterecken angezeigt. Ihm fielen die Morphiummengen auf, die du angeblich in dem kleinen Ort verbrauchst. Er glaubte, du selbst wärest morphiumsüchtig, und es wurde von der Ärztekammer eine Untersuchung eingeleitet.

Du hattest die Rezepte aber nur auf die Namen von Patienten ausgestellt, denen du wirklich schon einmal Morphium gespritzt hast.

Der Handel zwischen dir und der alten Frau hörte auf. Ich bilde mir ein, gemerkt zu haben, dass du mit der Zeit diesen Nebenverdienst ganz gern hattest. Als ich das letzte Päckchen mit drei, vier Ampullen brachte, nahm es die alte Frau nur zögernd an. Sie drückte mir das Geld in die Hand.

»Sag deinem Vater, wir brauchen jetzt keins mehr«, sagte sie.

Du hast mit dem Kopf genickt. Wie passt das mit deinem Ruf der Unbestechlichkeit zusammen, habe ich mich manchmal gefragt. Aber vielleicht hatte es ja etwas mit der jungen blonden, blauäugigen Frau zu tun, die da unheilbar krank im Bett lag.

Ich weiß, dass du in diesen Fall hineingeschlittert bist. Ich habe das Weinen, Jammern und Betteln der alten Frau noch sehr deutlich in Erinnerung. Sie war übrigens verwandt mit dir.

Ein guter Arzt seiest du gewesen, sagen die einen.

Andere wissen, dass schon zehn Patienten im Flur auf Stühlen saßen, als du in der Nähe des Teufelsmoors deine Praxis hattest, bis man dich endlich dazu brachte, aufzustehen. »Sollen sie warten«, hättest du gesagt.

Waren sie dir nicht »artnordisch« genug, damit du dich mehr engagiertest? Früher warst du doch anders! Schon im klinischen Teil des Medizinstudiums in Heidelberg war es dir »die schönste Freude, wenn ich einem germanischen Kinde oder sonst einem Germanen eine Wohltat erweisen konnte«. Und damals hast du noch spontan nach dem großen Explosionsunglück in der BASF in Ludwigshafen mit hunderten von Toten eine Woche lang Tag und Nacht für die Schwerverwundeten gearbeitet.

25

Mit Uwe mache ich einen Spaziergang durchs Dorf, auf den Friedhof zu. Uwe ist der Sohn meiner Cousine. Er hat gerade das Abitur bestanden und muss in den nächsten Tagen damit beginnen, seinen Ersatzdienst in einem Heim für geistig behinderte Kinder abzuleisten.

»Für mich wäre die Wehrdienstverweigerung damals undenkbar gewesen«, sage ich, »das hätte ich Vater nie antun können.«

»Der Mensch fängt beim Leutnant erst an«, sagte Vater manchmal grinsend, meinte es aber auch so. Er war stolz darauf, sich in der Uniform eines Oberstleutnants im Dorf zu zeigen, in dem er als Junge noch die Kühe auf die Weide treiben musste.

Ich habe Wehrübungen abgeleistet und bin Leutnant, dann Oberleutnant der Reserve geworden. Ihm zuliebe. Er hat es mir vorgeschlagen, für mich den Bewerbungsbogen als Offiziersanwärter ausgefüllt, bei »Referenzen« neben dem Ritterkreuzträger Carius den Fliegerobersten Rudel angegeben, das Idol der Rechtsradikalen der Nachkriegszeit.

Prompt musste ich bei der Offiziersprüfung einen Vortrag über Oberst Rudel halten. Es war ein sehr kritischer Vortrag. Vater dachte damals wohl, die Bundeswehr sei noch so nationalistisch wie die alte Wehrmacht und teile seine Bewunderung für den Träger der höchsten deutschen Tapferkeitsauszeichnung.

Für mich war es ein kompliziertes Rollenspiel bei der Bundeswehr, »Führungsstärke« in einer Art und Weise zeigen zu müssen, die all meinen antiautoritären Idealen von Pädagogik widersprach. Aber ich habe sehr viel über Menschen gelernt in dieser Zeit. Auch über mich. Zum Beispiel, dass ich widerspruchslos jeden Befehl ausführte und mich benahm und bewegte, als wäre ich ein Mensch ohne eigenen Willen.

Vater hatte das zu seiner Zeit gewiss genossen, ja geliebt. Für mich blieb es glücklicherweise ein Spiel mit der Offiziersrolle.

Wir kommen an den Häusern unserer Kinderspiele vorbei. In den Ställen ist noch Licht, ein Bauer trägt auf einer Gabel den Kuhmist auf den Misthaufen vor dem Haus, der in der Kälte dampft. Als ich dort lebte, führte dessen Vater diese Tätigkeit aus.

»In dem Haus, das an dieser Stelle stand, wurde Vater geboren«, sage ich, als wir den freien Platz in der Dorfmitte überqueren, »und jetzt liegt er da oben auf dem Friedhof, in einer Holzkiste, eiskalt und beginnt zu verfaulen. Merkwürdig, vorgestern habe ich ihn zum letzten Mal in meinem Leben gesehen.«

»Da leben Wolle Mäd.« Ich zeige Uwe das Haus und erzähle von dem gestrigen Zusammentreffen mit den beiden Frauen in ihrem Laden. Er kennt als Stadtkind solche Läden nur aus nostalgischen Fernsehberichten über Tante-Emma-Läden.

»Es ist schon ein seltsames Gefühl, einen Vater wie diesen zu haben«, sage ich. »Du kannst das nicht nachvollziehen, und das finde ich gut so.«

Als ich in der Oberprima war, sahen wir einen Film; er berichtete davon, dass auf Befehl Himmlers Kinder aus polnischen Familien, die blond und blauäugig waren, ihren Angehörigen weggenommen und nach Deutschland gebracht wurden, um auf Napola-Schulen als Führernachwuchs erzogen zu werden. Keiner von denen, die den Film sahen, wusste, dass diese Idee von meinem Vater stammte. Er fotografierte einige dieser Kinder während des Krieges, als er mit dem Flak-Regiment 17 in Ostpolen war, schickte Himmler die Fotos an dessen Privatanschrift in Berlin und regte an, dass man diese germanischen Nachkommen doch vor dem verderblichen slawischen Einfluss retten müsse. Daraus entstand dann die Verschleppungsaktion. Noch zwei Jahre vor seinem Tod hat er sich gegenüber dem NS-Forscher Werner Maser damit gebrüstet.

Dieser Film hatte mir sehr zugesetzt; beim Hinausgehen erzählte ich einer Franziskanernonne, einer Deutschlehrerin, davon, die mit ihrer Schulklasse die Aufführung ebenfalls besuchte. Aber sie hörte kaum hin, sah immer wieder auf ihre Uhr, murmelte, sie müsse rasch in die Klosterkapelle zum Gebet. Dabei gehörte sie zu den wenigen Erwachsenen, mit denen ich mich damals überhaupt unterhalten konnte.

»Auch nachdem das Dritte Reich in Schutt und Asche gefallen ist«, sage ich, »hat er ohne Unterbrechung weitergekämpft, sofort alte Verbindungen wieder aufgenommen. Von einem ehemals prominenten und in Berlin abgetauchten Nazi bekam er Ende 1945 einen entsetzten Brief: Warum er ihn in diesen gefährlichen Zeiten angeschrieben habe und so unvorsichtig formuliere, das könne sie beide doch ins Unglück bringen. Er solle bitte von weiteren Briefen Abstand nehmen.«

»Er hat sich bei allen Kriegsverbrecherprozessen mit den Verteidigern in Verbindung gesetzt«, erzähle ich Uwe, »nicht nur bei den Nürnberger Prozessen und dem Eichmann-Prozess, hat Entlastungsmaterial angeboten, Leserbriefe geschrieben, Artikel verfasst. Er hat sich mit den Überlebenden getroffen und den Angehörigen der Naziführer. 1976 kennt er die aktuelle Anschrift der Logisgeberin von Patrick Hitler, dem in London lebenden Neffen Hitlers, schreibt in einem Brief: Falls Adolf Hitler seinen Bruder einmal in England besucht hätte, würde das Patrick meiner Kusine sicherlich erzählt haben. Er weiß auch, dass sich Hitlers Bruder Alois jetzt Alois Hiller nennt und noch in Berlin lebt.«

Ich führe noch mehr Beispiele an: »Die Witwe des letzten Auschwitzkommandanten, die davon ausgeht, dass ihr Mann mit Digitalis vergiftet wurde, erzählt ihm, sie habe ein Vierteljahr bei ihrem Mann in Auschwitz-Dora-Birkenau gelebt und weder eine Gaskammer noch ein Krematorium gesehen. Das verbreitet er in einer umfangreichen Korrespondenz, die bis zu seinem Tod reicht.«

Von Uwe kommt nur Schweigen als Reaktion. Das kann man auch nicht kommentieren.

»Als er siebenundsechzig Jahre alt war, hatte Vater sich freiwillig gemeldet, um mit dem damals eingerichteten deutschen Hospitalschiff ›Helgoland‹ nach Süd-Vietnam zu fahren, wo als deutsche Geste Kriegsverwundete und Kranke versorgt werden sollten.«

»Und?«, fragt Uwe.

»Natürlich war er zu alt, wurde abgelehnt. Ich verstehe allerdings nicht, was er sich dabei dachte, nachdem er nicht einmal Jahre zuvor eine Praxisvertretung gesundheitlich überstand. Hauptsache war wohl, sich als ›Weltverbesserer‹ unter Uniformen zu bewegen…«

Uwe entgegnet wenig. Er fragt höchstens kurz nach, spürt aber wohl, dass ich das Bedürfnis zum Monologisieren habe. Dass ich mehr die eigenen Gedanken ordnen will als durch eine wirkliche Diskussion abgelenkt zu werden von dieser Mischung aus verdrängten oder negativen oder ins Positive umgemünzten Erfahrungen und Empfindungen, aus Erinnerungen und Reflexionen, die mich in einen Strudel von Emotionen reißen.

»Ich habe neulich in Vaters Bücherschrank eine Karte gefunden, die er als Vierzehnjähriger an seine Mutter schrieb; seine Schrift war sofort zu erkennen, sie hat sich in den exakt fünfundsechzig Jahren so gut wie nicht verändert. Ebensowenig wie Vater selbst. Er hat als Schüler Gedichte in Zeitungen veröffentlicht, die er so noch in diesem Jahr geschrieben hätte. Ununterbrochen hat er für seine Idee eines germanischen Reiches gekämpft und ununterbrochen verloren; gekämpft für eine scheinbar heile Welt, in der alle Menschen gleiche Rechte haben, in der es niemanden gibt, der die Grundstücke des anderen zwangsversteigern darf, in der keiner auswandern muss, um den Lebensunterhalt für seine Familie zu verdienen und daran zugrunde zu gehen. Ich glaube, dass der Schock über den Tod des Vaters, für den er die Amsterdamer Juden mitverantwortlich machte, dass die Not und Armut, in die seine Mutter stürzte, sein Leben entscheidend bestimmt haben. Er hing sehr an seiner Mutter und sah, wie sie weit über ihre Kräfte arbeiten musste, wie es trotz all ihrer Anstrengungen der Familie nicht besser ging.«

Mir fallen sofort Gegenargumente ein, und ich finde meine Erklärungsversuche lahm. Herbert hätte wohl dazu gesagt, ob es denn besser sei, von Nicht-Juden betrogen zu werden, denke ich. Und: Ob Juden nicht auch betrogen würden und stellenweise mehr als nur betrogen. Und: Ob ein Betrug Freispruch sei dafür, Völkermord zu begehen. Und: Ob der »Betrug« überhaupt nachgewiesen sei, oder ob es sich nicht einfach nur um fehlende Sachkenntnisse gehandelt habe?

»Dein Großvater war wohl eine ebenso erfolglose Erscheinung wie dein Vater«, hätte er gesagt, »die beide ihre Misserfolge in der Schuld der Anderen, Erfolgreichen suchten. Und was er als Wissenschaftler schrieb, war doch totaler Unfug, auch wenn es heute wieder hunderte gibt, die sich ebenfalls für Wissenschaftler halten und solchen Unsinn von neuem verbreiten. Und den alten gedruckten Unsinn in Nachdrucken noch dazu. Bis zum nächsten großen Unglück.«

»Mensch, Uwe«, sage ich wieder laut, »ich kenne doch meine eigene schizophrene Situation sehr gut: Den Vater als Person zu lieben und vor seiner Persönlichkeit entsetzt zu sein.«

Wir gehen an den letzten Häusern des Dorfes vorbei, deren Läden bereits verschlossen sind. Es ist kalt. Der Himmel ist wolkenlos, und die Konturen der Hügel, der Weiden, die Silhouette des Dorfes könnten romantisch aussehen. Aber ich habe keine Empfindungen diesem Dorf gegenüber. Niemals in den letzten Jahren hatte ich den Wunsch, es wieder aufzusuchen, die Wege abzulaufen, an denen ich als Kind gespielt hatte. Es ist tot für mich.

»Vater hat immer versucht«, rede ich gegen den schweigenden Uwe an, »mein Leben in seinem Sinn zu beeinflussen, hat mir immer wieder Steine in den Weg gerollt; in guter Absicht, wie er glaubte. Mit meiner Frau hat er kaum ein Wort gewechselt, weil sie nicht ›art-nordisch‹ war, meine Kinder hat er wenig beachtet, weil sie nicht, wie er wünschte, Sigrun und Swanhild heißen, sondern Susanne und Elisabeth...«

»Vielleicht nahm er dir übel, dass du dich so gegen ihn gestellt hast?«, fragt Uwe.

»Ach, das habe ich ja gar nicht«, sage ich. »Gewiss, ich bin meine eigenen Wege gegangen, habe mich durchgesetzt gegen ihn, aber ich war immer da, wenn er mich brauchte, und er brauchte mich oft. Ich konnte ihm einfach nichts übel nehmen, habe seine Situation zu verstehen geglaubt, Mitleid gehabt. Er konnte sehr unvernünftige, sehr böse Dinge tun, von denen ich nicht reden will, und dann wieder ganz rührende Gesten zeigen.«

»Durch Zufall bin ich vor einiger Zeit auf einen Dankesbrief gestoßen«, fällt mir als Beispiel ein. »Daraus ging hervor, dass er über viele Jahre eine Familie immer wieder mit Geldbeträgen unterstützt hat. Der Mann war lebensuntüchtig, ein Versager, der sich immer wieder in Schulden stürzte, eine große Familie zu ernähren hatte. Das Geld dafür sparte er sich vom Mund ab. Und warum? Weil er dem Vater dieses Mannes aus der Zeit seiner eigenen Jugend viel zu verdanken hatte.«

Wir betreten den Friedhof. Der Grabhügel ist schon aufgeschüttet, in der Dunkelheit leuchten die hoch aufgetürmten Kränze. Ganz vorne sehe ich meinen Kranz mit den dreihundert gelben Rosen. Ich stehe vor dem Grab, in dem mein Vater liegt und überlege mir, welche inneren Reaktionen ich jetzt eigentlich spüren sollte. Trauer? Schmerz?

Ich betrachte das Grab wie eine Fotografie, überlege, aus welchem Blickwinkel, mit welchem Objektiv ich es in den nächsten Tagen fotografieren werde.

Diese Geste, am Grab zu stehen, kommt mir reichlich dumm vor. Wem nützt sie? Vater erfährt nichts davon. Es stellt sich kein Gedanke ein wie: In einer anderen Welt werde ich dich wiedersehen.

»Hier ist übrigens der Name deines Großvaters eingemeißelt«, sage ich zu Uwe und wende mich vom Grabhügel ab, »auf diesem Kriegerdenkmal, das vor einigen Wochen aufgestellt wurde. Unter dem Denkmal liegen deine Urgroßmutter und deren Mutter; und auf diesem Friedhof weitere sieben Generationen unserer Vorfahren. Aber da hast du wohl keine Beziehung dazu.«

»Vielleicht später einmal«, sagt Uwe, aber ich glaube ihm nicht.

26

»Kannst du mir sagen, was der Sinn des Lebens ist?«, hast du mich in deinen letzten Monaten oft gefragt.

Ich konnte dir keine Antwort darauf geben. Hätte ich Heideggers Überlegungen zu dem Sinn von Sein zitieren sollen oder von Wittgenstein reden, der meinte, die Lösung des Problems des Lebens merke man am Verschwinden des Problems?

Wenn du es nicht weißt, nach acht Lebensjahrzehnten, dachte ich. Das Problem ist aus deinem Leben nicht geschwunden.

Diese Frage hast du auch Mutter gestellt.

»Der Sinn des Lebens ist das Leben selbst«, hat Mutter darauf geantwortet.

Eine gute Antwort, dachte ich, aber du warst damit nicht zufrieden.

Die Sehnervenatrophie hat dich fast wahnsinnig vor Angst gemacht, vor der Angst, zu erblinden.

»Ich kann kaum noch etwas lesen, ich kann nichts mehr schreiben«, hast du bitter gesagt. »Wenn ich ein Buch lesen will, brauche ich die Lupe; ich sehe immer nur einen Teil der Zeile und muss mir Wort für Wort zusammensetzen. Und Artikel kann ich gar keine mehr schreiben.«

An Tagen, da du unter Sauerstoffmangel zu leiden hattest, war es besonders schlimm.

Du warst unzufrieden und hast alle Mitbewohner schikaniert. Nach der Magenoperation durftest du nichts Kaltes mehr essen. Die Wurst hast du in den Tee getunkt, damit sie wärmer werde. Du hast auf die Uhr geschaut und gesagt: »Ich brauche jetzt wieder etwas zu essen.« Auf die Minute genau hast du die Zeiten eingehalten, um deine Altersdiabetes unter Kontrolle zu halten. Den Bedarf an Kohlehydraten hast du genau ausgerechnet.

Wer gerade da war, ließ seine Arbeit liegen, um dir umgehend dein Essen zu bereiten. Wenn man es dir hinstellte, warst du im

Sitzen wieder vor Schwäche eingeschlafen. »Dein Essen steht da«, wurde dir gesagt, »iss es auf, bevor es kalt wird.«

Du hast kurz aufgeschaut; mit trüben, glasigen Augen, um die Iris blaurot angelaufen; und bist im Sessel wieder eingeschlafen. Damals hat man sich daran erinnert, dass du wie Himmler und Hitler Vegetarier warst, als du Mutter kennen lerntest. Du hast kaum etwas anderes als frisches Gemüse gegessen und Mutters Großmutter, meine Urgroßmutter, die starb, als ich zwei Jahre alt war, habe damals über deine Essgewohnheiten gesagt: »Bindet ihn doch einfach zu der Ziege auf der Wiese an, da kann er Gras essen.« Der Satz wurde jetzt wieder zitiert, wenn man sich über den Stress ärgerte, den du machtest.

Dann wurdest du wieder wach und hast gerufen, dass dein Essen kalt geworden sei.

Man hat es dir wieder gewärmt.

»Der Tee ist zu heiß und die Wurst zu kalt«, hast du dann gesagt, nachdem du beides ausgiebig befühlt hast.

Man hat es dir wieder richtig temperiert, und darüber bist du eingeschlafen.

Mit der Wetterlage änderte sich auch dein Befinden.

Du hast Luft bekommen, brauchtest nicht mehr den ganzen Tag in deiner typischen Haltung zu schlafen: Sitzend, den Kopf auf den Arm gelehnt, weil die nur noch zu einem Bruchteil funktionsfähigen Lungen so am besten Sauerstoff bekommen konnten. Du hast dir ein Taxi bestellt und vor der Tür darauf gewartet; auch bei schönem Wetter mit einem stabilen Regenschirm in der Hand, auf den du dich stütztest.

Du warst zu stolz, einen Stock zu benutzen. Das sei unsoldatisch, sagtest du.

Über deinem Schreibtisch hingen in einem Rahmen zwei Bilder von dir, unter die du in Fraktur geschrieben hast: »Soldaten sind immer Soldaten, die kennt man am Schritt und am Tritt.«

Vom Taxi hast du dich ins Café fahren lassen. Auf einer solchen Fahrt hat der Taxifahrer einen Unfall verursacht. Du bist mit dem Gesicht in die Scheibe gefallen und hast dich ziemlich verletzt. Die Aufregung und der Schock hatten deine Krankheit wieder verschlimmert. Du hast es abgelehnt, im Prozess als Nebenkläger aufzutreten und Schadenersatz von der Versicherung des Taxifahrers zu fordern. »Das tut man nicht«, hast du gesagt, »der Taxifahrer hat es ja nicht mit Absicht getan.«

Ebenso hast du seinerzeit keine Anzeige erstattet, als ein betrunkener Fußballanhänger auf der Rückfahrt von einem Fußballspiel aus dem dir entgegenkommenden Omnibus eine leer getrunkene Bierflasche warf. Die Flasche traf dich durch die Windschutzscheibe ins Gesicht. Deine Augen waren verletzt, du hast, wie in den letzten Kriegstagen, dein Auto an den Straßenrand gelenkt und dich wieder einmal zum ersten Haus des nächsten Dorfes getastet und um Hilfe gebeten. Damals war ich in Meisenheim im Internat. Der Unfall passierte auf der Rückfahrt von deinem Besuch bei mir. Noch hattest du dort kein Zimmer. Als ich durch einen Brief meiner Tante davon erfuhr, las ich zunächst »Brieftasche« statt »Bierflasche«, kam weinend bei meiner Klavierlehrerin an. Die verstand nicht, dass eine Brieftasche solche Verletzungen hervorrufen könne. Ich aber hatte Angst, du würdest erblinden oder sterben und hatte zugleich Schuldgefühle, weil es auf dem Rückweg von mir passierte. Dennoch genoss ich es durch meine Tränen hindurch, dadurch selbst einen kleinen tragisch wirkenden Auftritt zu haben. Ich musste mich an diesem Tag nicht mehr mit dem Klavierspiel abquälen und war glücklich über zwei geschenkte Nachmittagsstunden.

Allerdings musstest du jahrelang behandelt werden, die Tränenkanäle wurden immer wieder durchstoßen, deine Augen tränten ständig.

Der Schuldige hatte von den Folgen seines Übermutes nichts bemerkt. Nachdem die Polizei den Täter ermittelt hatte, bat sie dich, Anzeige zu erstatten. Du hast es abgelehnt. Der Mann kam, um sich bei dir zu entschuldigen. Er hatte sich dazu einen Tag unbezahlten Urlaub genommen. »Das tut man nicht«, hast du gesagt, als man auf Anzeige drängte. »Der Mann ist Arbeiter, hat eine große Familie zu ernähren und hat es nicht mit Absicht getan.« Wahrscheinlich sah er »artnordisch« aus, vermute ich.

Dagegen hast du viele sinnlose Prozesse geführt gegen Leute, über die du dich geärgert hast, von denen du glaubtest, dass sie dir mit Absicht Böses wollten.

Du hast dich vom Taxi auch in den Wald fahren lassen. Der vermehrte Sauerstoff würde dich besser durchatmen lassen, hast du gesagt. Der Taxifahrer wartete am Wegrand, während du auf und ab gelaufen bist.

»Soldaten sind immer Soldaten, die kennt man am Schritt und am Tritt.«

Mit knapp einundsechzig Jahren hast du dich von deinem Kollegen gründlich untersuchen lassen. Es war nach deinem Zusammenbruch, als du einen Arzt mit gut gehender Praxis vertreten solltest, von dem Praxisstress aber völlig überfordert warst.

Dein Kollege attestierte dir »einen wesentlich vorgealterten und kranken Eindruck«, du seiest keinesfalls mehr arbeitsfähig. Schon damals hast du nachts teilweise im Sitzen ruhen müssen, um als Asthmatiker mit Lungenemphysem noch Luft zu bekommen. Später bist du dann erst gegen Mitternacht ins Bett gegangen, aus Furcht vor den quälenden atemlosen Nächten. Einen vorgealterten und kranken Eindruck. Mit einundsechzig!

Wenn ich in dem Alter sein werde und mich vielleicht manches Mal wundere, dass ich im Spiegel einige »deiner« Gesichtszüge erblicke, wenn ich selbst in dem Alter sein werde, in dem ich dich am intensivsten in Erinnerung habe, dann werde ich ein ausgefülltes und interessantes Leben haben, werde lieben und geliebt werden, werde einen Beruf haben, der nur scheinbar dem Höhepunkt deiner missglückten Karriere ähnlich ist. Ich werde sportlich sein und Tennis und Golf spielen. Aber ich werde dann ja auch Glück gehabt haben, werde sechzig Jahre in Frieden gelebt haben und nicht, auf dem Höhepunkt meiner Jugend und auf dem Höhepunkt meines Erwachsenenlebens, von feindlichen Kugeln durchsiebt worden sein. Kopfschuss. Bruststeckschuss.

27

Nach dem Sinn des Lebens hast du mich gefragt. Als Sechsjähriger hätte ich dir geantwortet: Eine Armbanduhr mit dehnbarem Metallarmband zu besitzen und ein Paar Skischuhe.

Damals lag ich abends wach im Bett und malte mir aus, wie es wäre, wenn ich den Jungen des Dorfes, der diese unerreichbaren Schätze offen zur Schau trug und sie für nichts Besonderes hielt, mit einem Messer erstechen würde. Wie ich ihm die Schuhe auszöge und mir die Uhr überstreifte.

Als Zwölfjähriger hätte ich dir geantwortet: Hosen ohne Flicken vorweisen zu können und Schuhe ohne Löcher. Im Internat durfte ich am ersten noch kalten Sonnentag des Frühjahres als einziger kurze Hosen tragen. In meinem Schrank fand der Erzieher kein unversehrtes Paar langer Hosen, obwohl er sich mit Mühe durch den Wust kämpfte, den er vorfand: Niemand hatte mir beigebracht, wie man einen Schrank ordnet.

Als Fünfzehnjähriger hätte ich dir geantwortet: Einen Vater zu haben, der Geld genug besitzt, um Lebensmittel zu kaufen. »Jetzt gehören wir zu den reichen Leuten«, hast du gesagt, als du den alten, verrosteten Volkswagen gegen einen neuen eingetauscht hast. »Jetzt müssen wir sparen«, hast du gesagt, »das Auto war sehr teuer.«

Du hast den täglichen gemeinsamen Gang ins Café gestrichen. Reihum haben wir stattdessen die Familien deiner Bekannten, wahrscheinlich waren es alte Kampfgefährten, zum Nachmittagskaffee aufgesucht. Ihre Frauen machten Kaffee, setzten Brötchen oder Gebäck vor und versuchten mühsam, eine Konversation in Gang zu bringen.

Du hast dich bemüht, aber nach einigen Sätzen wusstest du nichts mehr, und alle verfielen in Schweigen. Wir saßen genau zwei Stunden da, bis du auf deine Uhr schautest und dich verabschiedetest, bis zur nächsten Woche.

Ich erinnere mich noch an den Nachmittag, an dem wieder eine dieser Familien Gastgeber sein musste. Du klingeltest, und wir gingen die Treppe hinauf. Auf dem oberen Treppenabsatz stand die Dame des Hauses mit einem Putzlappen und einem Eimer Wasser. Sie beugte sich über die blitzsaubere Treppe und suchte nach etwas Staub.

»Heute geht's leider nicht, Herr Doktor«, sagte sie, »wir haben Hausputz. Vielleicht ein anderes Mal wieder, und vielleicht rufen Sie dann vorher erst noch einmal an.« Du hast genickt, »also dann auf Wiedersehen« gesagt und bist gegangen. Ich schlich hinter dir her. »Die wollen uns wohl nicht mehr«, hast du vor der Tür gemurmelt, »denen war das wohl zuviel.« Und dabei hast du mich angesehen und die Augenbrauen hochgezogen und deine typische Miene aufgesetzt, halb ironisch, halb beschämt.

Als Siebzehnjähriger hätte ich dir geantwortet: Ein eigenes Zimmer zu besitzen, Bücher, ein paar Kleidungsstücke zum Wechseln. Vielleicht hättest du mir Geld dafür gegeben, wenn ich es verlangt hätte. Aber ich dachte, dann würdest du wieder hungern, und so ließ ich es. Damals fing ich an, für die Lokalzeitung zu schreiben. Jeden Abend saß ich im Vortragssaal der Volkshochschule und machte mir Notizen: über die Schönheit der griechischen Inseln, über Deutschlands Stellung in der Politik, über Romantik und Realität beim Zirkus. Von dem Geld für die Artikel kaufte ich mir Bücher, Jeans und Pullover.

Vielleicht hätte ich zurückfragen sollen: Nach dem Sinn des Lebens für die kleine Anne Frank zum Beispiel. Nach dem Sinn des Lebens für die Eltern, Geschwister, Verwandten meiner Londoner Freunde, mit deren Töchtern jetzt dein Enkelkind so unbefangen korrespondiert über die Beatles, über Mode, über Reisen. Nach dem Sinn des Lebens für Ludwig Moses aus Kusel, dem du beim Entnazifizierungsverhör entwischt bist. Du hast dir einen Zeitungsausschnitt aufgehoben: Ludwig Moses ist bald danach an den im Konzentrationslager zugezogenen Leiden gestorben. Er war der einzige Überlebende seiner Familie.

Den Sinn des Lebens hast du als junger Mann schon in den Islandsagas gesucht, hast 1934 in Minister Darrés Auftrag einen Regierungsbesuch in Island gemacht, wo du unter anderem zur Weiterzucht in Deutschland tausend Islandponys einzukaufen hattest. Als alter Mann hast du mit Bleistift Lebensweisheiten der Edda hervorgehoben.

»Mit seinem Verstand soll man stolz nicht prahlen«, steht in Hávamál unterstrichen, dem alten Sittengedicht. Immer wieder hast du davon erzählt, dass du als Reichsamtsleiter in Zivil einen deiner Freunde zu dessen Bekannten gefahren hast, in deinem schicken neuen Cabriolet. Beim Aussteigen habe dein Freund augenzwinkernd zu den Gastgebern gesagt: Das ist mein Fahrer. Diese verstanden es aber falsch und baten dich, in der Gesindeküche auf deinen Freund zu warten. Als man sich zu Tisch setzte, vermisste man dich; die hochroten Köpfe, die Peinlichkeit, die tausendfachen Entschuldigungen ergötzten dich in der Erinnerung noch dreißig Jahre später.

»Wertere Last trägt auf dem Weg man nie als starken Verstand; schlimmeren Vorrat nimmt auf die Fahrt man nie als Altrunks Übermaß«, heißt es dort weiter. Du hast nie Alkohol getrunken, »denn zutage tritt, wenn er Trank erhält, auf einmal seine Art«.

Ebenfalls von deiner Hand unterstrichen: »Der Gefräßige, wenn er Vorsicht nicht kennt, isst sich Übelkeit an.« In deinen Befunden, die du dir nach Krankenhausaufenthalten hast zukommen lassen, ist meist von auffallender Unterernährung die Rede. Nach dem Durchbruch eines Magengeschwürs, den du nur knapp überlebt hast, hattest du nur noch ein Magenviertel. Es war dir recht, denn jetzt hattest du Grund, noch weniger zu essen.

»Geschieht dir Schaden, sprich es als Schaden an, gib nicht Frieden dem Feind!« Einen dicken Packen hast du im Lauf vieler Jahre zusammengetragen: Zeitungsausschnitte, in denen von Betrug die Rede ist, von Bankrotten, von Schwindelfirmen. Die

Namen der Genannten hast du rot unterstrichen: Du bist davon ausgegangen, dass es Juden waren. Und auffallend sind die Ausrufezeichen und balkendicken Unterstreichungen, wenn von Diamanten die Rede ist, von Amsterdam...

»Kosten sah ich den Kopf einem Manne falsches Frauenwort, tückische Zunge hat ihm den Tod gebracht und unwahre Anschuldigung.« Braune Augen lügen, hast du einmal zu mir gesagt. Blonde, blauäugige Mädchen hast du immer verehrt. Du wolltest ihnen stets imponieren.

Als Junge hast du dir nach der Anleitung aus deinem Physikbuch einen Elektrisierapparat gebaut, der leichte Schläge austeilt, wenn man die beiden Metallgriffe in die Hände nimmt. Du hast dich gefreut, wenn du ein Mädchen des Dorfes dazu bringen konntest, die beiden Griffe in die Hand zu nehmen. Deine Mutter habe dich schwer ausgeschimpft, als sie das Schreien eines Mädchens in deinem Zimmer hörte. Mit einem solchen Apparat aus deinem Instrumentenschrank haben wir als Kinder noch gespielt.

Als du der erfolgreiche Offizier aus Berlin warst, Himmlers Leibarzt in den Dorfgerüchten, hast du die Einöller Schönheiten zu einer Abendspazierfahrt in deinem neuen Wagen eingeladen. Du hast dich von deiner besten Seite gezeigt, geredet, gescherzt; damals gab es noch keine Halogenscheinwerfer und außerhalb des Dorfes keine Straßenbeleuchtung. Du hast die Kurve übersehen und bist geradeaus weitergefahren. Der Wagen ist direkt vor dem Bachbett zum Stehen gekommen und hat sich langsam auf die Seite gelegt. Die Mädchen mussten ihn durch die Seitenfenster verlassen, und das Kuhgespann eines Bauern zog das Auto wieder auf die Straße.

Es könnte eine Metapher für dein Verhältnis zu Frauen sein. Eine germanische Schönheit hast du angebetet und dann, wenn du merktest, dass auch eine Walküre Fehler und Schwächen hat wie jeder Mensch, nach deinen rassekundlichen Leitsätzen verurteilt. Dann hast du plötzlich nichtnordische Rassemerkmale an ihr entdeckt: Die dinarische Stirn, das negroide Becken, die starke Beugung der Kniegelenkknorren wie beim Alt-Neandertaler.

28

Vater und die Frauen, zweifellos ein interessantes Kapitel seines Lebens, von dem wir Kinder nur wenig erfuhren, war er doch schon fast fünfzig Jahre alt, als wir beide im Abstand von rund vier Jahren zur Welt kamen.

Die erste Frau seines Lebens war natürlich seine Mutter. Ihr Leid muss ihn tief geprägt haben, ließ er sich doch noch stolz von ihr zum Bahnhof geleiten, als er mit achtzehn Jahren in den Krieg zog. In seinen Aufzeichnungen charakterisiert er sie einmal so: Meine Mutter, wie mein Vater eine reine, schlanke, schmalhochlangschädelige, blonde, lichtblauäugige Germanennatur, ist das Vorbild einer guten germanischen Gattin und Mutter. Sehr begabt, kerngesund und tüchtig, unermüdlich in Haus, Küche und auf dem Felde, peinlich in Ordnung und Reinlichkeit, gottergeben in Freude und Leid, standhaft in Schmerzen und Unglück, hilfsbereit und opferfreudig. An Selbstverleugnung und Hingebung tat sie das Äußerste in der Erziehung ihrer Kinder, und deren gute Eigenschaften, das höchste Erbe aus ihrem Erbe, nämlich ihr germanisches Blut, halfen den Erfolg zu krönen.

Wie oft und innig hat sie um Segen für das Wohl und Gedeihen ihrer Kinder gebeten. Leider musste sie zweien von ihnen ins Grab sehen. Wie schnitt es mir ins Herz, wenn ich sie an den Gräbern ihrer Eltern, Geschwister und Kinder weinen sah. Nichts unterließ sie, wo sie etwas tun konnte, die Ruhestätten ihrer teuren Toten zu erhalten und zu schmücken.

Das Unglück nahm sie als Schickung hin und trug es willig, aber nur so weit es ihre Kräfte nicht verhindern konnten. Der Verkehr mit ihrer Mutter war der denkbar innigste. Und nach der Gerechtigkeit des Schicksals hat sie für ihre Zukunft nur das denkbar Beste zu erwarten, von diesem und von ihren Kindern. Ihre Standhaftigkeit, ihre Tapferkeit und ihre Schaffenskraft in dem großen Unglück, das über uns hereinbrach, flößten mir für alle Zeiten höchste Bewunderung für sie ein und nur diesen ihren Anstrengungen ist es zu verdanken, dass noch erhalten blieb, was ihr überhaupt zu retten möglich war.

Mit welcher Liebe und Treue erhielt sie sich und ihren Kindern das Bild des fernen Gatten und Vaters rein und erhaben, das niederrassige neidische und schadenfrohe Menschen zu beschmutzen versuchten. Die Folgezeit hat es allen Widersachern zum Hohn und zur Strafe von allen Verleumdungen und Lügen bei den Mitmenschen gereinigt, in unserem Herzen war es unangetastet geblieben. Und welch einen Schlag bedeutete für sie sein unerwarteter früher Tod. Dass ihn Gott von seinen Leiden erlösen und vor dem späteren Kriege bewahren wollte, sah sie dann als Fügung an.

Ebenso verstand sie den Tod ihrer Mutter als Fügung, der so das bald darauf hereinbrechende Familienunglück erspart blieb. Und wem ich das Beste wünschen mag, dem wünsche ich Gemüt und Karakter, also das germanische Blut meiner Eltern.

Die Geschwister haben sich daran gehalten und ihre Mutter zu sich genommen, sich fürsorglich um sie gekümmert bis zu ihrem Tod im Jahre 1944, mit sechsundsiebzig Jahren. Es gibt ein Bild von ihr auf dem Krankenlager im Kreis ihrer fünf Kinder.

Ein wichtiges Frauenbild vermittelte ihm sicher auch seine Großmutter. Er war acht Jahre alt, als sie starb, und er hatte dieses Ereignis noch sehr anschaulich im Gedächtnis.

Ich saß am Abend neben der Treppe und zeichnete mit einem Stein auf den Steinplatten, schreibt er, als meine Mutter aus der Türe kam, den Schweinen das Futter zu tragen, und zu mir sagte: »Ich glaube, die Mutter stirbt heute Nacht.« Das ergriff mich sehr. Ich ging in ihr Zimmer. Sie war ja schon lange Zeit durch Altersschwäche ans Bett gebunden. Am Abend versammelten sich ihre Verwandten in dem Raum. Meine Großmutter las in ihrem Gebetbuch, und gegen Mitternacht entschlief sie in den Armen meiner Schwester. Über ihrem Bett prangte der Spruch »Ohne Kreuz keine Krone«, an dem sie sich die langen Jahre ihrer schweren Prüfungen, die sie zu erfahren hatte, immer wieder aufrichtete. Jeden Abend saß meine Mutter weinend vor unserem Bett und bat »Wenn doch nur die Mutter wieder käme«, und ich wartete Tag für Tag und Stunde für Stunde darauf, dass sie wieder zur Tür hereinkäme. Wo ich jemand in Leid oder Unglück traf und ihm nichts Gutes erweisen konnte, da betete ich für ihn, auch später noch besonders für jedes nordische Kind und andere Norden. Ich suchte ihnen nach Möglichkeit irgendeine Freude zu bereiten, und wenn es auch nur ein Wort oder ein Blick war, und mit Grauen und Wehmut und Kampfbereitschaft dachte ich bei jedem nordischen Kind an das Elend der Norden und etwaige spätere niederrassige Verführung oder Verheiratung.

Dieses ambivalente Bild, nur »nordischen« Menschen Gutes zu erweisen, bestimmte auch Vaters Frauenbild. Deshalb wohl hob er auch von der dritten wichtigen Frau seines Lebens, seiner Lehrerin, eine Fotografie auf. Als unverheiratete junge Frau war sie »Kostgängerin« in seinem Elternhaus, wohl noch ein Relikt aus der Zeit, als der Volksschullehrer einen Teil seines Einkommens in Naturalien erhielt und bei den Bauern mitessen durfte. Vater notierte über sie, die bald nach seiner Einschulung mit sieben Jahren in die Stadt versetzt wurde und über seine eigenen Bildungserlebnisse: Vor meiner Lehrerin, die bei uns im Haus in Kost ging, musste ich jeden Abend, wenn die Abendglocken läuteten, niederknien und meine beiden Abendgebete sprechen: »Jesu, geh' voran Auf der Lebensbahn, Und wir wollen nicht verweilen, Dir getreulich nachzueilen, Führ uns an der Hand Bis ins Vaterland!« und »Breit' aus die Flügel beide, O Jesu meine Freude, Und nimm dein Küchlein ein; Will Satan mich verschlingen, So lass die Englein singen: Dies Kind soll unverletzet sein!«

Auch bei meiner Mutter, die wir nur »Mama« nannten, während wir Vater nur »Papa« nannten, und bei meiner Großmutter, die wir nur »Mutter« nannten, musste ich beten. Das erste Gebet lernte ich von meiner Mutter, jenen altgermanischen Spruch von der Urquelle auf dem Idafeld: »Gottes Brünnlein hat Wasser die Fülle. Amen.« Und von meiner Großmutter dann: »Abends wenn ich schlafen gehe, vierzehn Englein mit mir gehen, zwei zu meinem Kopfe, zwei zu meinen Füßen, zwei zu meiner linken Hand, zwei zu meiner rechten, zwei die mich decken, zwei die mich wecken, zwei die mich weisen In das himmlisch Paradeisen.«

Zwei kleine Gedichte nahm ich mir besonders zu Herzen: »Sonst war ich klein, Jetzt bin ich groß, Lern' lesen, rechnen, schreiben, Sitz' nicht mehr auf der Mutter Schoß, die Zeit mir zu vertreiben; Will aber auch recht fleißig sein, Wie werden sich die Eltern freu'n, Wenn mich die Lehrer loben.« Und: »Wie der kleine Jesusknabe, Will ich fromm auf Erden sein, Dass Gott seine Freude habe, Will ich ihm mein Leben weih'n; Wie an Alter, so an Jugend Will ich wachsen immerfort, Dann erfreuet meine Jugend Gott und Menschen hier und dort.« Außer meinen Lese-, Rechen- und Religionsbüchern der Volksschule waren mir die Bibel, das Kirchengesangbuch und ein Gebetbuch von meiner Großmutter die einzigen Bücher für viele Jahre. Und wo ich sonst irgendein Buch mit Gedichten oder Naturbeschreibungen geliehen erhalten konnte, lernte ich den Inhalt auswendig oder schrieb und zeichnete mir ihn ab. Und was mir die Bücher nicht sagten, das verstand ich in der Natur selbst zu lesen und zu lauschen.

Doch wesentliche Erkenntnisse über das andere Geschlecht konnte ihm die Natur weder zu lesen noch zu lauschen geben. So verfestigten sich seine Vorstellungen immer mehr: Ausschließlich nordische Frauen durften begehrt werden. Zur »Germanenzeugung«! Bis dahin aber war noch ein weiter Weg zurück zu legen. So blieb es zunächst bei der Verehrung. Bilder von mehreren deiner Cousinen hast du aufgehoben, alle etwa in deinem Alter. Nur eine fällt auf, ebenfalls eine Cousine, Lisa, aus Kimberley in Südafrika. Auf dem Bild steht »Zur Erinnerung an meine Deutschlandreise 1922«. Damals warst du dreiundzwanzig, deine Cousine sieht jünger aus, keck, selbstbewusst, vielleicht sechzehn, siebzehn Jahre alt? Ich schlage in der Familiengeschichte nach und staune: Sie ist damals erst neun.

29

In deinen Schulklassen im Gymnasium und im Sankt-Anna-Kollegium warst du der mit Abstand Jüngste; beides Jungengymnasien. Mit achtzehn kamst du direkt zum Militär: Alles Männer, alle wesentlich älter als du. Dann in Gefangenschaft: ein Männerlager. In deiner Freundesliste von 1923 mit den Notizen, wann du wen kennen gelernt hast, tauchen erst im Oktober 1920 Frauennamen auf, meist mit Anschrift und Geburtsdatum. Du warst also einundzwanzig, durftest zum ersten Mal wieder in die Heimat reisen, warst der schwer verwundete Held, der aus französischer Kriegsgefangenschaft fliehen konnte, hattest Verwundetenabzeichen und Eisernes Kreuz. Die Mädchen, die dich sicherlich anhimmelten, waren um einiges jünger, alle aus der Gegend um Lauterecken und Meisenheim: Emilie war fünfzehn, Anna Luise, Ottilie und Berta waren vierzehn, Else und Hilde sogar erst dreizehn Jahre alt. Ich bin sicher, dass es beim Anhimmeln blieb, dafür waren die Zeiten zu repressiv, die Angst vor Schwangerschaft zu groß. Deine Hasstiraden auf die Feinde, die tausende deutscher Mädchen schändeten, waren zu erregt, zu emotional. Die Frau als Frau, und es kam ja nur eine »reine, schlanke, schmalhochlangschädelige, blonde, lichtblauäugige Germanennatur« in Frage, stand für dich noch in verehrungsvoller Ferne.

Blieben sie in verehrungsvoller Ferne? Eher ja. Während des Medizinstudiums hast du zwei Semesterprogramme in einem Halbjahr absolviert, das Studium aus finanziellen Gründen in Rekordzeit beendet. Da blieb ja wohl keine Zeit für Frauen. Dann wurdest du Schiffsarzt, bei der Handelsmarine, hast die Welt kennen gelernt. Auf einem Schiff mit ausschließlich männlicher Besatzung. Aber da gab es ja die Häfen, könnte jetzt jemand einwerfen. Die Häfen? Mit schmalhochlangschädeligen lichtblauäugigen… Oje, aber ich nehme an, dass du den Verführungskünsten der dunklen Augen, von denen du schriebst und vor denen du mich als Junge warntest (»braune Augen lügen«), heftig widerstanden hast und in der »germanischen« Frau das reine, hehre Wesen sahst. Sagen wir es doch wesentlich einfacher: Du warst unglaublich verklemmt, ein Eigenbrötler, der vor dreizehnjährigen Mädchen gut angeben konnte, das war ungefährlich.

Kenne ich deine erste Liebe? Die Frau, mit der du als alter Herr nach Teneriffa geflogen bist, hattest du als junger Mann kennengelernt. Auf einer großen Veranstaltung hast du sie Jahrzehnte später wieder getroffen. Inzwischen war sie verwitwet, sechzig Jahre alt, immer noch attraktiv, lebenslustig, mit noch strahlend blauen Augen. Sie hat sich wohl von dieser Flugreise mehr erhofft. Vielleicht das: Eine frühe Beziehung zu ihrem glücklichen Ende zu führen? Du sollst jemandem erzählt haben, dass sie die erste Frau in deinem Leben war. Die Initiative sei von ihr ausgegangen. Ich weiß, dass du damals siebenundzwanzig Jahre alt warst.

Vielleicht tröstet dich das: Wenn man Kurt R. Eisslers stringenter Beweisführung folgt, dann hatte es Goethe, der von den Frauen umschwärmte, angeblich schon früh so lebenserfahrene Autor des Werther, noch schwerer. Eissler legt in zwei dicken Bänden überzeugend dar, dass die Römerin »Faustina« die erste sexuelle Beziehung in Goethes Leben war.

Dann finde ich eines Tages in deinen hinterlassenen Papieren in einem Umschlag Bilder aus Teneriffa, »sie« auf dem Vulkan Teide, »sie« im Bikini im Meer, als Sechzigjährige mit immer noch guter Figur. Dazwischen liegen auch etliche Fotos von damals, als du sie kennenlerntest. Sie sind mit »1924« datiert. Fünfzig Jahre lang hast du sie aufgehoben. Du in Breeches mit Reitstiefeln, sie im Kleidchen mit nackten Beinen auf einem Pferd, das du am Zügel hältst. Mit deinen fünfundzwanzig Jahren siehst du wie ein kleiner Junge aus. Du hast ihr in diesem Jahr das Schießen beigebracht und das Handgranatenwerfen.

Sie strahlt so unternehmungslustig wie einst deine Cousine Lisa aus Südafrika.

Die für die Liebe verlorene Zeit musst du dann ziemlich rasch aufgeholt haben. Meine Schwester, die Kontakte zur näheren und entfernteren Verwandtschaft pflegt, bekam mehr als einmal den Satz zu hören: »Ich könnte deine Mutter sein, dein Vater und ich waren einmal verlobt.« Du warst ja eine gute Partie. Und gut ausgesehen hast du auch.

Im Bundesarchiv, dem Berlin Document Center, befindet sich zum Beispiel ein Schreiben eines Fräulein Helene H. vom September 1936 an das Rasse- und Siedlungshauptamt der SS in Berlin. Sie bat um Übersendung der Unterlagen für ein Verlobungsgesuch. Bei dem Verlobten handele es sich um den SS-Arzt Dr. Herman Gauch. Es stellte sich heraus, dass sie, um als erbgesund eingestuft zu werden, bei der Untersuchung durch einen SS-Arzt verschwiegen habe, dass es in ihrer Familie Geisteskrankheiten und Tuberkulose gegeben habe. Mehrfach noch hat Helene H. nach Berlin geschrieben, mehrfach noch bat sie »im Auftrage von SS-Untersturmführer Dr. H. Gauch« um neue Unterlagen. Im April 1937 wurde ihr schließlich mit dem Bemerken abgesagt, dass besagter Herr bereits seit anderthalb Jahren nicht mehr der SS angehöre, sondern Arbeitsgauarzt sei. Im Übrigen habe er angegeben, die Verlobung aufgelöst zu haben.

Es gibt Bilder von deinen Besuchen bei Verwandten, die ich aus Nachlässen zugeschickt bekommen habe. Dort stehst du vor dem Bauernhof, mit Selbstauslöser fotografiert, neben dir die Hofbesitzer, zweifellos Verwandte, und an deiner Seite ein junges Mädchen mit Zöpfen, die Tochter dieser Verwandten.

Es war bekannt, dass du auf der Suche nach einer jungen germanischen Frau warst. Diese Verlobungen und Verlobungsauflösungen können ja in der Gerüchteküche der Pfalz nicht unbeachtet geblieben sein.

Jemand muss dies ausgenutzt haben. Eines Tages, es war in der Zeit des Zweiten Weltkrieges, wurdest du von einem befreundeten Richter ins Vertrauen gezogen: Du hättest eine Vaterschaftsklage zu erwarten. Der Vater eines Mädchens, das du kanntest, wollte sie gegen dich anstrengen. Das Mädchen hatte sich einige Zeit davor offenbar sehr um dich bemüht, dich gebeten, sie im Auto mitzunehmen, war zutraulich geworden. Dann hatte sie eines Tages ein gesundes, normal ausgetragenes Kind zur Welt gebracht, dessen Vater du sein solltest. Die Zeit aber, in der sie deine Bekanntschaft suchte, konntest du belegen: Damals war sie bereits im dritten oder vierten Monat schwanger. Daraufhin zog der Vater des Mädchens, besser: der jungen ledigen Mutter, die Klage zurück, vor allem, da es wohl Hinweise auf einen Inzest gab und du ein williges Opfer hättest werden sollen. Auch das wurde dir vom Richter vertraulich zugetragen.

Vater und die Frauen: Immer wieder gab es die gleichen Situationen, du warst ja in meiner Jugendzeit wieder alleinstehend. Es gab Anrufe, Treffen, Hoffnungen auf weiblicher Seite, die du wohl nicht abgewehrt hast. Man versuchte sogar manches Mal, sich bei mir ins rechte Licht zu rücken. Und einmal eine für mich brenzlige Situation. Deine Schwester, endgültig aus Afrika zurückgekehrt, führte dir damals den Haushalt. Ich durfte deine Post vom Postamt holen und du sagtest nichts, wenn ich die Drucksachen, vor allem die Päckchen der Arzneimittelfirmen mit den Spielsachen, Brieföffnern, all den Werbegeschenken öffnete. Deine Privatpost ließ ich unberührt. So sammelte ich den »Struwwelpeter« auf Latein. Die Anfangsverse weiß ich heute noch: »Ecce fu statutum, petrulum hirrutum«. Jedes Jahr wartete ich sehnlichst auf den Temmler-Kalender, den Abreißkalender mit all den Ärztewitzen, die teilweise recht schlüpfrig waren.

Dann öffnete ich, damals war ich vierzehn Jahre alt, versehentlich einen großen braunen Umschlag, der aussah wie alle anderen, die Werbeschreiben für Arzneimittel enthielten, und es fiel mir ein Packen Briefe in die Hände. Mit dem Begleitschreiben einer Frauenzeitschrift, das sich auf eine Heiratsannonce in der letzten Ausgabe bezog und mitteilte, die bisher eingegangenen Schreiben lägen bei. Die Umschläge trugen eine Chiffre. Manche Umschläge waren von der Redaktion geöffnet worden, da die Chiffre fehlte. Briefe mit Fotos. Die bereits offenen Briefe las ich mit pochendem Herzen. Ich erinnere mich noch an den einer »Fabrikantentochter«, deren Traum es immer schon gewesen sei, einen Landarzt zu heiraten und in ländlicher Idylle eine Familie zu gründen. Ich zeigte die Briefe meiner Tante, beide waren wir amüsiert und ein wenig empört. Sie wohl, weil sie ihm dann nicht mehr den Haushalt führen könnte, ich vermutlich, weil ich schließlich eine Mutter hatte und nicht verstand, dass er einen solchen Schritt vor mir geheim hielt.

Doch wie jetzt vorgehen? Der Umschlag war ja geöffnet. Ich wagte es nicht, Vater zu sagen, was passiert war, dass es sich um ein Missgeschick handelte. Das glaubt er mir nicht, dachte ich, sicher schimpft er mich aus.

Ich entschloss mich, den aufgerissenen Umschlag wieder zu restaurieren. Von einem anderen fast gleichfarbigen, gleich großen, der als Reklamesendung nicht zugeklebt war, schnitt ich die Lasche mit größerem Rand ab, schnitt den aufgerissenen Umschlag sorgfältig an der Knickstelle gerade und klebte die neue Lasche auf der Innenseite an, leckte dann die Gummierung zu. Du warst verreist, hast bei der späteren Durchsicht der Post nichts gemerkt.

Jetzt waren meine Tante und ich neugierig. Ich besorgte mir nach der Schule in der Stadt die entsprechende Nummer der Frauenzeitschrift, aufgeregt lasen wir die Anzeigen durch. Nur eine schien zu passen: »Landarzt, 50 Jahre, 1,75 m groß, sucht…« Wenn es seine Anzeige war, hatte Vater gemogelt: Er hatte damals schon die Mitte fünfzig überschritten. Nun wollten wir es wissen. Ein paar Tage später hielt ich ihm das Heft hin, in dem ich die Anzeige angestrichen hatte, und sagte: »Schau mal!«

Vater las die Anzeige, sagte nichts. Er schwieg lange. Dann kam nur: »Ich bin aber nicht fünfzig.« Kein weiteres Wort dazu. Wollten wir dir die Chance geben, mit uns darüber zu reden? Wir hatten dir doch auf die bei uns so übliche indirekte Art gesagt, dass wir alles wissen. Nein, es gab zu diesem Thema kein Wort mehr.

Mutter hatte sich von dir getrennt, als ich neun Jahre alt war. Wenige Monate erst vor deinem Tod hat sie sich darauf eingelassen, mit dir zusammen wieder eine Wohnung zu beziehen, für dich zu sorgen. Sie tat es wohl nur, weil man ihr zusicherte, dass sie mit dir nicht allein wäre. In der großen Villa meiner Schwester lebte auch meine Großmutter, die Mutter meiner Mutter, die ja fünf Jahre jünger war als du und quicklebendig. Und meine Schwester mit ihrer Familie. So hattest du deine Familie wieder um dich. Wie schwer du es deinen Angehörigen danach noch gemacht hast, erfuhr ich erst bei der Gelegenheit des fingierten Suizidversuches.

Ich hatte eine dunkelhaarige, braunäugige, mediterran aussehende Frau geheiratet. Damals war ich zweiundzwanzig Jahre alt, studierte Germanistik und Philosophie.

»Ab jetzt erhältst du von mir keine Unterstützung mehr«, hast du mir auf die Nachricht, wir würden heiraten, da ein Kind unterwegs sei, mitgeteilt.

»Da frag aber mal erst deinen Rechtsanwalt, du bist dazu verpflichtet«, antwortete ich patzig. Dann lag ein Zettel auf meinem Schreibtisch: Ich habe mit meinem Rechtsanwalt gesprochen. Du erhältst bis zu deinem Studienabschluss deine monatliche Unterstützung auf dein Konto überwiesen. Mit deiner neuen Familie möchte ich aber nichts zu tun haben.

Klar doch, eine »niederrassige« Frau, nicht zur »Germanenzeugung« geeignet, und deine Enkel würden »niederrassig« werden. Hast du nicht geschrieben, dass die Vermischung der »Niederrassigen« mit den »Artreinen-Hohen, die so leicht den verführerischen dunklen Augen erliegen, hier wie auch sonst in der ganzen Weltgeschichte der Grund der Kulturhemmung und des Kulturrückgangs sei« ... Du kamst weder zur Hochzeit, obwohl ich dich mehrmals eingeladen hatte, noch haben meine Töchter je etwas von dir geschenkt bekommen.

Auch dies gehört zum Thema Vater und die Frauen.

Neun Jahre lang waren wir eine Familie. Du hattest mit einer germanischen Frau, die zur »Germanenzeugung« geeignet war, einen germanischen Sohn gezeugt. Du hast ihm einen Spielplatz abseits aller Menschen gebaut, damit er in Einsamkeit, fern von den »Niederrassigen«, aufwachsen sollte. »Der Starke ist am mächtigsten allein«, war dein und Hitlers Wahlspruch. Du hast mich, diesen Sohn, in deinem Sinne erziehen wollen, aber ich erinnere mich nicht an eine einzige Zärtlichkeit, ein einziges In-den-Arm-Nehmen, ein einziges Gefühl der Wärme und Nähe. Ich erinnere mich an Monologe (»alle Sprachen haben die germanische Sprache als Ursprung, alle Schriften stammen von den Runen ab«), an Belehrungen (»musst du in solchen abgetragenen Bluejeans herumlaufen?«), an die Vermittlung von Vorurteilen (»braune Augen lügen«).

Vielleicht hattest du deinen Vorrat an Gefühlen ja schon verbraucht, denn die Wärme und Zärtlichkeit, die du einst dem kleinen Fritzchen entgegenbrachtest, habe ich nie kennengelernt. Während dein Pfarrer dich auf das Gymnasium vorbereitete, musstest du in seinem Haus Kindermädchen spielen. Du hast einmal notiert: Als ich dreizehn Jahre alt war, wurde der Pfarrersfamilie ein Sohn geboren, der kleine Fritz. Von da an war ich fast täglich als dessen Wärter beschäftigt, oft zehn Stunden am Tag. Daneben besorgte ich alle Gänge für ihre Haushaltung sowie das Hof- und Straßenreinigen. Diese Arbeit war mir immer sehr zuwider, weil das zu reinigende Gebiet sehr groß war und die dazu verwendeten Besen meistens sehr stumpf. Oft fiel es mir sehr schwer, so angebunden zu sein, wenn ich die Kinder im Freien spielen sah und nicht mittun konnte, und die paar übrigen Stunden, die ich dann noch hatte, gingen für Arbeiten in der eigenen Wohnung und für das Erledigen der Aufgaben drauf. Aber der Gedanke an die Zukunft reckte meinen Sinn immer wieder empor. Am kleinen Fritzchen lernte ich die ganze Entwicklung eines Kindes kennen. Nach anfänglicher Kränklichkeit, die es aber größten Teils nur in den Augen seiner Eltern gab, entwickelte es sich zu einem kräftigen, lebhaften Jungen. Seine klugen, fragenden Augen verrieten großen Wissensdrang und zeugten von tiefer Innigkeit. Er hing für immer mit großer Zärtlichkeit an mir und schrie laut, wenn ich mich von ihm trennen wollte oder heimlich entfernte, um nach Hause zu gehen.

Ob du so wie von Fritzchen auch von mir gesprochen hast? Ich bezweifele es. Eines Nachts rief jemand bei mir an, der erwachsene Sohn eines hohen Naziführers, der kurz zuvor verstorben war. Er habe in dem Nachlass seines Vaters Briefe meines Vaters gefunden, ob mich die interessierten. Da stünden ja manche schlimmen Dinge darin, über mich, meine Frau, meine Kinder. Er war enttäuscht, dass es mich nicht interessierte, enttäuscht, dass er mich nicht schockieren konnte. Was bezweckte er mitten in der Nacht mit diesem Anruf?

»Sie klingen, als ob Sie betrunken wären«, fragte er lauernd, dabei hatte ich nur bereits tief und fest geschlafen. Ich hängte auf. Umgekehrt fand ich Briefe dieses Naziführers im »Geistigen Besuchsbuch« meines Vaters.

Es gibt nicht viel Korrespondenz aus seinen allerletzten Jahren. Die hatte er teilweise vernichtet, andererseits die alten Kämpfer persönlich besucht, an Kameradschaftstreffen teilgenommen. Aus seinem Kalender riss er Notizen über diese Termine nach deren Erledigung sorgfältig heraus.

Nein, es interessierte mich wirklich nicht, was er Negatives berichtet hat. Ich kann es mir schon denken: Dass sein Sohn von Niederrassigen zu einem nichtnationalen Denken verführt wurde und nichtgermanische Kinder habe…

Dein Verhältnis zu den Frauen entsprach deinem Verhältnis zur Familie.

30

Besitz stirbt, Sippen sterben, du selbst stirbst wie sie; eins weiß ich, das ewig lebt: Des Toten Tatenruhm. Mit diesen Versen endet das alte Sittengedicht aus der Edda. Diese Verse hat Vater oft zitiert. Neben »Kürschners Deutschem Gelehrtenkalender« und dem »Who's Who In Germany« mit den Einträgen zu seiner Person waren Vaters Orden aufgebaut.

»Auch Offiziere der früheren Wehrmacht können auf Anforderung mit militärischen Ehren durch die Bundeswehr bestattet werden«, hat er mir einmal gesagt.

Nach dem Sinn des Lebens hat er mich gefragt. Ich habe ihm nicht geantwortet, sondern zurückgefragt, ob er vor dem Tod Angst hätte. Er hat verneint, aber seine Mahlzeiten auf die Minute pünktlich eingenommen, sich die Spritzen in den vorgeschriebenen Zeiten geben lassen und die Arzneien in der richtigen Dosierung eingenommen. Er hat seinen Diätplan auf die Kalorie genau eingehalten und alles getan, um sein Leben zu verlängern.

Es sei ein Wunder, dass er überhaupt noch lebe, meinte der Arzt, der ihn behandelte; den Winter würde er nicht überstehen. Vater hat noch mehrere Winter überstanden.

Auf der Rückfahrt von seiner Beerdigung sagte meine Tochter mit leichter Empörung in der Stimme: »Papi, ich muss dir mal was sagen, aber du darfst mir nicht böse sein.«

»Was denn, Susanne?«, fragte ich zurück.

»Ich finde«, sagte Susanne, »dass du für deinen Vater eigentlich gar nichts übrig hast; du warst der einzige, der nicht geweint hat.«

Ein Teil der Gäste, die Kinder von Vaters Brüdern, fährt noch mit in die Stadt, ins Haus meiner Schwester. Die weit auseinandergezogene Kolonne der Wagen, in Fabrikat und Abmessung eine Visitenkarte der beruflichen Stellung ihrer Fahrer, kommt an einer Unfallstelle ins Stocken.

Wie vorgestern, denke ich, als ich nach dem Anruf meiner Mutter unterwegs war.

Aber dieses Mal sehe ich nur Blechschaden, ärgerliche, doch unverletzte Gesichter. Wir parken vor der großen Gründerzeitvilla, die sich meine Schwester, mein Schwager vor Jahren kauften. Sie wohnen im Obergeschoss, meine Eltern im Erdgeschoss. Das Schlafzimmer meines Vaters hat eine Tür mit zwei verglasten Öffnungen in der Form romanischer Fenster.

»Es sind Synagogenfenster«, sagte Vater einmal. »Der Mann, der das Haus erbaut hat, war Jude. Und dies hier ist sein Sterbezimmer. Das ist meine Strafe, dass ich jetzt in diesem Zimmer meine letzten Tage verbringen muss.«

»Die Form der Fenster kann Zufall sein«, sagte ich, aber Vater bestand darauf. Er starb in diesem Zimmer.

Die Wohnung meiner Schwester ist geschmackvoll eingerichtet. Antike Möbel und Designerstücke; an den Wänden moderne Graphiken, Sammlungsstücke, alte Bücher und ein Teil von Vaters Sachen. Die Gesprächsrunde, die die Ereignisse der letzten Tage, des heutigen Tages mit keinem Wort streift, verlasse ich, um in Vaters Zimmer zu gehen.

Ich denke an Vaters erstaunliche Wandlung der letzten Jahre. Unablässig hat er gehungert und gespart, nie Schulden gemacht. Einen neuen Anzug kaufte er sich nur dann, wenn der alte nicht mehr zu flicken war, und dann möglichst noch als Sonderangebot oder aus zweiter Hand. So wie das während des Studiums erarbeitete Geld durch die Inflation gerade noch für den Kauf einer Fahrkarte reichte, verfielen seine Ersparnisse nach Ende des Zweiten Weltkrieges. Sie lagen gebündelt in einem Einmachglas im Arzneischrank mit der Aufschrift »Gift«. Er wollte davon einen Bauernhof kaufen, aber dann spielten nach der Währungsreform wir Kinder damit.

In den letzten Jahren ließ er sich die Haare, die sonst immer militärisch kurz geschnitten waren, bis in den Nacken wachsen.

Er ließ sich Maßanzüge machen und begann zu reisen. Zum ersten Mal besuchte er die Buchmesse, auf der zwei seiner Bücher bei rechtsextremen Verlagen vertreten waren: über die »Entstehung unserer Sprache und Schrift« und über die »Gestalten der Heldensage als geschichtliche Persönlichkeiten«. Er war aufgekratzt und überstand alle Strapazen ohne Asthmaanfall.

»Das hätte ich schon viel früher tun sollen«, sagte er zu mir, »direkten Kontakt mit den Leuten suchen. Ich habe mit meinen Verlegern immer nur korrespondiert, sie nie persönlich kennengelernt.«

Er machte Flugreisen nach Mallorca, auf die Kanarischen Inseln.

Die Langeweile hier mit ihrem Sich-selbst-nicht-leiden-Können ist vorbei, schrieb er aus Teneriffa. Heute haben die Ausflüge begonnen. Wir waren mit dem Omnibus auf dem 3700 Meter hohen Vulkan Teide. Die Auffahrt war sonnig, der Höhenunterschied hat mir gar nichts ausgemacht; es kamen dann, neben dem schon vorhandenen Schnee und Eis, Hagel und Nebel. Auf der Rückfahrt ging es eine Stunde lang durch den Wolkennebel, sodass ich doch noch etwas Asthma bekam. Wenn noch Plätze zu bekommen sind, wollen wir morgen eine Flugreise nach Marokko machen.

Vater erzählte, dass man dem Piloten der Maschine auf dem Weg nach Teneriffa davon berichtete, dass er ehemaliger Luftwaffenoffizier sei. Da sei er ins Cockpit gebeten worden. Auf der Insel habe er dann seine alte weiße Luftwaffenuniform getragen, ohne Abzeichen natürlich. Weiße Schuhe habe er sich gekauft, und alle hätten ihn sehr zuvorkommend behandelt.

So kannte ich Vater nicht. Ich muss an Brechts Erzählung von der unwürdigen Greisin denken, aber im Gegensatz zu ihr fehlte es Vater an Konsequenz. Der Euphorie folgten Rückschläge und persönliche Enttäuschungen.

Seiner alten Liebe, mit der er Ende Dezember dort hinflog, wollte er etwas zu Weihnachten schenken. Sie war kurz zuvor sechzig Jahre alt geworden, Vater war fünfundsiebzig. Er hatte für sie beim »Ordensrat« des »Reichsbekenntniskreuzes« das Ritterkreuz beantragt. Die Urkunde füllte er in seiner schönsten Frakturschrift selbst aus, ließ bei einem Hersteller von Ordenszubehör eine »Damenschleife« in schwarz-weiß-rot anfertigen und überreichte ihr strahlend beides zu Weihnachten und als nachträgliches Geburtstagsgeschenk.

In seinem Antrag beim Kanzler des Ordensrates hatte er über ihre nationalen Verdienste geschrieben, mit neun Jahren sei sie als Geisel von den Franzosen im Rhein-Ruhr-Widerstand in der Pfalz gefangen genommen worden, sei durch ein Toilettenfenster entkommen und habe 1924 von ihrem Vetter, dem Unterzeichneten, also von meinem Vater, das Schießen mit Pistole, Gewehr und das Werfen von Handgranaten gelernt.

Sie sei im Stab von Alfred Rosenberg gewesen, danach Referentin beim Reichsjugendführer, wo sie den BdM, den »Bund deutscher Mädel« gründete, also das Pendant zur Hitlerjugend, mit der Mitglieds-Nummer 4. Bei Führerbesprechungen sei sie die einzige Frau gewesen.

In der Abwehrschlacht um Berlin sei sie 1945 verschüttet worden, mit ihrem Säugling und ihrem Kleinkind beim gelungenen Versuch, über den Anhalter Bahnhof mit dem letzten Güterzug noch wegzukommen, unter Beschuss geraten. Bei ihrer Schwester in der amerikanischen Besatzungszone sei sie schließlich wegen ihres germanischen Aussehens mit der Begründung, sie müsse doch eine hohe Stellung bekleidet haben, interniert worden. Als ein deutsch-jüdischer politischer USA-Offizier, so beschrieb es Vater dem Ordensrat, sie von ihren Kindern trennen und das Kleinkind erschießen wollte, habe sie einen großen amerikanischen Offizier um Hilfe angerufen. Man habe sich geeinigt, sie werde frei gelassen, wenn zehn deutsche Soldaten für sie wieder in Gefangenschaft gingen. Daraufhin hätten sich fünfundzwanzig Landser freiwillig gemeldet.

Beim Versuch, ihre Schwiegermutter aus der russischen Besatzungszone herauszuholen, sei sie in die Hände der Russen geraten, habe drei Nächte der Vergewaltigung durch die Russen widerstanden und, als diese die Gewehre auf sie angelegt hätten, selbst den Feuerbefehl gegeben. Vor Erstaunen hätten sie nicht abgedrückt und Meldung erstattet. Ein russischer Offizier sei dann gekommen, habe ihr erklärt, er werde sie jetzt durch Genickschuss töten. Wieder habe sie selbst den Feuerbefehl gegeben. Daraufhin sei er höflich geworden, habe sie auf Deutsch mit Madame angeredet, erklärt, er habe nur ausprobieren wollen, ob das, was seine Soldaten berichteten, auch wahr sei, und habe sie mit einer Verbeugung durch die russische Postenkette geleitet.

Dafür also sollte sie das Reichsbekenntniskreuz bekommen. Vater hat ihr die Urkunde mit erwartungsvollen Augen überreicht. Mit einem Wutanfall aber zerriss sie dieses von daheim mitgebrachte Geschenk und schrie: »Andere Männer schenken mir aus einem solchen Anlass Brillanten und nicht solch einen Kinderkram!«

Er hat mir die Szene später selbst erzählt. Wieder einmal flüchtete er, zog sich in sein Asthma zurück, zurück aus der Welt, zurück von dieser Frau, zurück in sein Bett, in dem er schon vor zwanzig, dreißig Jahren bis in die Mittagszeit liegen konnte, an die Decke schauend, langsam mit den Fingernägeln über die Kopfhaut schabend.

Wie hätte er auch wissen können, was man einer Frau schenkt. Mutter pflückte er zum Geburtstag im Juli einen Strauß Wiesenblumen. Wir Kinder erhielten nie ein Geschenk. An meinem elften Geburtstag holte er mich im Internat in Meisenheim ab, wir gingen ins Rathauscafé. Aus der Jackentasche zog er zwei ineinander passende Holzringe, stellte elf Kerzen hinein, zündete sie an. Das war meine Geburtstagsüberraschung. Ich schämte mich, weil alle Cafébesucher sehen konnten, dass ich so meinen Geburtstag feiern musste. Von der Bedienung bekam ich, Vater war ja regelmäßiger Gast und ich tat ihr sicherlich leid, eine Tafel Schokolade in Rautenform.

Jetzt sitze ich auf seinem Bett, in seinem Sterbezimmer. In diesem Bett werde ich heute Nacht schlafen. Macht es mir etwas aus? Vielleicht schon: Einerseits ergibt sich die Konstellation aus den Schlafverhältnissen im Haus meiner Schwester, andererseits will ich es bewusst tun. Will ich ihm noch einmal nahe sein?

Über diese letzte, allerletzte Nähe mich von ihm entfernen? Vielleicht.

Ich ziehe die Schubladen auf, in denen noch seine Brille, seine Spritzen und Arzneien liegen. Ich nehme das kleine Döschen in die Hand, aus dem er bei Asthmaanfällen inhalierte, und versprühe ein wenig von dem Medikament. Ich öffne den Schuhschrank, hole seine Schuhe heraus, stelle sie wieder hinein. Meinen Kopf beuge ich vor, in den Kleiderschrank hinein, rieche an seinen Anzügen. So roch Vater, denke ich; ich versuche, mir all das ganz genau einzuprägen.

Mutter kommt ins Zimmer.

»Was suchst du denn?«, fragt sie nicht ohne Misstrauen.

»Nichts«, sage ich, »ich nehme Abschied von meinem Vater.«

Wieder fällt mir Herbert ein, der mir in den Gesprächen bei Lager-Bier in Hampsteads Pubs oft mit Absicht wehgetan hat. Wie er wohl reagiert hätte, frage ich mich. Im Gegensatz zu dir kann ich stolz sein auf meinen toten Vater, an dem ich hing wie du, hätte er vielleicht gesagt. Ich habe keine dreihundert gelben Rosen gebraucht, hätte er vielleicht gesagt, und: »Mach dich frei von ihm.«